文脉中国 小说库

wenmaizhongguo xiaoshuoku

彼岸

王淙淙 著

中国文联出版社

图书在版编目（CIP）数据

彼岸 / 王淙淙著. -- 北京：中国文联出版社，
2017.1（2023.3 重印）

ISBN 978 - 7 - 5190 - 2428 - 4

Ⅰ.①彼… Ⅱ.①王… Ⅲ.①长篇小说—中国—当代
Ⅳ.①I247.5

中国版本图书馆 CIP 数据核字（2016）第 320886 号

著　　者　王淙淙
责任编辑　郭　锋
责任校对　李海慧
装帧设计　中联华文

出版发行　中国文联出版社有限公司
地　　址　北京市朝阳区农展馆南里 10 号　　　　邮编　100125
电　　话　010 - 85923025（发行部）　　　　　85923091（总编室）
经　　销　全国新华书店等
印　　刷　三河市华东印刷有限公司

开　　本　710 毫米×1000 毫米　　1/16
印　　张　13.5
字　　数　232 千字
版　　次　2023 年 3 月第 1 版第 2 次印刷
定　　价　78.00 元

1

21世纪新的时代，中国18岁的都市女孩是什么样的呢？她们的花季大多在哪里度过的呢？

是绣楼朱户里的蠕首蛾眉女？或者是荆钗布衣正在阡陌上采着柔桑嫩芽的秦罗敷？抑或是正用小湿舌头的软尖舐着雕花窗棂上的窗纸，望着银汪汪的月亮思念着上京赶考的郎君且内心杂念丛生的新婚少妇？

都不是吧？

"爸爸，要不你再睡会儿吧，我自己去学校，反正就这么远，你看一天色欲晓。"程小程在父亲程明床前一边梳拢马尾辫，一边娇俏着和父亲说话，不知怎么十分平常的话，一到了她和程明中间，就变得浸了牛奶样的滑腻。

"都是我惯的结果。"头担在枕上的程明故作塌眉合眼状，可他心里却是烫着似的热络幸福着。

不见女儿程小程有继续说话的动静。

"你妈妈呢？"程明眯起眼故意答非所问道。

"明知故问嘛！我妈妈还不是在给我准备早餐？顺带让爸爸你也跟着沾个光。"程小程又是娇娇的说道。

程明不禁想起妻子文慧的模样。

"真是时光催人老啊，可不是吗？妻子文慧已经是47岁的中年女人了。"程明心里叹息着妻子文慧的韶光渐逝，眼前浮出的却是18岁正上高三的女儿程小程的面容来。

是一张青春逼人的脸，18岁女孩的美，她都有了，并且还在泼泼洒洒往外溢着，往外溢着。象牙白的肤色才算高贵吗？那可不见得，比如和他女儿程小程的小麦色皮肤相比敢说它高贵吗？深幽的大眼睛才算迷人吗？那也说不定，比如和他女儿程小程的一双晶亮的杏子眼相比，敢说它迷人吗？

孩子总是自己的好，这句话搁在程明身上，更是变本加厉。

"起床咯，起床咯……"程明终于掀掉遮在眉骨上的两只手，睁开细而微双但也不算小的眼，却不朝女儿看，而是逗弄人样地故意看着天花板微笑着。

程小程50岁的父亲程明长着孤峰突起的鼻子，看相的说他这鼻子通泰载福。程小程从父亲通泰载福的鼻子一路望过去，父亲国字脸上的五官越发棱角分明。

程明的眉骨、鼻子、嘴巴都是立体感特别强的样子，仿佛是种石膏雕塑，可供作画的人拿来当有质感的模特。但肤色稍暗，和文慧白面似的肤色形成鲜明的对照。但这一点儿都不妨事，因为在他女儿程小程的心目中，和他看她时候的心情是一致的，样样都是百里挑一地好，与众不同地好。

程小程梳好了马尾辫，她一根一根摘着木梳上的落发，等着父亲转过头来看她一眼。

"知女莫如父，知父也莫如女。"程小程狡黠地等着父亲向她"投降"。终于，忍不住笑意的程明转过头，朝女儿皱皱眉、眨眨眼，表示在意她的存在。程小程这才咯咯笑着退了出去，去卫生间搁放梳子，顺带洗手净脸。

卫生间有面镜子是蛋形的，装着程小程蛋形的小脸时，有种重影的美。是程明专为她设计的，框子用了浅粉色，虽然程小程嚷嚷着要用白色，但这件事上程明没依她的性子，坚持使用了粉红色。

蔷薇是粉红色的，公主的梦是粉红色的，粉红是暖色系，装镜子的时候，程明是这样认为着的。

现在，程小程的蛋形小脸又在蛋形镜子里出现了。程明说她小麦色，她不大服气，她反驳说自己是父亲抽的高级烟的烟色，那种原材料最上等的烟的烟白色。

镜子里，程小程烟白色的小脸托着不浓不淡不粗不细不长不短的一双眉毛，有点小卧蚕的形状，又不大像。睫毛是不疏不稀的样子，但是却长而弯翘，下眼睑的睫毛也较普通人的长，中间狭着圆圆的杏子眼，有股说不出的灵动。然而，那里面的光却是波乎不定的，有时竟然有意兴阑珊的不符年龄的心事在不停波动。

"小程，好了没？吃早餐了……"母亲文慧用永远都这么柔嫩的声音催她道。"妈妈，好了，就来了。"程小程赶紧收了思绪，急急慌慌朝小脸上点几星乳状的护肤液，雨点打叶似的"啪啪啪"一阵乱拍，又在水龙头下方净了净手，甩着出了卫生间的门。

文慧已经把女儿和丈夫的早餐端在了桌子上，是两样性质完全不同的早餐。丈夫吃传统的小米粥和水煮蛋，佐以自制的小泡菜；女儿吃西式的牛奶面包抹果酱。她自己现在却什么都不吃，等她丈夫送女儿上学走后再拾掇着多少吃些东西。她如今不大讲究吃什么了，丈夫和女儿剩什么她就吃什么，反正她再也不用匆匆忙忙赶时间去上班，赋闲在家做专职太太多年，更是没心思在自己的家里刷什么存在感了。

程小程一饮而尽了母亲为她调制得不烫嘴的整杯牛奶。手还没全干，她抽出盒子里的纸巾擦拭。"你看你这孩子！"母亲嗔她道，顺带把已经抹好了果酱的面包递给女儿。"妈，您就将就着养吧。"程小程莞尔一笑，咬第一口面包前向她母亲撒娇道。程明也净完了脸，坐下来开始吃早餐。

幸福的家庭家家相似？这只不过是早晨的一刹那光景，这一角流年比起整个人生来讲，还是太短。而这一家子能否永远这么幸福下去，也是不敢太急于下论断的。看着吃得热热乎乎的丈夫和女儿，文慧心里一阵隐秘的怆然，并且她还深信不疑，这隐秘的怆然是他们三个人都有的一处死角。自己走不出来，别人也走不进去。

2

程家这辆银灰的私家车，像只抛光的被放大的漆皮鞋，静静地泊在小区的楼下。只要不出差，程明从不放过任何一次送女儿上学的机会，即便女儿上的中学离他们住的地方不足千米远。"小程，上车了。"看程小程抱着书在黎明的光辉里愣怔，程明提醒女儿道。"来了，爸爸！"程小程收回看苍茫宇宙的目光，快步走到已经打开车门的车身前，一弯身坐在了副驾驶的位置上，怀里抱着的一沓子学习资料一本没散还在怀里贴着，立在车子外的程明又像替她打开车门那样替她关上了车门。

五月的黎明，五点多的时候已经有不少人起来晨练了，可也有不少人仍然窝在被窝里翻来覆去，可程明家一向不这样，一家三口人往往把早上的时间安排得相当充裕。

仿佛有意无意安排了一家人在大早上也要相互说几句话的时间。特别是家庭主妇文慧，往往提前一小时起床做二十分钟就能完工的早餐。她窸窸窣窣在厨房和客厅来回穿梭已经十八年了，是她丈夫程明要求的，要她生完孩子后在家做专职太太，反正他们家有足够的经济实力让一家三口不费吹灰之力过小康日子。他们双方父母早逝后给他们留下了不少的遗产，程明又担着市里实力最雄厚的一家大公司的副总职务，所以程明要求文慧辞职的时候文慧几乎没多大反应，仿佛一切都是预料过的人生走向。她的人生像是生来就是为程明父女走一遭的，她理科高才生的经历她也不计较了，她从前的成绩像被抹布一把抹掉了，她自己是能坦然接受命运给出的这种安排，但程明想起来的时候却往往生出说不清的自责感。

车子徐徐前行着，程明眼睛盯着前方的路，脑子里却没全想着路。女儿也静默了下来，程明知道女儿的习惯，女儿是一旦踏到上学路上，整个人就会全神贯注在学习上，所以很多家长总问他这样的问题道："程总，你女儿为什么看起来学习那么轻松却又学习那么好呢？"女儿学习轻松吗？程明心里一阵温柔的牵痛。他把一只手从方向盘那里拿掉，伸着长长的臂膀轻抚了一下女儿，他知道女儿学习并不轻松，甚至在学习上比很多孩子还要吃苦，她全神贯注的学习习惯更累人，脑子总是绷得紧紧的不允许自己在求知的时候有丝毫懈怠和放松。

程小程却没感觉到程明的爱抚似的还在想她的一道数学题的解法，她微皱的眉头有着和程明当年一样的自强不息与骄傲。

很快，车子驶到了校门口的位置。那些没有住校的孩子也三三两两往学校里赶着，大多都步行，因为没有住校的孩子都是离家相当地近，但凡远一点的都住宿在学校的宿舍楼。

怀里抱着一沓子复习资料的程小程双手并用着自己打开了车门，下了车。程明看在眼里，颔首微笑。然后，他也跟着下了车，准备目送女儿进校园。

"程小程！早啊！"有干净洪亮的声音传来。程明循着声音找去，一个背着双肩书包、身着白 T 恤衫牛仔裤、脚踏李宁运动鞋的身影进入视线。

是和女儿坐了三年同桌的莫小虎。莫小虎也正往程小程身后寻来，很快就看见了程明。"程叔叔好！"莫小虎向他礼貌问好，脸上洋溢着生机勃勃的笑。"小虎早！"程明见状，也赶忙微笑着和莫小虎打招呼。"爸爸，我进去了！你回去路上开车慢点。""叔叔，我们进去了！你回去开车小心一点儿！"两个孩子异口同声向他作别。程明用手徐徐捋了一下下巴，嘴角卷起莫名的温柔，朝他们点点头算是作别。但他并没有立刻转身离开，而是默默打量着两个孩子一同离去的背影。

只见两个孩子并排着往校园里走去，程明发现莫小虎虽然是男生，却生着和女儿相仿的身高，所以个头稍稍显得矮了些。但整个身材协调有致，走路的时候矫健有力，是个很让女生有安全感的男孩子。"看我想到哪里去了？"程明突然觉得自己又异常可笑，难不成要早早替女儿做终身大事的安排？女儿不见得愿意吧，可为什么他们连坐了三年的同桌呢？听说莫小虎理科特别棒，可他为什么要和女儿一样学文呢？

一串子意象的风铃在程明脑子里叮当作响，再这样站着发呆下去自己都觉得相当可笑了。一分钟后，他收住飘乎着的思绪，折转身打开车门坐上了车。离自己去公司上班的时间还有一截子，他启动车子后按原路返回，他要回去接着睡个把小时光景的回笼觉，起来后再吃点粥，然后再去上班。吃两顿早餐的男人，全天下也只有他一个吧？像是"行人临发又开封"的意犹未尽，他在到家前又把一早上发生的细枝末节连起来寻思一遍才下的车，上的楼。他还没掏出钥匙，妻子文慧就替他开了门，仿佛一直立在门后等他似的不让他多费一点力气。

"回来了？"文慧屈着身子把拖鞋拎到程明脚前，让丈夫换下脚上的皮鞋。"嗯，空气很好，要不你下去走走。"程明应道。"不去了，等下子再帮你把粥热热，反正上午还要出去买菜，等你走后再下去。""哦，那我再去睡一会儿。"程明把车钥匙放在门口的鞋柜上，进卧室去睡回笼觉。文慧张了张嘴，想问什么又问不出的样子，最终收住了想说的话，走回到客厅的沙发那里，坐下来，朝着他们夫妻俩卧室的房门寻思了一会儿，笑笑开始绣十字绣。

这是她今年绣的第一幅十字绣，去年绣了丈夫喜欢的梅花，一朵一朵的小红梅血染似的点在梢头，衬着藏褐色的粗细不一的枝子，像月洞门里伸出来的疏影横斜被她捉了来落在白雪似的布面上。今年绣的是个"福"字，是依自己的意愿选的素材。有点魏碑风格的字形，她不要棱角分明的那种，她这样的年龄，一切都力求个温温润润。虽然比着棱角分明的字体，不大好绣，但她愿意一针一针耐着性子去绣，反正她有大把大把闲暇的时光。

该拐角的位置了，针拖着红丝样的线弯过来，把一横下方的"口"字游走得像是布面上含着一块温润珍贵的和田红玉，不过红玉里长了白心子，红红白白的对照分明。少了女儿的房间静得仿佛只剩下中年岁月，时间的河缓缓迁动着，无风无澜的样子。"咔咔"两声打破宁静，躺下的程明又开始突然咳嗽，这样突发性的咳嗽已经有一年多的光景了，去医院做各项检查，也都说没有什么毛病，只嘱托让戒烟戒酒。程明并无酒瘾，应酬时也多以红酒为主，但烟瘾的确大得吓人，一根一根抽着的时候，仿佛变成了另外一个人，案头的烟灰缸里漫得往外掉烟蒂子，不过那样的状况也往往发生在公司有重要项目的晚上。

文慧放下手里的十字绣，轻手轻脚去看丈夫的状况。

程明大着嗓子咳了两声后，咳嗽就停了，他像是有点疲惫地半睡着。50岁的程明看起来还相当年轻，即便在他不舒服的时候，这种年轻也毫不消减。程明最年轻的时候因为棱角分明，俊朗里边含了凛冽之气；现在凛冽之气里揉了岁月，那俊朗就成了中年男子独有的味道。看丈夫半睡着的样子，文慧又悄悄地回到了沙发上继续绣她的十字绣。

3

这方，程小程和莫小虎业已进了校园一阵子了。往教室进的时候，莫小虎往后错了错身子，示意程小程走前边。离毕业只有一个多月的光景了，同学们大多都在埋头苦读，所以并没有多少人注意到他们，不过牛莉除外。"嘘，快看，小情侣来了，是真爱哦。"牛莉磨过身子，朝自己身后的同学比画指戳程小程和莫小虎道。"多管闲事！"牛莉后一排的同学并不买她的账，焦麦炸豆的关键时刻，谁都懒得再咸吃萝卜淡操心，就像老师训斥他们的："就是做样子，也得在冲刺的时候做个竭尽全力的样子！"所以大多数同学都不好意思不表现得"奋力拼搏",所以他们异口同声着驳了牛莉的八卦心。

牛莉的小眼睛在四百多度的眼镜后骨碌骨碌来回翻转着,视线也骨碌骨碌翻转似的跟着程小程莫小虎的动向飘。莫小虎程小程均是成绩优异的学生,座位显然比较靠前适中。不过程小程不愿意坐在教室正中间的位置,她特意拣了中排靠窗子的地方坐,并且非要固执坐到最里边,莫小虎拗不过她,只得依着她。

"慢点。"往座位上走去的时候,莫小虎一如既往提醒她道,并赶忙弯下身子把自己的凳子贴着桌子靠了靠,使程小程过的时候碰不到膝盖。

为凳子摆放的事,身为班长的莫小虎在班上发过飙。他屡次提醒值日生扫完地后把凳子贴着桌子放,离开座位的任何时候都要这样做,可是三年了,随手把凳子贴着桌子放的习惯还是没有彻底养成,只有稀稀拉拉的几个同学在遵守着这个于人于己都有好处的规矩。

要毕业了,莫小虎也懒得再发飙,本来都一直歪派他为班级做事的每个目的都是为了程小程,他不想在关键时刻让程小程再听见一句使她发烦的话,当然他自己是根本无意这些风言风语的,他对程小程的好,又不是一年半年的事了,全天下人都诟病他,也不会让他做任何改变的。他也不知道自己小小年纪怎么会有这样岿然不动的定力。爱的力量?他心问口口问心问过自己,也没问出个所以然来,反正他是在见她第一眼时就暗暗发誓要去伴程小程一辈子的。

程小程对他呢?好像也相当地有好感,但不知为什么,他觉得程小程和他有间隙。那间隙仿佛受着一种隐秘东西的驱使,她自己左右不住似的控制着她的命运与人生,所以程小程清澈的眼眸里时而会有飘忽的忧郁,不是天天有,但莫小虎总能捕捉到她忧郁时那一刻的表情,是和她的花季很不相符的一种隐秘之痛。

程小程落座后,莫小虎这才小心翼翼把凳子往后挪了挪,坐上去,齐了齐桌子上的复习资料,和程小程一同进入毕业前的冲刺中去。"书山有路勤为径,学海无涯苦作舟。"教室里突出的几棱墙壁上,有一棱上贴着这样两句的学习标语。百分之九十八的同学都在学习的苦海里熬折得戴上了瓶底似的近视镜,可老天保佑似的,成绩最优异的莫小虎和程小程却还保持着不戴眼镜的视力,使他们互相看着对方的时候不用隔山隔水地望过去,而是每次都直直望进对方的眼睛深处,使你眼里直接有个他,他眼里也直接有个你。

程小程这几天眼睛有些发炎,学习一阵子就要把头从书堆里直起来按压一番眼睛的四周，这方子是父亲程明教给她的，说是既能缓解眼睛疲劳，又能锻炼眼部肌肉，增强眼睛抵抗疾病的能力。父亲的理论一向是这样的，认为身体所有的疾病皆源于免疫能力的下降。程小程一向视父亲的话为圣旨，所以这些日子她吃着消炎的药物，也老老实实按摩着眼睛。

不过是几分钟的工夫，她就有了不适感，头天晚上复习功课后缠着父亲看他手机微信里的朋友圈，在巴掌似的手机屏幕上耽搁了二十多分钟，好像哪个专家说的，同等时间内，手机对眼睛的伤害是电脑的十倍还要多，何况她又患着眼病，她现在是感同身受这句话的真切了。

"又不舒服了？"莫小虎见程小程止住学习，也主动停了复习，关切望着程小程轻轻发问道。"嗯。"程小程呵气如兰柔波似的回应一声，准备把双手拢到眼睛上去。莫小虎把头往她这里近了近，仿佛要看一看她眼睛状况的样子。程小程并不朝他看，因为不用看，她也能想象出莫小虎此时的模样。有点像古书上描述的剑眉星目的美男子，但又不完全像，因为眉毛不及剑的长度，又比剑稍稍粗了些，是母亲常说的长寿眉的那种。他的鼻子有点像父亲程明的，都比较通泰直挺，但莫小虎的鼻子比父亲更多了肉感和福相，这也是受母亲常念叨的什么样的长相最载福的话的影响所致。略略让程小程翘嘴巴的是莫小虎肤色太白，比自己的母亲还要白，可能是年轻的缘故，白里还有青玉样的光，夏天两截胳膊同时放在课桌上的时候，有意无意地让程小程微微不安。无数次缩了膀子把胳膊收回到课桌抽屉里，可学习的过程不仅伴随着阅读，还要时不时奋笔疾书，所以缩得并不彻底。

是自卑自己的肤色不如莫小虎的白吗？程小程"扑哧"一笑，把双手拢到了眼睛上，她可从不觉得自己有什么不如人的，一如她也从不觉得自己有什么值得高高在上的地方。可到底为什么要把裸着的膀子缩回到莫小虎看不到的下方呢？为什么呢？程小程开始闭上眼睛不紧不慢按压眼眶。

莫小虎一眨不眨看着程小程的小手窝成花心状，纤巧的十指轻叩柴扉似的在眼睛四周一阵长一阵短轻叩着，嘴角卷着仿佛知晓她在做什么的狡黠又快乐的笑。"我要这样让程小程快乐一辈子，开心一辈子……"莫小虎又在心里起誓道。"自己是从什么时候开始的这种要护着程小程一辈子的决心呢？"莫小虎又陷入这种追忆模式的回忆。对，是的，就是从高一报到那天起初次见程小程开始的。那天，她被一个中等身材的中年男子陪着，像幅卷轴被徐徐拉开似的出现在他眼里，她和那男子一样，都有种说不出来的清味，有点像当医生的父亲走进书房里后，房间里充溢着的气息。干净的人，干净的书卷，干净的一切。

他就是在那一刻被击中的，所以高二文理分科时，理科完全占据翘楚位置的他却毫不犹豫选择弃理学文，跟随着程小程进了文科班，宁愿把翘楚的位置让给程小程，自己去屈居在她的后面做第二名。按说青春期的爱恋是飘忽不定的，可他为什么这样地坚定不移呢？难道程小程真如上帝造的亚当夏娃那样，是他身上的那根肋骨？

"看我，按完了。"在莫小虎正痴迷追忆前世今生的时候，程小程小声打断了他的浮想联翩。莫小虎仔细瞅了瞅她手指按压过的地方，起了点小红痕迹，不过眼睛倒仿佛真的更明亮似的微笑忽闪着。他们准备投入接下来的学习中。可是，同学刘峰走到了教室门口，他阴郁地站在那里，挡着一部分的光线，使教室内的某方灯光再也投不到外面去。

看见刘峰，程小程赶忙把头俯在离桌面很近的位置，表示自己没注意到他。刘峰给她写过一封血书，表达他的爱慕，并且在信上很直接告诉她不是手指头上的血写的，说手指头还要用来拿笔写字，他没有那么傻，说血是他拿刀子划破小腿流出来后，他才用手指头蘸着一个字一个字写成的。"腿肚子难道不用来走路吗？"程小程还记得自己看到那里时，于惊恐中不乏驳斥的愤怒。

刘峰家在农村，听说母亲是从四川买来的，常被刘峰的父亲打骂凌辱；或许是物极必反，刘峰在学习上倒不像是这样的家庭出来的孩子，也是在整个文科班趾高气扬地遥遥领先着，不过他也从来没有过超过莫小虎和程小程的成绩。

刘峰也没有选择住校，他有个远房亲戚在校园不远处经营了一间水果蔬菜小店，他晚上一直借宿在那里。每次早读，他都来得比较迟，但也算不得迟到。为了引起同学的注意吗？比如现在，他又阴阴地站在教室门口挡着光，眼睛死死盯着程小程的位置剜着。"小程，别怕！"莫小虎攥了攥拳头，为程小程壮胆道。刘峰看见莫小虎动了嘴角，开始慢打散悠着往教室里走来，他坐的位置和程小程莫小虎他们的座位八竿子打不着，但他总是每天从莫小虎程小程的身旁绕着走，绕大大的一圈后再回到他自己的位置上。

因为这，莫小虎几次把拳头攥成了铁疙瘩，想使劲抢他那半死不活的样子，但每次都被程小程的恳求制止了。"小虎，他也挺可怜的，我们避开就是，别伤害他好吗？""害人之心不可有，防人之心不可无！小程！"莫小虎也会偶尔在某件事上和程小程辩得很激烈，但无论他有多么地暴怒，最终还是挡不住程小程眼睛那湾秋水的浸润，最终还会使他慢慢松开了拳头。

他是能把无数拳头砸向任何一个挑起事端的或强或弱的人，但他没有力气握紧一个哪怕是虚拟的拳头砸向程小程，他这辈子早认了，即便明知程小程的做法有待商榷，他也不愿意违逆她的意愿。他爱她，就得依着她，宠着她，护着她，由着她的性子让她在磕磕碰碰中自己成长成熟。这之前，他只能跟在她的身后，替她收拾别人扔给她的、自己扔给自己的一地碎片，让她在他的无限制的宽容里复活、重新上路。

正这样想着的时候，刘峰走到了他们的座位旁，像往常那样有点挑衅似的候在那里几秒钟。程小程听见了莫小虎粗重的喘息声，用胳膊肘巧妙挑了一下莫小虎，柔声柔气道："小虎，这道数学题我还是想不出来第二种解法，你帮我再看看好吗？"莫小虎心里立刻一阵温柔的牵痛，"唉，善良的傻丫头！"他不得不收了愤怒，朝程小程摊着的复习资料上看去。

刘峰离开了他们的座位，阴着脸穿过中间一排同学的桌子，坐到了教室左侧离后门口很近的座位上，这是他强烈要求来的位置。

4

学生基本到齐后，班主任也进了教室。莫小虎程小程的班主任是个过了 35 岁还没动婚姻的女人，高学历，研究生毕业，传闻里说若不是农村的父母百般阻拦，还是要一路考下去的一个学习上的狂热者。只见她先是扶了扶早已不时兴的金属眼镜腿，然后面无表情道："离高考还有不到一个半月时间！何去何从，你们都很清楚！不用我再多说！一定要利用一切时间来学习！"

说也奇怪，只要她进教室说上一番话，教室里就开始堆出浓浓的学究气，连平时不发愤的学生这一刻也不好意思再贪玩下去，于是把头埋在齐眉高的复习资料里，一口一口吃起知识的蛋糕来。

"小程，你再帮我梳理一下语文上的这几个知识点。"等班主任训完话离开教室后，莫小虎扭头对着程小程道。

"嗯，好的。"程小程轻倩的回答，是燕尾掠过水面的清凉养心。"你先把他们按年代记忆，再按学术成就分类记忆，这样就不容易混淆。"程小程道。程小程一直主张分类学习知识的方法，就像她闺房里摆着的几个收装箱，小袜子小内衣总是卷得齐臻臻的码在不同的小方格里，使用的时候大脑里从不混乱，也常常眼疾手快抽了去，把自己在很短的时间内打扮齐整，叫上父亲开车送她去上学。

"嗯，我知道了，谢谢哦，小程。"莫小虎一脸谦虚地感激道。

是流年似水吧，这一个多小时的早读对于喜欢求知的程小程莫小虎来说，是一点儿都不过瘾的刹那。现在，校园里响起了悦耳的早读结束的铃声，提醒住校的学生该去学校食堂吃早餐了。程小程娇俏地长长身子，又俯下头低声问莫小虎道："你饿不饿？""饿呀，不过爸爸马上就会把饭送来的。"莫小虎道。但他知道程小程不会太饿。三年了，他像个收藏家似的收藏着程小程生命中的细枝末节，知道她有一个温柔贤淑高学历的妈妈，专为相夫教子而早早辞了职，所以程小程的早餐是无论什么时候起床都会色香味俱全地摆在那里，等着她丰满的小嘴去嘬去啜花瓣似的对着美食柔柔开合着。他自己的家呢？他妈妈也是传统贤惠的女人，但他妈妈白天工作繁忙，所以莫小虎就不让妈妈专为他起早做早自习前的这顿早餐。在他的坚持下，他妈妈最后允许了他空着肚子来上早读，早读结束后再吃家里送来的早餐。

"喏。"悄没声的，一块徐福记牌子的沙琪玛在莫小虎浮想联翩的时候，擎到了他眼皮子底下。还用问吗？莫小虎又幸福得有点找不到北了。"还有好喝的酸奶，等下给你拿。"程小程依然把声音压得低低地道。一听这话，莫小虎巴不得程小程把嘴巴凑到他的耳根子底下呵气如兰，使他享受下用小股头发做成挖耳勺掏耳朵的那种温柔惆怅。不过莫小虎是不会喝掉程小程存在抽屉里的裹着草莓果粒的酸奶的，酸奶是程小程的最爱，程小程的最爱一定会变成他的"最不爱"，他要百倍千倍让程小程最爱的东西埋着她，让她也幸福得找不到北。

在莫小虎津津有味吃着沙琪玛的时候，刘峰又从他们身旁大咧咧走了过去，还故意拿匙子"哐哐哐"敲着不锈钢的饭盒。他飘去的时候，不知怎么，总让程小程觉得阴风飒飒。程小程嘬着酸奶管吮吸的动作不自觉顿了顿，像是人打了冷战的刹那骤停，莫小虎把空着的一只手伸过去，盖在程小程空着的一只手上，握了握，刹那间，有种电流样的温暖传给了抖着的她，她不禁想啜泣起来。"别怕，有我在！"莫小虎用眼神向她担保道。

"小虎，叔叔来了。"还是女孩子眼尖，从窗子已经大亮起来的天色里，即便人在恐惧中，程小程也还是一眼瞅见了提着大保温饭盒往前走着的莫小虎的爸爸，她轻轻提醒莫小虎道。莫小虎的父亲莫亚辉是一个慈眉善目的中年男人，按相貌论，他该是中医科室望闻问切的老专家，却偏偏做了外科的一把刀。

看见父亲来，莫小虎迅速离了座，去教室外接父亲送的早餐。莫小虎的父亲有意无意地勾着头往他们坐着的位置看了看，看见了一直看着他的程小程，笑了笑，算是还礼。"这个未来的儿媳妇，我是相当满意的哦！"莫亚辉心里暗喜道。

莫亚辉知晓儿子的心思，所以他以为程小程注定是会做莫家的儿媳的。他对自己的儿子相当有信心，他也和全天下的父母一样有着根深蒂固的传统观念——自己的筐子里永远没有烂桃烂杏子，自己家的孩子永远是高过别人家孩子一头的！即便是面对各方面真实情况都盖过他们家一截子的程家，他也是如此理所当然地不以为然着。是最原始朴素的人性在血脉相连的河里根本不用雕琢，一直自然存在着？莫亚辉暗想道。

接过保温饭盒，别了父亲的莫小虎快步返回教室，把保温饭盒放桌子上一把打开。"哇，什锦炒饭！"莫小虎轻呼道。于是，随着盒盖的掀开，伴着莫小虎的呼声，那香气如同冬眠后苏醒的小蛇般，巨龙拐弯着往莫小虎程小程的鼻孔里钻来。匙子单独放在一个干净的环保小塑料袋子里，雷打不动的两只匙子，明显的有程小程的粮饭。莫小虎从袋子里抽两只匙子时，程小程红了脸，莫小虎也红了脸，不过是各归各的红。莫小虎是青春豪杰意气风发兴奋无比，程小是小脸皮薄，禁不住这种明摆着的暗示，最主要的是她知道自己在关键时刻会负了莫小虎，一定会负了他，所以她脸上的红可谓五味杂陈。

"发什么呆？快趁热尝尝。"见程小程的眼睛里又要浮起那种使他一直莫名其妙的雾色，莫小虎拿胖乎乎的手在程小程的眼前轻挥道。"小虎，我不饿，你先吃好吧。"程小程实在吃不下这加塞的早餐了，她刚才已经又喝了一杯浓稠的果粒酸奶。"那怎么行？你要尝尝的，不可以说'NO'哦，不然我要强行喂你吃了。"知道莫小虎不会强行喂自己吃的，但程小程还是准备吃一点，"我怎样才能做到'不负如来不负卿'呢？"程小程轻蹙眉头，在不知所措的纠结中接过了莫小虎递过来的匙子。

"哟，吃情侣餐哟！光天化日真够胆大的了！"牛莉吃完了学校食堂里的早餐，从外面往教室里走来的时候先怪声怪气嚷了这么一句道。莫小虎头都没抬只管狼吞虎咽吃着香喷喷的炒饭，程小程不大吃得下，就迎着牛莉看去。

"可惜了，女孩子家，长着这样的一双腿。"程小程在心里小声叹息道。

牛莉是典型的O型腿，也就是俗话说的罗圈腿，走起路来两条腿跟画圆弧似的一走一个两头不能封口的圆。牛莉见程小程盯着自己看，立刻把更挑衅的眼神迎上去，要和程小程短兵相接似的。"纸糊的老虎，不过看着怪吓人。"看牛莉这副模样，程小程"忒"一声笑出了声。"开口不打笑脸人。"牛莉到底是个心性不坏的孩子，她没再找程小程的碴子，而是用镜片后的一双铺了过多眼白的眼翻了翻程小程，拿匙子捣着饭盒的内底，不服气着回到了比程小程他们靠后几排的座位上。

5

高三的日子本来就是弹指间的一刹那，何况这最后的十天半月？家长都变得大气不敢出的样子，老师却是喋喋不休得厉害，无非用惯了多年的俗语套语。"亡羊补牢，为时不晚；朝闻道，夕死足矣；临阵磨枪，不快也光……"校园和家里的空气都低气压起来，又仿佛有一种一触即发的东西酝酿在空气里，时刻会演变成大爆炸的动态。

可不？校园里竟然动起刀子来了。

两起惊动了公安的校园暴力事件，一起为义，一起为情，均牵涉到了社会上的小混混。为义的说是兄弟们去食堂打饭，掌勺的师傅又是打了一碗底地可怜兮兮，憋了三年的忍气吞声，仿佛算总账似的，这次再没有恳请和据理力争，直接把盖着热菜的饭碗从窗口那里向盛饭的师傅砸去，不偏不倚砸到了对方的额头上，汤水连着菜却从师傅的额头往下坠，坠到了眼里，挂在了鼻子上，漫到了下巴壳子上。盛饭的几个师傅缓过神后，饭也不帮学生打了，操起赤黄的铜勺子就从食堂里窜了出来，追上带头惹事的这个男生，死命地拿勺子朝他头上磕去，不几下就磕烂了头，顺头淌起血来。

因为被打的学生父母双亡，一群同班兄弟向学校讨要说法，学校却坚持只付医药费，承诺的把这几个打人的师傅换掉也没有兑现，答应暑假过后再调换。见毕业前遭如此不公待遇，一帮学生密谋着从社会上找来了闲杂人员，趁这几个师傅分散开的时候用钢管一一打折了他们的胳膊和腿。

后来，他们被学校开除的时候有点英勇就义的豪迈，联袂背着行李卷，昂首挺胸地走出了校园。

一起是为争一个女生而大打出手。说是拜把子兄弟借着醉酒的掩护调戏了对方的女朋友。在价更高的爱情面前，生命、兄弟情都变得不足惜了。本着"士可杀不可辱"的悲壮，也是从社会上找来了小混混，把对方的一只胳膊折成三节。不过这几个当事人都没有被开除，认错诚恳，又有有头脸的家长出面，只是在档案里记了处分，学校本着治病救人的宽容原则答应留他们到毕业。

"那，这个女孩子以后怎么做人呢？"程小程心理到底不及莫小虎强大，这样的问题她已经略带哭腔反复问过莫小虎多次了。

"小程，不关你的事，好好复习好吧。"莫小虎笑着示意她把思绪回到迫在眉睫的复习上来。程小程垂下了头，拿起笔，可过了好久，她手下压着的卷子一页没翻，莫小虎猜到她一定还在为这两宗事放不下，特别是末后那件事更会让她心被雨泡着似的难过。

莫小虎以为自己轻描淡写回应程小程对这件事的态度是对的，但没料到还是没能把程小程从事情的核心旋涡里拉出来，于是他也放下了手中的笔，停止了做卷子。程小程愧意地溜了他一眼，不出他所料，她眼角那里已经潮了一小片。"小程，你听我说，好吧？"莫小虎轻轻触摸一下程小程的手，提醒她听他说话。

"小程，这个世界，万物都有各得其所的规律，我知道你善良得看不见一点儿不美好，但这个世界原本就是厮杀的世界，比如我们现在，就是一场智力和毅力的厮杀赛！你明白我的意思吗？好好的，别让我太担心，好吧？"从年龄上仅仅大了程小程几个月的莫小虎到了节骨眼的事情上，总像是程小程的长辈，劝服起人来有板有眼，使人不服气都不行。

"小虎对我真好，可我……"程小程的脑袋又是一阵被撞似的疼痛，她好像从很小的时候就会习惯性地头疼，莫小虎知道后，让内科的母亲给她开过这样那样的方子吃，但都不大顶用，他希望自己有一天依靠自己的力量来彻底治愈程小程的习惯性头疼。

6

又是个程明送女儿上学的早读时间，程明再次遇上了青春阳光的正往校园走着的莫小虎。"小虎早！"程明的车子快要刮着莫小虎的时候，他把车子熄了火，摇下了车窗主动和莫小虎打招呼道。

"叔叔早！叔叔早！"仿佛因为没事先打招呼将功补过似的，莫小虎赶忙连问两句好。今天他和程小程掉了个，他没背书包，而是用怀抱着一摞子厚厚的复习资料；程明扭头看女儿的怀里，一个式样简洁的镶着两绺红边的银灰书包在她腿上担着，衬着一袭他在上海出差时，专意跑到专卖店为她购置的棉质中长款的白连衣裙，要多干净有多干净的模样！

程小程的长相不是乌发冰肤那种先声夺人的美，她的美就像她比小麦微浅的肤色，是会一点一点缓着渗入人的记忆中去的。

"小程，下车吧，爸爸就不往前送你了，你和小虎一路进校园，怎么样？"程小程本就一直扭头看着莫小虎和父亲打招呼，也早做了下车的决定，听到程明的这句话，她朝父亲微微一笑，两只小虎牙和两只她自称的"大板门牙"同时露了出来，整个人分明是那从大青叶子上滑下来的清晨的露珠。

今天六一，他们已经不是儿童了，所以在他们的校园里没有载歌载舞的节日气象，只有醒目的位置上张贴着醒目的"离高考还剩最后7天！"的硕大纸张。"7"字用了红色，最是醒人眼目。抬头看看天，晓色已燃。是刚刚剖开的新近几年才培育的西瓜品种一吊瓜的瓜瓢，比鲜红浅了些，比浅红亮了些，淋漓着水汽，高擎在人的双手永远也够不着的位置，使人在它投射的清气里垂涎欲滴着天象的神奇。

"走了，叔叔！"见程小程从车里走下来，莫小虎朗朗一笑，通泰的载福的鼻子在程明眼前一闪，人就并着程小程的肩往前走去。

"我会允许女儿嫁给他吗？"程明落下车窗，瞬间变成了另外的样子。他不想任何人发现似的，缩着剑眉，伏在了方向盘上。"喀喀，喀喀……"又是使人烦心的咳嗽，"看来该彻底戒烟了……"程明缓了缓劲，直起头，掉转车子，往路上驶去。今天公司有重大事务要处理，他送程小程上学后没有再回去睡回笼觉，而是直接把车子朝公司的方向驶去。

离了丈夫和女儿的家，清空得像没有文慧这个人似的。还不过六点多钟的光景，但文慧决定出门去赶个早集。她换下青灰色睡衣，把衣柜里新添的一件中式旗袍取下来。按理说去集市上不该穿这件衣服的，但因为是丈夫出差回来买给她的，又是她十分中意的衣服，她愿意这样"不伦不类"地走上一遭。

也是青灰色的底子，不过上面点缀了一朵朵小巧的梅花，是那种银质一样的梅花，有点手工绣上去的样子，所以看起来像是布底子上突出的小浮雕，银色的浮雕，搭衬着青灰的底子，搭衬着自己团白的脸，是古中国那种标准传统型的贤妻良母。刹那间，文慧又热辣辣地回忆起自己从前的岁月：全市高考的理科状元，披红戴花地风光过很大一阵子，可是，天妒英才天妒爱，在大学还未毕业的时候，她在一年之中却早早遭遇了失去双亲的剥骨剔肉的惨痛命运。

父母留下的遗产够她这个独生女用一辈子了，然而相亲相爱的人没有了，再多的钱又有多大的意义呢？她又不是想要着建国立业的男人，仗义疏财地为自己积下厚重的名誉，关键时候人人托举他大鹏展翅，实现男人雄心壮志的抱负与理想。

失去了父母的家还在那里，总不能连房子也毁了吧。在大三那年的暑假，她满身心含着抖一下就会珠泪纷落的孤独心酸，也还是强忍着踏上了回家的路。就是在那列呼啸着的快速列车上，她遇到了势必要做她丈夫的人—英俊帅气的程明——一个当年全市高考的文科状元。

命运的两列火车相撞，隔山隔水也不算什么，程明把她追到了手，靠着他当时还在世的父亲的关系把她的户口和毕业后的工作关系转入了他所在的城市——人称"北国小江南"的中原大地上的一个小县城。县城虽小，却在努力蒸蒸日上，将来现代化起来也一定不会输给南方的大都市，但却含着南方用多少金钱都积不起来的原生态的青山秀水。

回忆中的文慧，有点抚今追昔的忧然，不过很快地就把这种怅惘赶离了自己，她觉得目前自己是个幸福的人。因为在如今的社会风气下，功成名就的丈夫还这样专一地爱着这个家就是值得她骄傲一生的事。她扣上了肋3下那里的一个银灰小纽，踏着一双半高的和旗袍很搭的精致鞋子，挽着袋子和珍珠便携包下了楼。

赶早集自有赶早集的好处，可以拣最新鲜的菜挑着买。有那勤劳的乡下菜农老早挑了菜来卖。他们的菜不放在菜场中间的台子上，而是就地搁置。一个顺着一个码在离菜台几米远的靠南的水泥地上。文慧先去卖肉的摊子上买排骨，她准备中午给女儿清炖排骨吃。"过来了！"卖肉的人爽朗地朝她打着招呼，童叟无欺的一脸实诚生意人的笑。文慧是他们摊子上的老客户，原来也相信过另一家的保证，可自打买了三个多小时没煮烂的母猪肉后，是再不去光顾的了。"一朝被蛇咬，十年怕井绳。"文慧坚决再不去的原因不是买了母猪肉，而是她问了几遍他们还保证不是母猪肉的说瞎话不眨眼的欺骗习惯。纵然如今有"脸皮厚，吃个够"的混世法宝，她还是不能忍受这样的人。

"三根够不够？"因为多年的买卖让双方在这上面颇有点知己知彼的熟稔，卖肉的人单刀直入笑问道。"嗯，够了。"文慧道。于是，卖肉的人拿尖刀唰啦啦割下三根最长的排骨，撂电子秤上一称，长方形的一小绺玻璃罩后显示着"31.5"元的数字。"30！"干脆利落如同往昔。文慧也依然像往常那样不好意思推让道："不行的，总让你吃亏……"她从包里取出32元递给咔咔剁着排骨的人。

卖肉的接了三张十元的，剩下的两个一元没看见似的不管不顾，把斩好的一寸见方的排骨块装进塑料袋里，笑着递给了她。文慧把两元零钱收在包里，也朝他笑笑准备离开。临转身的时候，她听见了一番这样短短的对话："看来是老熟人了，没听人家说要买什么，你都知根知底的。""呵呵，是多年的老主顾，一直买我们家卖的肉，她们家不沾丁点肥肉。""哦，怪不得总买排骨吃。"也是个比较熟悉但没打过招呼的老主顾去买肉，她买的是五花肉，专拣肥一些的要，说是中午吃卤面条，肉太瘦了不香。

提着一小袋排骨，文慧去菜台那里买冬瓜。清炖排骨冬瓜是他们一家都爱吃的一款菜肴，在青丝丝的汤里下一小把枸杞，几颗新郑的枣子，清爽不腻又有营养。稍稍遗憾的是菜农很少有自己种冬瓜挑来卖的，而菜贩们贩卖的冬瓜往往不大新鲜，被人一牙一牙切了去，切去的面上腻着若隐若现的刀锈。

最后，文慧把脚步停留在乡下菜农的菜摊前。

真是使人眼花缭乱得不知买什么好了。紫茄子弯着细长的身子，长豆角嫩柳似的一小束一小束捆绑着，粉色的西红柿一看就知道没用激素催过，土豆大得足有斤把重，十香菜、玉米菜、小茴香、紫苏、蕾香叶、尖嘴的线辣椒，红红绿绿吊着人的购买欲。

有一小把褐色的不像蔬菜样的东西夹在菜中间，文慧好奇道："大叔，这是什么？"卖菜的足有 70 岁的老人咧着牙齿所剩无几的嘴巴，呵呵解释道："闺女，这叫'藕抵头'，喝了管祛火的。"文慧理解不动为什么叫"藕抵头"，旁边的年轻些的菜农上下打量了文慧的穿着打扮，又审度了一番她的言谈举止后，笑着帮忙解释道："这叫'牛抵头'，是从山上挖来的，泡茶喝消炎祛火很效验的。"文慧笑着"嗯"了一下，买了一把，又从琳琅满目的菜品里各挑一些，让菜农用小塑料袋分门别类帮她包好，一一接过来，码进自己提着的环保袋子里。

回去的路上，不断有人和她打着招呼。"早！""好！""早！""好！"也有晨练回来的女人盯着她身上青灰底子浮着小银梅花的旗袍看，文慧想："有什么可好看的？47 岁的老女人了。"可又迅疾地想："我真的老吗？"事实上，文慧一点儿都不显老，都是她的丈夫太英俊、她的女儿太灵秀才衬得她人到中年呢。

夏天的清晨，空气格外清新，习习凉风沙拉拉吹着道牙上的树的绿叶子，头上是像被消毒水泡过似的干干净净的蓝天白云。偶有鸟儿刮着翅子，从高出电线的上空掠过，叽喳几声像是和鼎沸的人间打招呼。

"中午的排骨炖冬瓜里切些藕块放进去。"文慧走在路上的时候，又临时做了这样的决定。藕清热凉血，说不定丈夫吃了会对他的咳嗽有帮助。买"牛抵头"也是下意识的为丈夫着想吗？想到丈夫，想到这个家，文慧就又一脸微笑起来。

7

"文慧，买这么多菜呀！"有人从身后和她打招呼，一辆普通的白色小轿车也停在了她左侧的位置。是莫小虎的父母，一起去上班，看见了她，停了下来。"刘医生，莫医生。"文慧也赶忙把菜先搁置地上，习惯性地拢了拢前额上方的头发，和他们打招呼道。

莫小虎的父母在同一家医院上班，母亲是内科主任，父亲是外科主任，都是医院的业务骨干和精英，然而，他们说话行事相当地低调谦和，莫小虎的优秀仿佛集中了父母优秀的精华，连长相都是挑着父母的优点长的。

"来，上车说，正好顺路，送你回去。"莫小虎的母亲刘慧娟的单眼皮一弯又一扬，露出了医生特有的职业微笑。"是啊，上车说。"莫小虎的父亲莫亚辉也接着帮腔道。文慧不好意思再推辞，弯腰拎起袋子上了他们的车。上车的时候，右手悄然把旗袍往上提了提，坐下去的时候正好不用再扯衣服。"对了文慧，想起一件要紧的事，这两天叫上你家程总，两家一起吃个饭，说说两个孩子报志愿的事。"文慧上车后，慧娟一下子惊醒似的直接道。"哦？是这个呀，那倒不用非得吃饭，哪天都有空时让程明请你们喝茶，边喝边聊着说。"莫小虎的父母比文慧夫妇略长几岁，所以文慧回应的时候有对兄嫂那样的尊重。"我看还是尊重孩子们自己的意见为好。"莫亚辉忍不住插嘴道。

"也是。"慧娟顺着丈夫的意见肯定道。

虽然莫亚辉把车子开得较慢，努力让两个女人多说两句体己话，但文慧家离菜市场实在不远，加上遇见慧娟的时候她也已经走了一截子路，所以还是很快到了通往文慧家的拐角处。莫亚辉并没有停车的意思，他和慧娟出来得比较早，有比较充裕的时间不会耽误上班，所以他把车子徐徐拐进了文慧家小区的方向。"莫医生莫医生，你看，只顾和慧娟说话了，把车子停这里，我从这里下车就行了，你们快去上班吧，时间不早了。"文慧阻止莫亚辉道。

车子并没有按文慧的意思停下来，莫亚辉稳稳操着方向盘，继续不疾不徐往前驶去。"别管他，让他送吧，反正从你家旁边那里也能出去的。"慧娟怕文慧尴尬，替丈夫解释道。文慧不好意思再谦让，只好继续和慧娟有一搭没一搭说着倒也掏心掏肺的话。

很快到了文慧家楼下，文慧歉意道："不是你们上班，真得请你们上家坐坐，你家小虎一直很照顾小程的……"文慧边说边拎起了脚边的袋子。"呵呵，改天，改天。"莫亚辉夫妇异口同声道。"要不让慧娟帮你拎上去？"莫亚辉又说道。"是啊是啊，要不我帮你一块拎上去吧？"慧娟和丈夫真是琴瑟和谐的夫妇，一个说一个应的配合默契。"不了不了，不多重的，耽搁你们上班的时间已经不短了，你们快掉头去上班吧。"文慧当然不会再让慧娟下车帮忙，别说买的菜自己能拎动，就是拎不动自己也不会真那么不禁让的。

别了莫小虎的父母，文慧方才拎着袋子上楼去。习惯了出门不坐电梯，一搭一搭走上楼去，当是锻炼。"一楼脏二楼乱三楼四楼住高干。"他们家住在三楼，但文慧不当程明是高干，虽然她丈夫曾经是名副其实的高干的儿子，但丈夫身上没有丝毫高干后代的那种傲气。上到了三楼，立在了自己家的门口，文慧准备从珍珠便携包里取钥匙开门。钥匙没取，倒是又被门上贴着的大大的"福"字吸走了十几秒钟的神儿。是女儿程小程亲手挑选并亲手贴上去的。是去年农历腊月的二十八、常言说的"二十八，贴画画"的那天，女儿放了寒假，拖着她外出买门上的贴画，应女儿的要求，她穿着驼色休闲款式的细羊绒大衣，领口处圈着细绸子的小黑花丝巾才出的门。而已经高她半个头的女儿更是简装上阵，一件及膝的白羽绒服，一成不变的牛仔裤塞进一双仿她大衣颜色的保暖靴子里，拐着她的胳膊，姐妹花似的去上街买年画。

丈夫不在身旁的时候，女儿和她也仿佛有着深情的母女之乐。可是？一个大大的问号打在文慧的脑海里，已经这么多年了，她还是找不到半点答案的头绪。是油封着的一潭水，总有些神秘的东西在里面。

"妈妈，福要倒着贴懂吗？"女儿把粘在"福"字背面的几绺双面胶小心翼翼揭掉，边和她说话边把"福"字倒过来往上贴。小小年纪的女儿仿佛有种天生的信仰，对万物总有种与生俱来的敬畏，所以她一路长到今天，没有让大人有过格外的操心，也没有青春期的使人摸不着头脑，可文慧心里又异常清楚，女儿有种隐秘，包得严严的不让她窥见。

"妈妈想知道为什么要倒着贴？"文慧还记得当时自己的明知故问。"妈妈，这你就不懂了，'福'字倒着贴意思是福到了，妈妈不想让福到咱们家吗？"陷在回忆里的文慧额角的细纹路里都仿佛嵌了笑。"哎，我老咯，不中用咯，不知道'福'字要倒着贴咯……"那时候文慧也故意地装糊涂，结果使女儿害臊了小半天。"妈，对不起嘛……"末了女儿撒娇着向她赔不是。除了这一年，年年的门画春联都是她贴的，她能不知道"福"要倒着贴才吉祥吗？女儿很快想到了这一层，黄白的小脸陡然生出红晕，像早晨清露里初绽的一朵小兰花，自有她天成的清韵在那里。

这一截子的回忆可不短，直到包里的手机铃响才断了文慧的回忆。"嗯，程明，什么？哦，你一天都不回来吃饭了，好，我知道了，晚上别喝酒啊，一点也别喝，你还咳嗽着。"程明这么早打电话给文慧，也是因为知道妻子的习惯，知道妻子总会一大早就把一天的饭赶出来，搁在蒸锅里保着温，等他们回来的时候随吃随端。

文慧到底开了门，走了进去。包和菜都临时搁在门口的鞋柜上，换过拖鞋就赶紧去卫生间小解净手。干净惯了的一个女人，每次小解都要临时冲洗一下，其实并非妙举，破坏了体内的保护膜，让细菌更容易长驱直入，指不定身体的哪方面会先生出毛病。

文慧从洗手间最里边出来的时候也让脸嵌在镜子里照了照，不过她用的不是程小程的蛋形小镜，而是丈夫又让装修的人额外装的一面长方形大镜子。有汉白玉那样的雕花细边，镜面是很优质的玻璃，照人的时候没任何走样。

镜子里的文慧到底不及年轻时候的美了，她的脸有些椭圆，现在脸部肌肉变松了，有往下垂的趋势。双眼皮也开始下坠，眼尾处已经往一起叠压了，加上白皮肤的女人最不禁老，一线细细的皱纹都遮挡不住，文慧的眼尾已经有明显的秋意了。年轻时的红润没了，只剩下糅了岁月的白，是机器把麦子压碎撇了麸皮的面粉，白里混着些说不清道不明的烟色，有些灰，有些青，更多的还是白，还是白……

卫生间角落的花架上搁着一小盆绿叶子植物，从来不开花，叶子像猫耳朵似的一片片四下散着，花架是上了白漆的铁艺，特别适合放绿色不开花的植物，因为给人纯粹的青白感。文慧从镜子里看着自己，看着自己的这个家，微笑着表示知足。

丈夫一整天不回来吃饭，她有足够的时间去准备女儿一个人的饭，她准备略略拾掇一下房间再忙其他的事。说是拾掇房间，其实是查看一下保管着的东西罢了。房间有固定的清洁工来打扫，丈夫根本不要她掘力干重活脏活的，虽然她一再要求不用雇清洁工，但丈夫说，她若再执拗，连保姆都要雇给她用，所以她也就作了罢。丈夫总觉得欠了她，就想加倍补偿。殊不知在加倍补偿的过程中，他才是又一层深一层地欠了她，因为使她这个做妻子的更没有用武之地了。

文慧从卫生间出来后，先去了她和丈夫的卧室，脱下了身上的旗袍挂在柜子里，换回了离家前穿着的鼠灰睡衣，才开始推开左侧的衣柜门，检点保管的东西。她先把一摞厚厚的相册抱出来，搁在罩着床罩的床上；然后又捧了一个小匣子出来，这才慢慢歪坐在了床上靠枕头的位置检点起来。

公公婆婆，自己的父母，都在这里了。文慧何尝不知道，翻看相册，就是掀开悲伤往事，但她没办法让自己停止怀念。是命吗？公公婆婆人丁稀得厉害，程明仅有的同父异母的姐姐，也是因为不愿回首过去的岁月才远嫁他乡外县的吗？自己的公公，响当当的县城二把手，第一个婆婆究竟是怎么去世的？真的是生病那样简单吗？病由气生，是公公给她惹的病吗？自己呢？在没有计划生育的年代，母亲为什么只有她一个独生女儿呢？

受过高等教育的文慧也无法理清命运的脉络，她只知道一个现实，她和丈夫的家族人丁稀少，双方父母为人良善也没能长寿，在她和程明共同缔造的人生刚刚开始的时候，婆婆公公也相继作古，留给他们了大笔家产，可也只有家产。

相册在文慧的手里到底还是被轻轻揭开了，她先揭开的是夹着父母照片的相册。当教授的父亲清瘦矍铄，有青年瞿秋白的俊逸；大家出身的母亲偎在父亲身旁，端庄贤淑又小鸟依人。自己的团白脸多么仿母亲啊！淡淡的蛾眉，圆圆的脸颊，面粉一样的肤色，整个人像是浮出来的一个隐隐约约的影子，有远山飘忽不定的美。在他们家的院子后花园的秋千架上，小小的她快乐地荡着秋千，风一样来回飘着，飘着。一定有清脆的银铃声在花园里琅琅作响吧，文慧仿佛听见秋千架上自己那咯咯的笑声。

合上父母的相册，她又去一页一页掀开公公婆婆的相册，第一个婆婆是公公的糟糠妻，跟着高升的公公进了城的乡下女人；第二个婆婆，也就是丈夫的母亲，小了公公十岁光景的样子，加上又是城市人出身，受过不低的教育，一眼看去就是让公公愿意落着架子和风细雨说话的女子，公公的雄风在她的年轻貌美面前只得无止境让步，让步，所以她的脸上始终有种骄矜的表情。丈夫的长相是仿她的，是仿她的……

不管做什么，文慧都坚持着"长辈在先"的原则，即便是看相册的顺序，也是一毫不能颠倒的。看完了长辈的，她才开始打开他们一家三口的相册。这些照片是她自己拿着家里的相机去照相馆里要求一张一张洗出来的，虽然丈夫和女儿嚷嚷她不用多此一举，家里的电脑、手机、摄像机到处都是他们一家三口的影子，也刻下了无数张一家三口活动的光盘，压根不用再洗成胶片的。但文慧坚持了自己的意见，捡了很多镜头，让照相馆给冲洗了出来。

她发现个秘密，每张他们三口的合影，女儿挨丈夫的距离都比挨她挨得近。"闺女是娘的小棉袄"输给了"女儿是丈夫前世里的情人"。从照片上看，丈夫和女儿亲得厉害，她倒是完全成了陪衬，要不然就是可有可无的点缀。

文慧并不忌恨女儿和丈夫亲，可？难道？文慧猛一激灵，好像这么多年的困惑突然有了扇透着亮光的窗户，"恋父？"上大学时读过的弗洛伊德理论如一根点着的火柴，"唰啦"一声烧痛了她的意识。"啊？""小程已经18岁，成人了呀！"文慧捂着胸口，身子一阵痉挛。

8

一切打破得太快，也打破得太迟了些。

中午小程下学回来，一下子嗅出了空气中和往常不一样的气息。"妈妈，我爸爸呢？"她边放书包边四下寻找程明的身影。"你爸爸今天忙，不回来吃饭，你就不要找他了！"文慧态度有点生硬。"妈妈你怎么了？"程小程有点莫名其妙母亲的说话语气。"小程啊，你也不小了，以后就不要动不动缠着爸爸，知道吧？别人会笑话的，那么大的姑娘了。"这句话，文慧并没有使用祈使的语气，可小程感觉比杀她剐她还让她始料未及。

她不再问母亲话，伏在餐桌上老老实实吃起饭来。"人是铁，饭是钢，一顿不吃饿得慌！"她想起爸爸往常的告诫，所以，在和母亲打持久战前，她告诉自己一定先把饭吃好！

"该来的总归要来！这么多年我顾着她的感情，并没有多大的过分；今天，是她主动挑破的，怪不得我不仁不义！"是人的原罪使然吗？程小程这一刻的表情若是让莫小虎发现，他会做何感想？还会一如往昔那样把她当他心中的天使对待吗？

"妈妈，我去上学了！"程小程吃完饭漱完口立刻拎起书包背在肩上，向文慧告别道。"啊？你不午休会儿？才刚下的学？有孩子还没到家你可又要去？"文慧有点始料未及女儿的强烈反应。"妈妈，爸爸不在家，我在家没有任何意思，我走了！"程小程这句话是背对着文慧说的，她今天穿的是纯黑色的 T 恤，下着磨白的九分牛仔裤，有点像如今流行的某个漫画上的偶像。

女儿肩胛骨棱角分明，这一刻文慧才发现女儿相当个性，她不知道还要说什么才能让女儿待在家里午休，因为她发现她说什么都为时已晚了，女儿拽开房门，以从未有过的倔强姿态"噔噔噔"下楼去了，电梯也不坐。

文慧有点心乱如麻，她在恍惚中拨通了丈夫的电话。"文慧，不是给你说了中午晚上都有应酬吗？"程明以为文慧提醒他回来吃饭，接过电话就先重复解释道。"哦，那算了。"这一刹那，文慧稍稍清醒了些，她意识到丈夫今天的事情的确不同凡响，所以她转了话锋，努力没那事般让话拐了弯。她放下电话后，坐在沙发上迫使自己冷静。愣愣的眼神飘到餐桌那里，女儿把她盛的一碗排骨冬瓜莲藕全吃净了，鸡蛋大的小馒头一动没动，桌上用广告纸折叠的小方盒子里散乱装着女儿吐出去的骨头渣子。

"人是铁，饭是钢，一顿不吃饿得慌。"这一刻，文慧也想到了丈夫往常劝慰女儿要好好吃饭的话。她慢慢站起来，坐到餐桌那里，捞过馒头筐里的一双白象牙色筷子，去吃另一碗里的菜。"没放盐？"文慧又喝了一口汤，"像是放了。"她自言自语着。可她吃进嘴里的饭菜，一点滋味都尝不出来。她不知道她今天怎么了？仿佛又一下子老了 10 岁，开始有种丢东忘西的茫然无措。

到了晚上下自习的时间，程明微醺着步行去接女儿。中午的应酬没有酒，他这个对酒过敏的男人，打心底感激中央的三令五申、八项规定。但晚上他挡不住觥筹交错的饭局，虽然大家依了他喝红酒的惯例，但红酒的后劲比白酒还厉害，他感觉现在他醉得迷迷糊糊，但醉得迷迷糊糊也要去接下学的女儿回来。"小程，你是爸爸的命！比你妈妈在爸爸的心里还重！还重！你知道吗？小程？"虽然文慧坚决要和他一同来接女儿下学，但程明也仿佛知晓了什么似的坚决不让她来。

见有一拨学生出来，程明努力让自己清醒过来。他在黑影里，一眼看见了校门口光影里往外走着的女儿，还有那个虎虎生风的莫小虎。"莫小虎！你个臭小子！别以为我不知道你想娶我女儿！"程明的酒意还在上涌着，他看莫小虎和女儿一起往外走，开始有不及以往的理智。"爸爸！爸爸！"纵然他在暗影里，程小程还是一眼发现了他，她兴奋着朝他奔来。

"啊？爸爸你喝酒了？你咳嗽你不知道吗？不是不能喝酒的吗？"连珠炮似的，程小程心疼万分质问父亲道。"闺女，爸爸没事的，没事的。"程明趔趄着身子，试图去搂女儿的脖子。

"叔叔，叔叔，来，我扶你！"莫小虎不知道程明想故意借酒向女儿讨好，三两步并过来，搀扶住程明。"莫小虎！叔叔没事，你让开。"程明推让着莫小虎伸过来的胳膊，不让他搀扶。"莫小虎，你可给我听好了，程小程不会嫁给你的，你就省省你的那颗心吧！"

"爸爸，你乱讲什么！"

"小虎，快把我爸爸扶到那边去！快！"程小程看下学的学生想三五成群聚拢过来，赶忙指示莫小虎帮忙。"好好好！小程，没事，你别慌别紧张！我来我来！"被程明突然弄得一头雾水的莫小虎回过神来，赶紧又伸出胳膊去搀扶程明，这下程明没有再拒绝，他被莫小虎搀扶到了靠一旁的路上，微微喘息着。

"小虎，你先送我和爸爸回家，再回去好吧？"程小程有点担心父亲的状况，对着莫小虎请求道。"和我想的一样，小程，我不替你背书包了！来，你走左侧，护着程叔叔别摔倒，我在这边搀牢他！"莫小虎语气坚定道。

"好的，就这样往前走。谢谢你呀小虎！"得了莫小虎的保证，程小程感觉自己气力十足，就这样，她和莫小虎一左一右，搀着并没有深醉的程明，回到了家。

莫小虎从程小程家往回返的路上，月光炯炯。快到中旬了，月亮也慢慢圆起来，莫小虎想：仙人垂两足，桂树何团团。仙人的足在哪里？桂树又在哪里呢？他的世界，这些都是假的，只有程小程轻轻摆动的马尾辫是真的；只有程小程汪着轻愁的杏子眼是真的；只有程小程露着大门牙小虎牙的笑脸是真的；只有程小程……是真的。

程小程会报哪个学校的志愿呢？

跟着一漾一漾的月光，莫小虎的思绪也到了一漾一漾的月光里。

9

以往的黑色七月到了莫小虎程小程他们高考的年代，被高温天气还不会层出不穷的六月取代了。教室里高考倒计时的牌子终于掀到了倒数第三页，三天后就该高考了，班主任交代了各项注意事项后让学生各自回家度过这三天，要学生在家吃好、休息好，等着赴三天后的高考之约。

仿佛奏响了离别的笙箫，随着班主任话音的落下，教室里竟然变得异常沉默起来。班主任也像是有点动情，一成不变的不苟言笑里夹着些落寞。男儿有泪不轻弹，只是未到伤心处。这一时一刹，她这个学究气很浓像个男子样的老女人突然变成了很家常的女子，眼镜后的小眼睛里闪着晶莹的光。

异常的沉默后，有学生在小声着嘤嘤哭泣，是牛莉伏在桌子上，肩膀一耸一耸在低声饮泣。她的同桌扯了扯她的衣服，但不起任何作用，同学们依然垂着头，把手中的笔当依托，上下颠倒着。班主任夹着落寞的表情，又来回扫视了教室里的每个角落，就别过身子，出了教室，往她的办公室走去。

狂欢没有发生，尖叫没有发生，任何的搞怪都没有发生，气氛反常得厉害。是常言说的物极必反吗？压抑了多天的心是该爆发的呀！虽然三天后是高考，可到底有这三天放松的时间呀！可是没有，什么狂欢叫嚣的场面都没有，一个个的高三学子在这一刹那都仿佛一下子长大了几岁，他们三年的同窗生涯真的就要结束了，高考结束后回来领取毕业证的再见面也不是这一刻的同窗之谊了，因为缺少了一齐在学海中的遨游、扑腾、挣扎、骂娘……

莫小虎率先站起来整理课桌里所有的学习资料，见班长无声地站起来整理东西，同学们也跟着一个个站起来整理自己桌面桌斗里的东西。在坐着的同学所剩无几时，程小程也站起来开始整理桌面桌斗。"小程，要不你坐着吧，等会我帮你整理，反正要送你回家的。"程小程摇摇头，没说话。

"今天放学时间太早，爸爸还没有下班，不能来接我。"程小程收拾东西的时候有点心不在焉。她是个重视仪式的感性女孩，这样具有纪念意义的时刻，她希望是父亲来帮她绾结今天、她高中在校学习生涯的最终一刻。母亲几次提议来帮她携带东西回去，她都一一挡住了，她不想母亲介入她这充满仪式感的时刻，哪怕父亲缺失，她也要阻止母亲的加盟。但她不能阻止莫小虎的加盟，她不知道她对莫小虎到底是什么样的感情。她需要莫小虎，甚至一生都想要个这样的伙伴，她也不厌恶莫小虎登山的时候去牵她纤柔的手，更不厌恶莫小虎迫着她吃他父亲送的早餐，心里也总是温暖于莫小虎看她时百般怜惜的目光，可她冲不破心的樊笼，翻不过最后的一道沟岭，所以她觉得这三年要是对莫小虎说句话，只有三个字才能代表她的千言万语，那就是"对不起"。

莫小虎也准备了三个字要说给程小程听，但不是现在，是三天后的晚上，他计划过了的，在他们第一次一起吃西餐的地方，他要把三个字一字一顿地说给程小程听，不管程小程会做出什么反应，他都铁定了心要让程小程彻底明白他的心。

有拾掇完东西的学生陆陆续续离开了教室，校园里开始变得人声鼎沸。莫小虎利索整理完了自己的一切，帮着程小程做最后的整理。"呶，"程小程突然举了一盒老酸奶给他看。"什么时候的呀？怕是过期了吧。"莫小虎翻着青花瓷样的塑料盒子瞅日期。"喂，怎么这么久了？忘喝了吧？"莫小虎看着过了十几天的日期，诧问道。"嗯，我放得太靠里边了，忘了。"程小程羞涩着抱歉道。"没事没事，扔掉就是，想喝出去后我帮你买。"莫小虎赶忙安慰程小程道。

"程小程，你的奶过期了？"又是一阵阴风过岗，程小程还没看说话的人，心里就生出汩汩的寒意来。"刘峰！我警告你！你再这样和程小程说话！小心吃我的拳头！"莫小虎看见刘峰阴阳怪气的样子，就气得心头上冒火星，他紧了紧拳头，警告刘峰道。刘峰不接话，而是阴毒地盯了莫小虎十几秒钟，死死地立在那里不动弹。"小虎，小虎。"程小程拿过期的一盒酸奶去触碰莫小虎攥成铁疙瘩一样的拳头，莫小虎当作没意识到，继续怒目圆睁和刘峰对峙着。

"哼！"刘峰最终败下阵来，他从鼻孔里拧出一个字，斜背着他脏兮兮的书包，故意晃荡着身子，转过了身，走不像走地出了教室。可是，他在教室的窗子外又朝程小程瞄过来。是怎样瞄着的一眼呢？那斜视的浪荡的绝望的凄厉的眼神仿佛告诉她：他们之间的故事还长着呢！活该程小程遭罪，她止不住好奇，眼神跟着刘峰的影子转了一截子，此刻正好又和他瞄过来的眼神狭路相逢，于是，那心里的寒意变成深秋样的冷寒了。

"妈的！这帮子男生！"莫小虎突然爆粗口道。

还是曾经因为程小程而起的风波。程小程爱喝奶，一盒一盒往课桌的屉子里塞着时，就有学习无望专找女生乐子的男生打趣她道："程小程，来，喝点你的奶。"程小程最愤怒的反抗就是不理睬他们，但心里自是气得一鼓一鼓的。

初开始莫小虎没有会过意来，待他会过了意，怒不可遏拎起凳子要朝说这脏话的学生头上砸去，不是班主任及时赶到的一声断喝，他一定会把对方的头砸得头破血流。单为了程小程才会这样吗？那倒不是，莫小虎的性格是这事换在任何人身上，他照样会揭竿而起，一暴方休！因为从小到大，他最看不得男生这样的贱气！用语言暴力凌辱女生，算不得男子汉！

今天，他还是憋着这满满的一肚子气委屈着自己，都是为他同桌了三年的程小程！程小程！他一时间也恨得牙痒痒的，但眼神一触碰到程小程青梅样提示他不要打人的目光，他就又主动缴械，末了只能长舒一口气地摇摇头作罢。

扭头看看，教室里只剩下了他们和牛莉三个人。牛莉像是赎罪，不好意思着走到了他们身边，向程小程道歉道："对不起，程小程，我骂了你三年。"苍白的小脸浮着实打实抱愧的笑。"没事的，牛莉，都过去了呢！我们是好同学呢！"程小程歪着脑袋向她笑道，她的宽容又无限制延伸开来。

"小虎，我，我……"牛莉又朝着莫小虎嗫嚅道。"呵呵，牛莉，路上慢点啊！"莫小虎拍拍牛莉的肩膀，阻止她把话说下去。是青涩的初恋才有的不舍和纯情，牛莉无法不饱含深情看莫小虎这最后几眼，她怀里鼓着大大的书包，和她小小的个子很不相称，要把她压倒似的需要有人帮忙送一程，但莫小虎不让自己动一点怜悯之心，他不是神，救赎不了全天下需要救赎的女孩，他不想在女儿国里厮杀，他只想专心专意保护着他同桌了三年的女孩——程小程！从他见过她的第一眼起，到生命终结的那一天，他都要有这种恒心和决心！

都是太年轻的人，总以为自己的心愿稳如磐石，发出来的誓就一定亘古不变，地老天荒。

10

三天后的考场，荷枪实弹，有种肃杀的庄严。不过天公作美，在程小程莫小虎歇假的三天里，下了一场大雨，而7日一大早，天空就开始放晴。水汹透的小城，处处挂着水汽，地表微微结了一层干皮，内层却是多天的水润，最不济也会三五天保持着地表温度的适中。

程小程穿着父亲买的白色运动款式的及膝连衣裙，坐着家里银灰色的小轿车来高考了，这个一直霸着文科班翘楚位置的 18 岁女孩，清澈的杏眼里浸着笑意，款款下了车。这次，所有送学生参加高考的车都在马路边停驶，一辆衔着一辆歇在那里，静静泊着，很多的家长虽然在候着，却几乎听不见有人说话的声音。

莫小虎在等程小程。他今天也是一如既往的白 T 恤牛仔裤运动鞋的行头，干净清爽如同一管刚刚启开的牙膏。"东西都备齐了吧？"没有喊"小程"两个字，越发亲切亲近使人舒服。"嗯，备齐了。"程小程没有反问莫小虎备齐了没有，因为多一句的问候就仿佛要把这美好扼杀掉似的。三年了，她何尝不知，在她和莫小虎之间，莫小虎一直是施者，而她一直是不用多操任何心的受用者。她不用担心莫小虎爱上别人，不用担心莫小虎会在学习成绩上超过她，不用担心莫小虎不替她挡箭，不用担心莫小虎不喝她递给他的他不爱喝的牛奶……

三年了，他只要她在眼前，只要他的心有地方用，他的世界就丰盈丰美到不可说不可说了。

是两朵飘着的云，轻轻触碰着对方，一起走过了生命中最美好的华年。这一刻陪着程小程往前走着的莫小虎，巴不得时光停下来，把他们在此情此景中定格不动。是，就在这里，就在这个他们无数次并肩走着的校园小路上，靠着麦田与小河背景的校园门前，静静地把他们锁住，锁住。唯有这样，程小程的杏眼里才会没有轻愁弥漫，程小程才会真正属于他一个人。

成绩好的学生就是这样傲娇吗？即便前方是立刻就要开始的考场上的厮杀，还可以在开战前一分钟在心里小小的儿女情长一把？因为完全自信地知己知彼、百战百胜？

两个人在继续往前走着的时候，都没有再说话，但会时不时笑着看一下对方，是种彼此间的鼓励，更是给对方打气。莫小虎的国字脸实在太白了，眉毛又实在太浓了，黑白对照十分明显。相形之下，那薄而微双的眼皮下的一双眼睛就不及程小程的有看头了。

莫小虎和程小程没有分在同一个考场，一个楼上，一个楼下，临分开的时候，莫小虎叮嘱程小程道："别紧张，慢慢答题。"程小程"扑哧"一声笑了，莫小虎不好意思接着道："对不起对不起，我又鲁班门前弄大斧了。"

程小程的考场在楼上三层的位置，是注定要高莫小虎一截子吗？随着迁动着的学生流，程小程也在里面让自己缓缓迁动流淌。一搭一搭，身后的人挤着她，扛着她，她还是不慌不忙匀着步子一搭一搭上着楼梯。楼下的莫小虎已经进了自己的考场，他坐在一号的位置，没有开考前，可以再一次观看迁动着的学生流。但他已经看不见了程小程的身影，因为程小程和他一样，也坐到了考场最靠前的一号位置上。

是两个男监考老师，一看就是监考惯了的人，踏入考场就一副游刃有余的样子。又读了考生规则，提醒考生常规性的注意事项，特别温馨提醒不舒服撑不住的时候举手报告老师，他们会做妥善处理。

铃声响了，监考老师开始开封试卷。一个老师把封得严严的试卷袋擎高，对着同学们道："同学们看好了，试卷是密封着的！"连老师和学生之间的信任也已经到了岌岌可危的程度吗？还是照章办事的必需步骤？程小程边寻思边看老师如何用手来开试卷袋。

一个老师走下台，又把学生的准考证座号和本人对照了一番，走到了考场最后边的位置。从小到大，程小程已经记不清自己参加了多少次的大考小考，但她牢牢记住了老师监考时的位置——前一后，一站一坐。前边的可以坐着监考，后边的必须站着监考，途中可以互相换一下位置，让一直站着的人得以休息。

高考的第一场是语文，不再像过去那样的考试，把答案满满写在一张卷子上。现在考试使用的是答题卡，把正确的答案用画图用的2B铅笔涂在小方格里，用力不能太轻，也不能把颜色涂抹得太浅，稍不注意都会被扫描仪嫌弃不吃，白白地让自己的努力付诸东流水。

时代让人力越来越多余，现代化的高科技越来越取代一切。这就是程小程他们生长的年代，他们的爱情也将变得没有花前月下，而是越来越多的电子信息形式的表情达意。

程小程伏在卷面上方，额前没有一丝秀发下垂。多年来，她一直保持的"露着光洁的额头扎着简单的马尾辫"的发型派上了大用场，关键时候不用担心额前的刘海菱眉遮眼，也不用时不时用手撩一下耽误时间，她只用安安稳稳地在光整的卷面写上她的名字、考号、准考证号、所在学校等一些验证她身份的信息，然后就是答题前的审题，答题铃声响后的奋笔疾书。

简单看了卷子的最后一大题一作文。是个和自信有关的话题，程小程心里底气更加十足。

　　蚕吃桑叶的沙沙声终于开始了，程小程杏眼里投出来的专注的目光集中在一道又一道的小题上，纤柔灵巧的小手捏着微微有棱的2B铅笔，按她喜好的习惯做一题涂一题地答写着。

　　没有一道拦路虎，这个文科班名副其实的才女，从小就被书香氛围熏着成长的女孩，答起语文题如同瀑布流泻，笔尖游走宛若游龙。

　　可是，在这泅着水汽的小城6月7日三楼的一个考场，还是发生了令人惋惜的插曲。一个男考生当场晕考，虽然随从的医护人员竭尽全力从他的生理到心理进行治疗安抚，还是无法使他从惊惧中清醒过来，高考的第一炮，他划着了火柴，也慌乱着去点了一下鞭炮的捻子，结果却哑了。节骨眼上的一串鞭炮没有噼里啪啦爆响，这多多少少影响了同一考场里的考生情绪。程小程状态还好，仗着多年深厚的知识功底，她越过了善感的心理障碍，为自己高考的第一场考试挂了一枚闪亮的勋章。

　　接下来的第二场、第三场，已经变得轻车熟路、势不可当。当这个18岁的女孩考完最后一场，随着校园广播站"考试结束"的铃声提示走出考场，走出校园，和近水楼台先得月先她几步走出来，在校门外等她的莫小虎会合时，她竟然忍不住喜悦，以从未有过的架势和莫小虎击掌庆贺，还从包着小虎牙的厚嘟嘟的小嘴里飞出一个响亮的拖着长音的"耶……"

　　"淡定，淡定！"说是要程小程淡定，莫小虎自己也是兴奋得如同初遇程小程的样子。"我一定能和程小程报同一所大学了！"莫小虎在心里欢呼道。

　　是他们和父母约定好的，最末一场考试结束时不要父母来接，他们要去小城的一个天然氧吧去游玩，去放松，去狂欢。当然，莫小虎也给双方父母立下了军令状一保证程小程毫发无损！保证把毫发无损的程小程在晚上八点之前安全送回家！

　　五点多的天光，说软不软说强不强，柔柔地兜着一天地的初夏的万种风情。小城的天然氧吧就在离他们考场不到五百米的地方，是座政府帮忙规划修葺的小山，一项耗资不少的益民工程。伴随着人类物质生活的提高，精神生活的建设也陆续纳入政府的年度报告中去，比如能让小城的人在茶余饭后有休闲的去处，能在晨起后有吼嗓子的地方。单从这一点上讲，程小程莫小虎他们居住的小城就可以作为终老之地。金窝银窝不如自己的穷窝，何况他们的小城并不贫穷。

　　莫小虎找了处熟悉的地方，把他和程小程携带的考试用品临时寄存在了那里，他们现在完全轻装上阵，只是他还不能旁若无人去牵程小程的手前行，到底是刚刚毕业的学生，况且程小程也并没有给他什么彻底的暗示与答复。"不慌，我要一步一步来！"莫小虎在心里给自己鼓劲道。

好像有很多的人来爬山。单位到了下班时间，家里已经没有学生的大人像是不在家做晚饭的样子，或许是随便吃了集市上琳琅满目的小吃品，或许是想仿效佛家的"过午不食"养生法，总之是端着一副吃饭已经抛到身后的、悠闲自在的神情来爬山。穿着打扮也有在山上打长庄的样子，不像是上班时穿的衣服，换了轻便休闲的行头，脚上蹬着或白或玫粉的运动鞋。想翻山去另一个片区？程小程不禁想到翻过山头即是一处热闹的小吃街，忽然之间，她竟然饥肠辘辘起来，肚子也"紧跟时代"似的连连"咕噜"几声。

"咦？小程，你不会饿了吧？"莫小虎听得也相当真切，赶忙立住脚步，体贴问道。"看你，真是的！"毕竟是女孩子，程小程为身体冒出这样的秘密被莫小虎发现而羞红了脸，她轻翻着水盈盈的杏子眼，斜着眼睛嗔莫小虎道。

"一颦一笑皆倾城。"不管程小程有多么的年轻可人，莫小虎还是有点"情人眼里出西施"的心理倾向。他决意带程小程翻过山头，去市区最繁华最热闹的小吃街，陪她吃她最喜欢的涮菜和烤串。为了她，他愿意开始第一步小小的翻山越岭。于是，在正往前走着的时候，他温柔征求程小程的意见道："小程，我们翻过山去好吗？去那里吃晚饭，然后再打的回来？"莫小虎一笑，薄长的嘴巴倒裂开了，可眼睛却往一处眯起来，不仔细看，真看不出他也是货真价实的双眼皮一族。

"好呀，我喜欢呢，我爸爸经常带我去吃的！"程小程异常兴奋回应道。"又是'我爸爸''我爸爸，莫小虎听见程小程一兴奋就提她帅气刚毅的爸爸，心里突然有些不该有的醋意来。"先想好吃什么？"莫小虎转移话题道。

"嗯，让我好好想想……"程小程立住脚，歪着脑袋作寻思状。"想起来了！就吃我和爸爸一起时常吃的'老三样'！"程小程道。"小程，你能不能不提你爸爸一会儿？"莫小虎实在不乐意他带着程小程的时候，程小程还在反复回忆着和另一个男人的美好镜头，他微微抬高了腔调，表示了小小的抗议。

程小程不乐意了，嘟起了嘴巴不吭声往前走，有长长的草串抚着她的膝盖时，她用手拨了拨。"好好好，我错了，好不好？小程同学？"是贱心吗？是前世的亏欠吗？是命中注定吗？无论莫小虎生气的当初有多么铁定正确的理由，都会在程小程生气的一刻崩溃坍塌，像是有种夫妻结婚时男方向女方做的保证："老婆永远是对的！即使老婆有错，也请参照第一句话！""小虎，其实我早想告诉你，我……"程小程有点欲说还休的无奈。"别，小程，等你想告诉我的时候再说，好吧？你看天边！"莫小虎发誓再也不能因为自己的情绪让程小程滑到轻愁的边缘，他打断程小程的话，伸出结实的臂膀指着天边让程小程看。

是晚霞，传说里仙女织的彩锦扯了一大片铺在天边。西瓜红、鹅黄、粉紫、朱砂色、赤金……鲜丽的颜色在交错中融合晕染，在融合晕染中交错，它们守着天空的一角，吸着人的眼睛，抽着人的绮思幻想，宕着人的心窝，有的看呆了，有的舌尖呷着牙齿发出"啧啧"声，还有的如痴如醉仿佛要跟了去。"哇，好美……"顺着莫小虎手指的方向，程小程轻呼道。她的轻呼像是在空中画了一个弧，末尾的"美"字成了温柔的连缀。

莫小虎舒了一口气，他是男人，对彩锦一样的晚霞并不多感兴趣，但他也像模像样地看着远方的天空。"小虎，我觉得好像是湖里掉了一块彩色的玻璃！"程小程绮思万千赞叹道。"那玻璃掉进去不是看不见彩锦了？"莫小虎逗乐她道。"痴脑袋！可以潜水下去看的呀！"程小程又溜他一眼，嗔道。莫小虎咧咧嘴，笑着想："要我陪她潜水去看吗？"他想，靠着他的雄心壮志，早晚是会有那么一天到来的。

翻山的路径，莫小虎选择了山腰里的环形小道。直上直下的窄道程小程有些吃不消，她不像他那样热爱运动。背她上山目前又是冒天下之大不韪的不现实，这样的境况中倒可以牵着她的手往上爬，但莫小虎还是舍不得让程小程气喘吁吁。山腰里环形小道上走的人并不多，但这条道上的景致却浓得令人发呆。有无数的青藤绕在一棵又一棵的树干上，螺旋式上升着，上升着，有的已经攀到了快树梢的位置。有人说这是政府找人专门种下的，补充山景的；还有人说是自然生成的，自我扩张能力特别强，没几年可就扩张成半坡子的藤缠树，使每一个见到的人都大为赞叹。"藤缠树，树缠藤；树缠藤，藤缠树。"莫小虎和程小程同时想到了舒婷的成名作——《致橡树》。虽然诗里的意境高于这里的一切，但在两个18岁的少男少女情怀里，倒也没多大区别。

"小程，唱歌给你听吧。"莫小虎怕程小程只顾看景，忘了他是她的保护神，主动提议道。"嗯。"程小程笑着赞同道。

是罗大佑作曲、林夕作词的经典老歌《滚滚红尘》，后来由罗大佑陈淑桦共同演唱。"起初不经意的你，和少年不经事的我，红尘中的情缘，只因那生命匆匆不语的胶着……"略带沧桑的词曲，经了莫小虎爽朗又稍微带点沙哑声音的演绎，使两个少男少女都在听着的时候陡然长了几岁。莫小虎倾情的演唱，沙沙着滤出了他对程小程的永远不能的舍弃和忘记。歌声也像是绕了藤缠树上，附上去，像是给藤缠树安了更灵性的魂魄，使藤缠树看起来更加的缠绵悱恻，宛如爱情的胶着。

莫小虎落下最后一个尾音时，程小程五指并拢，两只手轻轻击掌，浅笑道："唱得真好听！""真的吗？小程？"莫小虎把目光探到程小程的杏眼深处，也浅笑着追问道。程小程没再搭话，却使劲连连不断点了点头，因为还在笑，腮颊小小地鼓着，蛋形的小脸蛋掬成两枚光洁的"鹅卵石"。

像是走了一截子千回百转的路，两个人在"你言我语的胶着中"终于走到了另一处的山脚下，也就是离小城最热闹最繁华的小吃街一步之遥的地方。其间要过一座短短的天桥，这座天桥虽然短，却功不可没，连接着水泥和泥土不同的地面，还可以久久立在天桥上看冬天的飞雪，秋天的夕阳西下；又还可以搞笑地当它是蓝桥，模仿一下魂断的肠绞痛。天桥很安全，厚铁皮板子上梗着水波样的小棱条，莫小虎让程小程走在他前面，已经闻见对过飘过来的诱人香气了，程小程深吸着鼻子，恢复了爱吃零食少女的本性，这令莫小虎心里大大释怀。

11

下天桥的时候，莫小虎去接程小程的手，程小程心里已经在品咂她的老三样了，所以把手递给莫小虎的时候心就没在手上面，下最后一搭小铁梯时，双脚轻轻一箭步，差点没撞到莫小虎。"喂喂喂，小心点，小心点。"莫小虎看她心思完全被诱进了前方的小吃街，笑着提醒她道。

可是，下了天桥，程小程就孩子似的撇过他，加速了碎步子往前奔走而去。其间扭了一次头，喊他道："莫小虎，快点呀！我在前边等你！"莫小虎突然间有种直觉，程小程会忘我跑跳起来。果然，他向前紧追她的时候，她的双脚一前一后往地面一蹬，借了地的力量，灵动弹跳了两下，头上的马尾辫也像是双脚的跃动，连摆两下。与此同时，程小程也迅速意识到了自己已经是18岁的大姑娘了，所以她又很快地止住了弹跳，猛然间立住脚，猛然间掉过头，迎着走过来的莫小虎"发狠"道："好啊，莫小虎，你竟然看我笑话！"她作势攥着小拳头要擂莫小虎似的，抿着小嘴巴，可她刹不住自己眼里的笑，随着"扑哧"一声笑，她不得不把一只攥着的小拳头松开，去捂自己的嘴巴；另一只小拳头也紧跟其上，盖在捂嘴巴的这只手上，"咯咯"笑起来。

见程小程兴致如此好，莫小虎逗她道："哟，笑不露齿哟。"程小程立刻撒开手，嘴巴一咧，上下两排牙并着一龇，眼梢往上一撩，脑袋一歪表示严重抗议。"看我的大——板——牙！"刹那过后，她直了头，用上边的门牙咬着下嘴唇反过来逗莫小虎道。

莫小虎等她把调皮的动作做完，才走到和她并肩的位置，拍拍她的肩膀，示意她旋过身子，开始进入吃的主题活动中去。

这里不愧是小城最热闹最繁华的小吃一条街，借着初夏傍晚将要徐徐拉开的夜幕，各色摊子开始齐股脑儿"粉墨登场"。长沙的臭豆腐，信阳的烧烤，南阳的涮牛肚，鲁山的揽锅菜，尚店的灌饺子，西安的肉夹馍、关东煮，本地的热豆腐、炒凉粉、咸鸭蛋、卷烙馍，等等。有的摊主把煮熟的食材候在小推车上推着叫卖；有的摊主支了火炉在地上，风葫芦趴在开着小口的位置，呼噜呼噜使劲往里吹着风的同时，已经把炒锅架在呼呼往外蹿着的火苗上面，碗样大的铁勺子哐哐啷啷在锅底子上造势；有的摊主正啪啦啪啦往烤炉里撂着炭块；还有摊主的烤炉已经早早生好了炭，烤炉后边的小方桌上早早围上了一群的哥们儿，赤着膀子，鼓着硕大的啤酒肚，吃着小菜开始划拳猜令，或者用一张一张的扑克牌赌输赢。小摊主蒲扇似的大手抓着几十串肥瘦相间的生羊肉串，在烤炉上来回翻烤着，抹着一层一层的羊油，撒着一撮一撮的孜然粉、细盐、辣椒面，末了猛一上扬，又猛一下落，几十串热气腾腾的肉串在不锈钢的长托盘上排成列队，摆到了划拳猜令的人面前。

但这些都没有勾起程小程最大的食欲，勾摄她魂魄的位置在小吃街临路的一间铁皮房子那里，她闪躲着一个个来回挤着的人，有点费力地并着莫小虎的肩往前小心着挪去。"小程，快看！"莫小虎突然提醒她道。"啊？"程小程吃惊地低低啊了一声。原来在那川流不息的小吃街上，不知从哪里来了一个蓬头垢面又光着上身的乞丐，又不知哪家好心的摊主给了这个乞丐一截卤熟的大肠吃。这乞丐现在正抓着一截肠子一股脑往嘴里塞去，边塞边让嘴巴搅拌机那样来回搅拌起来。可和团成一团的肠子比起来，他嘴里的空间实在太小，单只见他腮帮子费力地鼓来鼓去，就是不见嘴里的肠子有下咽的趋势。他又舍不得吐出来不吃，于是，他伸出乌碳似的一只手，去接嘴里往外漱的嚼得半碎不碎的肠子。上了颜色的卤肠的外衣被他嚼得露出了肠内壁的白，豆腐渣样的褐色白色混合着，星星点点，脓脓挤挤，半瘫着摊在他长指甲的手窝里，他却顾不得看它一眼。因为他口里还有一半的肠子在搅拌，口里有了空间，可他等不及嚼成粉粉碎，囫囵半扁着往下咽。咽到一半塞着了喉咙，再也吐不出来，只得拼了命地瞪着眼睛下死劲往下咽。眼白完全挡住了眼黑，脖子一伸一伸的，喉结成了运动着的活塞，头变成会伸缩的吹风机。是最前卫的街头艺术造型，完全使人信以为真。

也只是十几秒钟的光景，程小程看得就开始干呕起来。看程小程不像路人那样视若无睹，而是伤了自己的胃口，莫小虎万分愧疚，于是他拉着程小程的手赶忙找地方让她吐。还好，临街的商铺之间有一处剩着一个小胡同，莫小虎把程小程快速拉了进去。程小程人还没站稳，可就扶着墙壁呛咳着吐了起来，因为还没有吃东西，吐的都是清水。裙子没有兜，带的纸巾她放进了考试时提着的袋子里，袋子被莫小虎放在了上山前的那家熟人的店里；莫小虎赶紧去摸自己牛仔裤的裤兜，也是一片纸都没有，这时候他已经愧得要自掴耳光了，不过情急之下骤然顿醒，轻拍着程小程的背低低地嘱托她道："坚持五秒钟！我就来！"然后，他飞奔到临街的商铺，拽出兜里的十元钱说要矿泉水和一袋湿纸，老板递给他东西后，他抓着东西就往小胡同里奔，找回的钱也不要了。他三下五除二撕开纸巾的袋子，抽出几张湿纸巾赶忙往程小程的嘴角送着替她擦抹；程小程嘴角的涎液减少了很多，她直了直身子，喘着气，两只圆溜溜的杏眼深处憋出了厚厚的一层泪花子。

莫小虎终于没能忍住，他冷不防掴了自己一记耳光，抱愧着把矿泉水递给程小程让她净口。程小程噙了几次水，反复净了口，这才有点元气恢复的样子。她先看着莫小虎被打的腮颊，又回过眼神看着莫小虎，微微喘息道："小虎，不要紧，我没事的，只是胃有点浅，你怎么能打自己呢？答应我，再不许打自己……"莫小虎眼含愧疚的泪花，"嗯"着点头答应了她。

一对璧人，一对天生的璧人，然而，不见得造物主让一切的生长都顺风顺水。

　　一头乱蒿子样的乞丐不见了踪影，莫小虎挨程小程挨得近近的，伴着缓过神来的程小程继续往铁皮房子那里慢慢走去。期间，有个70多岁挎着篮子的老婆婆迎住他们，有点恳求道："好闺女，买几个咸鸭蛋吧，自个儿腌的，黄儿都流油了。"程小程见不得这情景，示意管着钱的莫小虎买几个来。"小程，我爸爸给你们家送的鸭蛋不是还有吗？"程小程没接话，她牵着颤颤巍巍的老婆婆业已到了人稍微稀的地方蹲下来。"婆婆，怎么卖的？"程小程指着小竹篮里的青白色咸鸭蛋小声问道。"好闺女，不会问你要贵的，十块钱七个，我给你八个中不中？"老婆婆眯蒌着眼，可怜巴巴瞅着程小程恳请道，她生怕程小程回转心意不买她的咸鸭蛋。"婆婆，我不多要，我要二十元钱的。"程小程自己做了决定。

　　"好好好。"婆婆有点大喜过望，连连道。她灰白的头发在暮色里并不特别突兀，因为暮色也是苍灰的龙似的，静静吐着苍灰的哈气。婆婆售咸鸭蛋的袋子轻薄而小，是最不结实的小红塑料袋子，普通摊子上装一两个烧饼用的那种。程小程帮着哆哆嗦嗦的老婆婆把二十元的咸鸭蛋分作两处装，尾随过来的莫小虎默默从牛仔裤的袋子里掏出一张二十元的纸币，递给了老婆婆。接过程小程手里分装着咸鸭蛋的两个小袋子，又问老婆婆讨了两个备用。他始终微笑看着程小程做她愿意做的事，他无法改变她过度的善良，他只有无条件陪着她、伴着她。

　　经过了这一路的枝枝节节，终于走到铁皮房子跟前时，程小程多出了腼腆。她把嘴巴一包，小声朝着卤菜摊后立着等顾客的女人道："五元钱的凤爪，两个鸭脖，两个鸭头，都要辣的。""你吃什么？"忽然扭身朝莫小虎甜甜一笑，娇俏征求他的意见道。"我？来个猪蹄吧！"莫小虎不是多想吃这个，但为了配合程小程，他要了一个猪蹄准备和程小程合起来吃。

12

　　买完东西的他们决定立即打道回府，烤串什么都不吃了，程小程受了前边那一幕的影响，已经胃口全无；但她不想按计划返回的时候坐出租车，她想顺着火车道走回去。她给莫小虎说了她的想法。"你能受得了吗？"莫小虎有点吃不准，问程小程道。"能，你看我不是穿的运动鞋吗？"程小程目光朝着自己的脚面，努了努嘴道。"嗯，大不了走慢点。"莫小虎接受了程小程的提议，陪着她朝火车道走去。

是条铺了多年的火车道，铁轨磨得锃亮，铁轨下的枕木却被岁月里的风雨磨得泛白。程小程和莫小虎沿着泛白的枕木并肩往前走，稍微有些挤，但两个人不想一前一后着走，是最后一场特殊意义的同桌吗？晚风拂过道旁土崖上的绿林，拂过有种夏季开放的小野花，拂过莫小虎程小程年轻的身躯、头脑、思想，这一刻的天地如此美好，像一幅丹青水墨垂挂天地之中。"小程，饿不饿？要不先坐下来吃些东西？"走到离家还有一半远的时候，莫小虎问程小程道。"不饿，到家吃吧，你也去我家吃，和我爸爸一起吃。"程小程摇摇头回答道。

"小程，我想问你一个问题，又担心你会生气。"莫小虎实在忍不住自己这几年的疑惑，心想着反正高考也结束了，即便问到了程小程的伤心处，也不会给程小程带来什么实质性的影响，所以下着决心要问程小程几句话。"好呀，除了和我爸爸有关的，什么都可以问呀，我绝对会'知无不言、言无不尽'！"程小程顿住身子，轻快答复莫小虎道。算是一剪子剪断了莫小虎想问的话题，是她无意？还是她太精明？嗅到了什么？

莫小虎被程小程的答复弄了个愣怔，他有点讪讪自嘲道："算了，不问了，好好走路吧，别摔着。""好呀，不会摔倒的，放心哟。"程小程天真无邪地剪着步子，以一副怎样都行的架势应对着莫小虎的浮想联翩。"原来，程小程不是那样地简单弱势。"莫小虎心里忖道。他有意缓了脚步，让程小程剪着步子就着枕木往前一搭一搭蹦着。着白色运动裙白色运动鞋的程小程在丹青水墨的天底下变成了蹁跹的白蝴蝶，头上轻轻摆动的马尾巴做了蝴蝶的一只翅子，她停住等他的时候仿佛歇着，她剪着步子往前走的时候翅子开始振起来，随风忽闪着。

"除了我爸爸的问题，什么都可以问……"程小程也在心里忖量着自己的这句答复。为什么这么决绝？为什么这么严防死守？为什么自己也很有好感、呵护自己三年的莫小虎也不能是例外？为什么为什么？程小程抿紧嘴巴向前方望去。她已经走到了铁轨峰回路转的地方，眼睛的视野恰恰是不早不晚时遇到的一处山坡。尽管暮色苍茫，但程小程还是能隐约辨认出市里在那面山坡上做的一项工程。土坡子上墁了厚厚的水泥，水泥面上支着大刀长矛的雕塑，还有一把刺向天空的宝剑直竖竖戳着苍穹，像是鲁迅的"我家院子里有两棵树，一棵是枣树，另一棵还是枣树"那般的凛冽。说是请了风水先生看过的，用小城的镇家之宝镇着妖魔邪道，使小城安稳繁荣；可也有搞建筑的专家看过后，说这突兀的一角完全破坏了小城小江南那样温润的和谐，反倒不好。

"这叫标准的公说公有理，婆说婆有理，我看发展小城才是硬道理！"隐约辨着景致的程小程突然让自己高大上了一把，关心起小城建设来。其实不过是个性使然，或许连程小程自己都还没有发觉，她自己是个相当有个人主见的人。

莫小虎故意落在程小程身后几步远，他在寻思晚饭要不要去程小程家吃，反正他又不是没去过程小程家吃饭，自己的父母也有意无意地不去管他那么多，除了严禁他上网吧玩，去哪里一般都由他自己决定。"男孩子家多锻炼，多磨砺，多见识。"这是他父亲常挂在嘴边的话，母亲也一向顺着父亲的意见教育他，莫小虎的父母属于难得的志同道合。程小程在前方等他，等他走至跟前，又恢复了18岁少女的天性，歪着脑袋问他："决定没有？去不去我家吃饭？"莫小虎突然间有了去的决定，他也像往常那样朗声答道："当然要去呀！你没听过'吃了也白吃，白吃谁不吃？'的话吗？"原本要故作严肃，说完自己却忍不住大笑起来，笑声里飞着很容易使女生着迷的哑哑的磁性。"你真是的！坏家伙一枚！"程小程看莫小虎打趣人，斜着杏眼娇嗔他道。

走完了一截火车道，很快上到了他们所在的片区。莫小虎从兜里摸出个一元硬币，在一处小便利店那里给父母打电话，说他去程小程家去玩，不让父母着急。是莫小虎的父亲接的电话，莫小虎按了免提，所以听筒里传来的话很清晰，莫小虎的父亲在电话那端建议道："要不你先拐家把这次腌好的咸鸭蛋再给你程叔叔文慧阿姨带去一些？这次腌的比上次还要好。""爸爸，下次再带吧，我和程小程在小吃街那里又买了十几个呢。""你看你这孩子！"父子俩简短地一递一声后挂断了电话。

"程小程，你家要变成咸鸭蛋铺子咯……"莫小虎扬扬密浓的长寿眉，逗程小程道。程小程像意外想起什么似的，微蹙着眉毛接话道："莫小虎，我想起来了，我一直有个问题要问你，可总是忘，现在我想起来了，就是你……""打住！本尊拒绝回答。"莫小虎有点复仇似的，吊程小程的胃口道。程小程朝他笑着撇撇嘴，不管不顾接着道："就是你家腌的咸鸭蛋为什么特别好吃？特别蛋黄那里的油，有点像蟹黄耶……"程小程在末尾的字那里拖了音，不经意间把她城市中长大的优越感小露了一下。

"这你就不懂了吧，告诉你吧……"莫小虎早忘了自己刚才斩钉截铁的拒绝，把他们家腌的咸鸭蛋之所以特别好吃的秘方向程小程兜了个底朝天。原来莫小虎的父亲用草木灰腌制的咸鸭蛋，在草木灰里混入水和食盐，按1：4：5的比例调配均匀，然后把一个一个的咸鸭蛋裹匀稀浓适中的草木灰浆，再裹一层厚薄适中的干灰，最后把它们搁在干净的大粗瓷罐子里腌制多天就行了。

"草木灰？"从小在城市中长大的程小程对这个词汇比较陌生，但她并没有立刻发问，而是微皱双眉从字意上去思考。"哦，草木灰，一定是把干燥的草木燃烧，集中起来的灰烬。"她自言自语道。"哇，程小程，你也忒聪明了吧，我还以为你要问我什么是'草木灰'呢！"因为莫小虎在父亲初开始提到这个方子的时候，他就好奇地问了父亲"草木灰"是什么，他以为程小程也会有这样的疑惑和发问。他忘了程小程之所以在学习成绩上略高他一筹，并不是禀赋的优异，而是她比他更多了思考的习惯和能力。"学而不思则罔，思而不学则殆。"这两句话的辩证关系和实践，程小程比他做得更到位。隐隐的，他对程小程的倾慕里又多了点真心的佩服。

其实程小程家早吃过了晚饭，因为两个孩子高考完相约去吃夜市摊的事早告诉了双方父母，并得到了双方父母的许可，所以并没有留饭给他们。不过也不妨事，程小程的母亲是随时都能把几个菜端上桌的人，不见得他们没饭吃。

不过，听见门铃声过来开门的文慧见两个孩子说是没吃饭就回来了，还是稍稍有些意外，但她随即满脸堆着和蔼的笑，给两个孩子拿完换的拖鞋，就折转身往厨房里去布菜。"程明，小虎过来了，小程他们还没吃饭呢，你出来招呼小虎吧。"往厨房里走去的时候，文慧难得高声喊了丈夫道。"阿姨不用了，不用叔叔招呼的，我和小程会自己玩的。"莫小虎礼貌回应道。可是，程明还是打开了书房的门，笑呵呵着走了出来道："哦，小虎来了，你们怎么没在外边吃夜市啊？"程明笑着问他们道。"爸爸，我想回来和你一起吃'老三样'！"程小程生怕莫小虎再提那不愉快的一节，抢先回答道。"哦，是这样啊，可是爸爸已经吃过饭了哦，你和小虎一起吃你的'老三样'，好吧？"程明不知是因为实在吃不下，还是受了文慧提醒她的话的影响，欲作推辞道。程小程歪着圆圆的头颅，张着好奇的杏眼"咦"了一声，但她聪明地不拿鸡蛋碰石头，而是轻轻走到程明身边，摇撼着程明的手臂道："爸爸，小虎轻易不来，你就将就着当个陪客好不好？"18岁的长着圆圆杏子眼的女儿，眼睛里开始漫起另一重的东西，程明心一软，又从心理上败下阵来，他忘了文慧的"要有断臂之痛的决心"的提醒，不由自主又依了女儿的要求。或许，他的内心深处，也就没有真正要下"断臂之痛的决心"，多年后，当他提前去了另一个世界，他会从高高的上空俯瞰到人间的一切吗？如果能够，他该怎么面对正是自己的不够坚决，才导致女儿经历一切劫难后才艰难找到的幸福呢？

　　文慧又开始做另一轮的晚餐，虽然莫小虎一再说自己压根不饿，还擎着手里提的各样东西让文慧看，但文慧还是固执地按他们家晚餐的模式开始重新做饭布菜。她把冰箱里泡着的绿豆取出来放进小汤锅里烧清火败毒的绿豆汤，又把紫茄子切了细丝浸在清水里，她仿佛记得莫小虎来他们家吃饭时对她烧的香辣虾赞不绝口，于是，她又把冰冻着的虾从冰箱的冷藏室取出来解冻着做准备。加上他们从外面买回来的菜，也是不错的四个菜了。她从厨房探出头，温和笑问道："小程，一个清炒茄丝，一个香辣虾，再把你们买回的卤菜和咸鸭蛋拼两个盘，四个菜够不够你俩吃？""汤是绿豆稀饭……"她又补充道。"阿姨，够了够了，不要那么麻烦的，不用炒菜，要不就烧点稀饭吧，阿姨！"莫小虎抢在程小程的前面搭话道。一句话里接连两声"阿姨"，莫小虎的礼貌名不虚传。

　　"没事，你让我妈妈忙活吧，反正她平时也这样的。"程小程无意间说出这样的话来，莫小虎有些吃惊，但又看不出程小程有什么不敬的表情，她正低着头看程明手里拿着的一张党政报纸，好像刚才的那句话是随口而说。莫小虎百般寻思这个家有什么不和谐的地方，但他张望着洁净的天花板，瞅着湖色的栀子花形吊灯，和一色白的墙壁，从外观上又实在看不出有什么不和谐的地方。但他又相信自己的感觉不是平白无故，就像程小程眼里会突然卷起的轻愁薄雾，她的家庭里总有种隐秘的暗流在涌动，他甚至能断定，那股隐秘的暗流就是程小程眼睛里会卷出轻愁薄雾的真实源头！

　　程小程的母亲早早辞了职在家赋闲，这个事实很多同学都知道。程小程家底雄厚，这也几乎是不用隐瞒的秘密。家底雄厚的女主人是有权利选择及早地颐养天年，但程小程家的故事远不止这么简单，已经行过成人礼的莫小虎在心里断定道。

　　由于绿豆早早泡了水，所以绿豆汤煲好得很快，不多时，文慧就把两个盛着绿豆汤的雪白瓷碗端上了饭桌。紧跟着,清炒茄丝和香辣虾也端了上来。然后是他们带回来的卤菜拼了一盘,咸鸭蛋切了一盘,四菜一汤?莫小虎由衷赞叹起程小程母亲麻利又高效的厨艺来。最后,文慧端出来的是一个竹制小筐子,筐子里沓着几张圆圆的小黄饼。是文慧在电饼铛里烙的白面玉米面混合一起的饼子,用牛奶调制的,吃起来软香可口,又有玉米微微的甜味。

文慧端饭的时候,程小程带着莫小虎参观父亲的书房,所以当他们看到饭已经被端上桌,很为自己的不礼貌向文慧抱愧着说对不起。"看你们两个傻孩子,当娘的不都这样,有什么不礼貌的?你们将来也会这样心甘情愿付出的。"文慧是有些别有用意,她把女儿和莫小虎并在一起说这样的话,她实在想让女儿将来不要辜负了莫小虎这几年对她的情意。虽然高中生的家长提起孩子间的恋爱如临大敌,但文慧并不觉得所有孩子间的恋爱都如洪水猛兽般可怕。她是受过高等教育的女人,从小又生在家教虽严但又十分开明的家庭氛围里,加之她对莫小虎的家庭又了如指掌,更难得的是莫小虎为了自己的女儿弃理从文的举动,还有三年一直想方设法和女儿坐同桌的良苦用心,都让她觉得这个 18 岁的孩子是个值得托付终身的人。就像"从小看大,三岁到老"那样的古话,她觉得莫小虎即使将来走到社会的大染缸里去摸爬滚打,也是不会变质到不着谱的地方去。

她这一颗当娘的过于"高瞻远瞩"的心,和程明对女儿的感情自是又一番地别有两样了。

13

程明因为有诺在先,也坐了下来,文慧也又给他盛了一碗冰糖绿豆汤,他也准备着再吃一碗下去。"喂!爸爸,你吃个凤爪还是鸭脖?"因为程明有陪着女儿吃凤爪的经历,所以程小程用筷子指着盘子问程明道。"爸爸真吃不下了,你把小虎招待好,好吧?""嗯。"程小程倒也听话地点点头,不过她把一只凤爪擎到了父亲嘴边,要他尝一口,只尝一口。程明把嘴往前伸伸,象征性哂了一下，道："嗯，味道不错，好吃，你们好好吃吧，多吃点！"他喝完了碗里的冰糖绿豆粥，又用公筷把猪蹄带着筋的那块最香最耐吃的肉块夹到莫小虎的碟子里，起身离了座。剩下的莫小虎和程小程倒也有说有笑地吃起来。

文慧又开始绣她的十字绣，快要完工了，她想再绣个"禄"字，合成"福禄"两个字，但她迅即又觉得实在没有什么必要。小程是个女孩家，自己的丈夫也在事业上坐到了不低的位置上，她现在及今后最大的心愿就是一家人平平安安地把生活过下去，她要亲眼看着自己的女儿嫁个莫小虎那样的人，过幸福平凡的女人生活。

可世事难料，不过十年的光景，文慧竟然含恨发现，命运残酷起来是相当地残酷。

莫小虎程小程大概用了半个时辰才把晚饭吃完。是程小程吃得太慢，好像高考一结束，她把什么节奏都放缓了下来。赶着去上学的时候，做不到百分百的细嚼慢咽，现在她有足够的时间练习父亲说的"一口饭嚼上三十次再咽下"的养生法了，所以莫小虎也尽量不像男孩吃饭的习惯那样狼吞虎咽，也放慢着吞咽的速度，等着她。程小程的饮食习惯是标准女孩家的饮食习惯，虽然她喜欢吃"老三样"，也不过是喜欢吮上面的卤汁罢了，连带着扯下点含丰富胶原蛋白的筋来回慢慢嚼上一阵子，吃鸭头也单挖鸭脑吃，即便是卤得已经一点儿都不起腻的猪蹄，她也不沾丁点稍肥一点的地方。是个正常又略略奇怪的女孩，喜欢吃蔬菜水果，也喜欢吃些重口味的东西。

吃完饭，两个人争着去刷碗，文慧急急慌慌放下十字绣，过来阻拦他们道："放下放下，我来拾掇，你们去玩。"但她抗不过两个一定要亲手把饭碗刷掉的少男少女，最终还是被莫小虎和自己的女儿一人抱盘一人抱碗地争着去厨房。哗啦啦的水龙头下，莫小虎和程小程的两双手还在来回争抢，不是程小程抢了莫小虎的盘子洗，就是莫小虎霸了程小程的碗筷刷。叮铃哐啷的碗盘筷声响交错着，不难管中窥豹做个初步论断，两个家境好的孩子并不是放纵着娇生惯养大的，有节有制地在小康家庭里端端正正成长着。

洗完了锅碗瓢勺，莫小虎甩甩手道："小程，我该回去了，已经打扰你爸妈这么久了，让他们早点歇息吧。"程小程扭头看看客厅里的挂钟，八点一刻也不到。又不是深秋寒冬的"昼短夜长"的不禁逗留，她挽留莫小虎道："去我小书房待会儿再走好吧？"莫小虎的内心是巴不得长住在程小程家，睁开眼就能看见她、和她热烈的说话，所以当他打探到程小程的母亲也没有嫌恶的神情时，就像往常那样跟着程小程进了她的小书房。

程小程的家真大，房子是四室两厅，楼下还带有自己的车库和储藏室。合起来足有二百四五十平方米的样子。所以程小程习惯性说的小书房并不小，豁豁朗朗通泰明亮的一间房专门辟出作了书房供她学习读书用，还用想她父亲的书房会小吗？

三年的同桌生涯中，莫小虎虽然不是第一次来程小程家，但程小程从未带他进过她的书房和卧室，有时候把东西帮着程小程送到家门口，有时候在他们家三下五除二吃了饭，就匆匆离开了。高中，是个眨眼间就会消失找不回来的人生阶段，在高中的三年，一般的学生都会从少年走向成年，个别入学年龄早的学生例外。所以，莫小虎纵然对程小程一直有着热切真挚的感情，也从不敢在时间的分配上有丝毫的掉以轻心，他深知，没有骄人的学习成绩，他是很难把程小程彻底追到手的。一个家境好气质好又是学霸级的女子，追她的人若没有过硬的自身条件，最多不过做个黄粱一梦给自己看。他自己的家也不贫穷，兼着内科主任和外科主任头衔的父母收入比着小城很多家庭的收入状况，有着他们不能企及的宽裕和富足。他们家又是几代医生世家，他和他父亲都是单传的独子，遂他们家的家底也是砸几下也不会砸到底的厚实。但从爷爷奶奶到他父母那里，向来都是爱他而不娇惯他，最常告诫他的话就是："即便父母是金山，也不是自己的一分。男孩子家尤其要自食其力，自己打天下，关键的时刻，父母的钱是助一臂之力用的！要是自己不知道拼搏奋斗，家里的钱宁可捐给慈善事业也不会留一分给儿孙的！"虽然有点小小的危言耸听，但并非不会百分之五十这样做。基于此，他向来斗志昂扬，不仗着自己家底厚实而像有种富裕家庭的孩子那样不学无术、骄奢淫逸！

程小程父母能允许他这样接近自己的女儿，也不过是看清了他这点，不然以他们的家世家风，断不会让自己的宝贝女儿随意和一个男生有三年不断来往的。要不，怎么从没见听过班上的任一个男同学说起到过程小程家呢？哪怕站在楼下给她送份学习资料来？

"喂，莫小虎，你发什么愣呀？"程小程以为莫小虎跟了进来，却不见身后有动静，扭头一看，莫小虎正一副愣愣的神态立在书房门口，有点被西游记上定身法定着的不能动弹。所以程小程好奇地伸出一只纤长的手在莫小虎眼前挥挥，这一轻挥，瞬间就解了施在莫小虎身上的魔咒，他微哑着嗓音憨憨一笑，赶忙进了程小程的"小书房"。

像幅嵌在汉白玉框架里边的莫奈的画，从书柜到书桌都是和客厅一色淡雅光亮的风格。有个书柜是那种名贵的实木制成能来回旋转着的便捷类型的，还有个书柜是中规中矩的长方形，也是由名贵的实木所制。程小程书房里的书无法计数，因为木地板上还散着这样那样的名著和杂志，散归散，却散而不乱，像是让人可以席地而坐着随意抽书看的贴人心窝的布置，也许是程小程常常赤着脚丫进来，随随便便找个有一摊书的地方坐下来，把不经意地抽出来的一本书放在并着的双膝上，垂首一看就是半天的"足不出户"。她甚至可以趴在光洁的木地板上，让脚丫朝上翘着，手搁在胸前垫着身子，书放在也在微微翘着的头前方一点的位置，小亚腰葫芦那般调皮而悠然地啜饮着知识的芬芳。也说不定她进来的时候握着一盒柱状的酸奶，看一阵子就把小嘴巴凑在管子上吸几口，咂巴着嘴巴继续看书里的打动人心的句子和内容。

立在程小程书房里的莫小虎有点能穿越过去似的，真实再现了程小程做过的这一切动作，不过程小程真正懂得这一切，真正懂得她是莫小虎身上的那根肋骨要得多年以后，多年以后。现在的程小程对莫小虎的情感只是一种本能的反应，莫小虎无论长相还是其他各方面，都是整个学校男生中排名第一的魅力男孩！他个子虽然不是高高大大的那种，但他在篮球赛上站在线外投三分球时，常常一投一个准，总是在那一刻惹女生的尖叫像惊飞的鸽群似的扑扑棱棱着四下翩飞。

程小程纵然家教严格，但所有女孩有的反应她同样不缺。只是她的尖叫在内心深处，也不像其他女孩那样尖叫两声就四下消散了。她形容过自己的内心是一处有回音的山谷，所以她为莫小虎鼓掌喝彩的声音总是在心里反复回旋着更多的时间与空间，有余音绕梁的绵绵不绝。

不知怎么，两个孩子此时都有些愣怔，像是也被拘在了这汉白玉一样的雕花画框里，成了一张莫奈的画，因为这一刹那他们脸上也有着波动的光影。

14

到底是在程小程的家里，两个人交叠着的一刹那的迷离恍惚最后还是由程小程这个小主人打破了，她随意从书架子上抽出一本书，凑巧是她极为喜欢看的马尔克斯的《百年孤独》，她拿给莫小虎看。"《百年孤独》？有人说它是迄今为止唯一一本所有评委都投赞成票的诺贝尔文学奖获奖作品？"莫小虎不大肯定这消息的真假，问程小程道。"这个倒不大清楚，不过它是我的案头书。"程小程微微一笑道。她又把《百年孤独》从莫小虎的手中接过去，又抽了一本书给莫小虎翻。"你除了喜欢看《水浒传》，别的还最喜欢看哪本？"程小程问莫小虎。"多了，不过要是第二喜欢，那就是海明威的《老人与海》了。"莫小虎笑着回答。"哦，都是铿锵有力的作品，你的人和它们有相通点呢！"程小程赞许着莫小虎。"你为什么那么喜欢看《百年孤独》？比看《红楼梦》还喜欢？"莫小虎继续问道。"我并不十分喜欢看《红楼梦》，一看见薛宝钗和林黛玉就心里起急，总想让她两个合二为一，而曹雪芹偏偏让她们南辕北辙。"程小程道。仿佛薛宝钗和林黛玉走到了她跟前，一个世故精明温柔笑着，一个冰雪聪颖却哭泣不断。"你怎么看贾宝玉？"莫小虎又道。"腹内空空、草莽一个，书上不是有这话吗？"程小程记不大真切原话，把大致意思描述给莫小虎听。

莫小虎含着小小的得意笑了，他可是个和贾宝玉天壤之别的人，既然程小程如此讨厌那种类型的，那就是比较认可和接纳他这种类型的男生了！"你笑什么？"程小程一时间有点莫名其妙。"翻你白眼，肯定又自恋呢是不是？"不待莫小虎作答，程小程立刻会过意来，笑着打趣莫小虎道。"看我！"莫小虎一手拿着书，一手攥紧了拳头，梗起臂膊上的肌肉给程小程看。"像个女生样臭美！"程小程"咯咯"笑着说道。

书房逗留的时间并不长，但莫小虎今天决定不去看程小程的闺房了，他该回家去了。程小程这次并不怎么强留，反正假期有的是时间，她知道莫小虎一定会常来的。看莫小虎要走了，文慧程明夫妇也立刻起身相送。程小程挤在父母身子前面，问道："你乘电梯还是步行下楼？""乘电梯吧！"莫小虎果断回答道。只见出了程小程家门的莫小虎大大的一个箭步向前，按在了处在楼层中间位置的电梯按钮上，"咕咚"一声响，电梯开了门，里边透出一小溜姜黄的电梯灯光。莫小虎进了电梯，笑着和他们挥手再见，合上了电梯门，电梯又咕咚咕咚着下楼去了。

莫小虎进自己家之前，不忘去放东西的商店取回了他和程小程的物品，里边有相当重要的准考证，他要保管好他们的物品。其实没有重要的东西也要好好保管的，可以更有理由去找程小程玩，莫小虎有点调皮地咧嘴笑了。

慧娟和莫亚辉见自己的儿子容光焕发地进门来，就猜到他们的儿子一是考试不错，二是考完后的几个小时和程小程相处得融洽。他们养了儿子，总是从心理上有种养儿子的传统优越感，他们夫妇齐声道："怎么样？估计考试成绩能赶上小程吗？"莫小虎嘿嘿一笑，走到母亲慧娟身边，像个小姑娘似的凑到母亲的耳朵旁，低低耳语道："老妈，程小程做你儿媳妇八字有一撇了！"声音低是低，但却坚定有力地说道。"看你这孩子！怎么不着调起来！"别看慧娟外表柔弱温和，她其实是个内心相当有自己主意的人，她比她的丈夫莫亚辉还要外柔内刚。她听了儿子的密语，明明宽心得厉害，但她故意正话反说，用嗔怪的语气表明自己并不是多么急功近利地想要攀住程明文慧这门亲戚。"给你妈说的啥悄悄话？"莫亚辉凑近问道。

"妈妈，嘘！别告诉我爸爸！"莫小虎并拢着食指和中指，嘘声嘱托母亲道。"你这臭小子！你又不是姑娘家，干吗当你妈妈的贴身小棉袄！有话该给爸爸说，懂不！"幸福地使用着祈使的语气，当爹的雄风不展自开。莫小虎还是嘿嘿笑着不接父亲的话茬，但莫亚辉一语中的点中儿子的软肋道："除了程小程，没别的二话！儿子你敢说不是？"莫亚辉一副挥拳跃跃欲试要和儿子比试一番的样子，莫小虎突然上前一把擒住父亲的手腕道："拿手术刀的老子想和成年的儿子比试不是？"他就势向下一用力，把父亲的手掌压在了下面。"不算数不算数！偷袭算不得英雄好汉！来来来儿子，有本事和爸爸在桌面上掰！"褪去白大褂的莫亚辉恢复到性情中父亲的本质，和自己的儿子在餐桌上比赛起掰手腕来。拿手术刀拿得游刃有余的人，掰起手腕来却是连连输给儿子，他认了输，拍着儿子的肩膀表示他要歇歇。莫小虎懂事地去倒水给父亲喝，还不忘夹些普洱洗过后放在了里边。

这之后的近二十天，日子过得说快不快说慢不慢，期间莫小虎和程小程也常常地通电话聊天，约着去吃他们片区小夜市摊子上的小东小西。双方家长都建议他们跟着旅行社去青岛或者大连的海边城市游玩几天，可他们两个纵然对高考成绩满怀信心，分数没有下来之前还是不大彻底定得下心来，所以他们双双表示等分数下来后再说去不去旅游的事。

说起来日子过得是并不慢的，因为程小程莫小虎闲下来也有事情可做，他们都是从小就被书香浸透的人，所以这近二十天的时间几乎是一本连一本地看着喜欢的书。特别程小程，有一直坚持着记日记的习惯，以前学习紧张，往往采用三言两语的简短了事，现在有了大把大把的时间，她就把日记记成了长篇大论的样子，好像专门做起这种风格的文章来。

她稍稍胖了两斤，小脸竟然隐约显现出双下巴来，不过不是重叠臃肿的那类，像是下巴垫了薄薄的小软茶托，不仅不难看，反而显出更可爱的神态来。莫小虎发现的时候，她嘟着嘴说她要减肥，可挡不住莫小虎要几串羊肉串摆她面前，她就又咂吧咂吧小嘴津津有味吃起来。"胖瘦都好看，健康是第一。"莫小虎宽慰她道。"不，我要从明天起减肥！"程小程攥了攥小拳头，吃着香喷喷的羊肉串不知道向谁保证着。

15

煎熬了十八天后，6月25号子夜，可以对着自己的准考证号查自己的成绩了。在没有查阅成绩前，莫小虎深呼吸着给程小程打了电话，双方的家长也都炯炯着眼睛不去睡，任凭两个孩子磨破了嘴也不行，他们非要和孩子一样眼睁睁看见白屏幕上的黑数字才罢休。程小程坐下来，在电脑屏幕显示的考试成绩查询平台，她稳稳输进去了自己的准考证号和密码，她屏住了呼吸，程明和文慧也像是没了往外呼的气息。程小程，总成绩"678"。

程小程忽然低下头去，朝着抬起的小拳头就狠狠咬了一口，脸上已是一片晶莹。"爸爸。"她扭着身子站起来，双手环住了程明的脖子，头俯在程明的一侧肩膀，啜泣着叫了一声爸爸。文慧取纸巾帮她净脸，可她的泪珠子一重一重从眼里往外滚着，纸巾迅速被淹成湿团，用再多，一时间都仿佛不顶用似的。

文慧也把头别在了一旁的位置，因为她也是珠泪抛落，一时间难以自禁。程明眼眶里也是潮潮的，但他忍住没掉泪，虽然是喜庆的眼泪，但作为男人，他还是努力践行着"男儿有泪不轻弹"的老话。

一家人正百感交集的时候，莫小虎打来了电话，声音抖得厉害，他问程小程的总分数，好像他担心程小程的分数似的颤着哑嗓子道："小程，总分多少？"极低极低的声音，像是夜里秘密着去执行任务的红军战士附在耳朵上说话的密语。"678。"程小程尽量平静着告诉莫小虎，因为她还不能确定莫小虎的真实成绩是好是歹。"妈！妈！爸！爸！"莫小虎没有挂断电话，却也没有再和程小程说话，仿佛他的父母正在翘首期望，他急不可耐激动喊道。"小程678分，我只比她少10分，只比她少10分！"他重复着在电话里激动道。

"妈，爸，小虎考了668分。"程小程挂了莫小虎的电话，平息了自己的内心，向自己的父母做了汇报。"就好，就好，都是好孩子，都是好孩子……"文慧哽咽道。

是今夜无眠的两家人，一个家庭出了全市的文科高考状元，一个家庭出了全市文科高考的第二名，骄人的成绩依然落在学霸和次学霸的身上，上帝再次验证了一条颠扑不破的真理："通向成功的路只有脚踏实地一步步地努力，来不得半点虚假和骄傲。"程小程和衣而躺，她没把裙子换成睡衣，穿的还是那条程明从外地买回来的白色运动裙，她决定今晚不再更换衣服了，准备就这样任性地睡去。

她把玩着手机，料事如神地等着莫小虎的信息。

"小程，恭喜你。"手机屏幕的左上角闪动着绿色的新信息指示标记，程小程拨动屏幕，翻开微信的页面，看到了莫小虎给她发的祝贺信息。"小虎，也恭喜你。"程小程复制粘贴了莫小虎的信息，把"程"改成"虎"，又多添了一个"也"字，给莫小虎发了过去。"小程，你准备报考北大吗？"莫小虎犹疑问道。"复旦！"没有任何的犹豫，程小程直接答复了莫小虎。

复旦在上海，上海是个有故事的大都市，她从小说里看过有关上海的描述，自己也随着父亲去过上海几次，她总觉得只有上海这样的大都市才是诞生传奇的地方。她从青山秀水的"北国小江南"走向繁华的大都市上海，她觉得无论她和父亲的感情有着怎样的纵横交错都是可以被原谅的事了，她这理论实在没有一点正确的逻辑性，但她偏偏这样在很早的时候就给自己设下了去上海上学的目标，她想让父亲多次探望她的时候，和父亲走在有传奇故事的上海外滩，想怎样就怎样的自由和幸福。

她不用问莫小虎准备报考哪所学校的志愿，他跟屁虫似的紧随她三年，又铆足劲在学习上不许自己落她身后超过一尺远，他心里的小算盘以为她不懂吗？她去上海他绝对不会去北京上学，哪怕他考了全国的状元，他都不会跑到她不在的地方上大学。程小程还知道他做的二手准备，万一他考不到自己要去的学校，他也一定会拼命地复读再考的。在感情的归位上，程小程把莫小虎的心吃得又透又准。

床头旁光线开得亮亮的小台灯垂着流苏样的淡蓝穗子，程小程把玩着手机，也把玩着这些灯罩下的穗子，竟然有了睡意。她觉得她是率先食言的人，因为爸爸妈妈肯定真的会像他们猜测的"彻夜无眠"两家人，除了她能进入梦境，剩下的五个人一定会说一夜的话，一定会。求学的这么多年，莫小虎铆足的劲是一眼就能感觉到的肌肉男那样的掘力，而她的劲一直在心里憋着，从她刚有对父亲的异样感情嫩芽开始到现在，她一直在千万倍暗暗铆着最劳神最费心的劲，现在她走成功了第一步，疲极而困，所以她后来真的很快和衣睡着了。

16

接下来的报志愿没有任何的周折，不像别的家庭，报个志愿把正常的生活弄成了"鸡飞狗跳"的纷乱和复杂。学生报志愿有点像女孩家买衣服，条件优裕的拎着就走；条件艰苦的看都不看；可大多人的条件是那种高不成低不就的，所以犹犹豫豫、纠纠结结。报志愿也是这个理儿，分数极高的和分数极低的学生都不会有过多的考虑纠结，但如同天下人百分之七八十都是平头百姓一样，考了高不成低不就分数的学生还是占据着大多数的比例。

程小程和莫小虎填报了"复旦大学"的志愿，并且只填报了这一所大学，决绝得使两家大人都有点摸不着头脑。莫小虎的决绝是随着程小程的，这个毋庸置疑，关键是程小程怎么如此这般决绝呢？文慧试图把这事和丈夫联结在一处想，但丈夫当年是在北京上的大学，怎么？她把心中的疑问向丈夫提了出来，但程明也有点摸不着头脑。他瞅瞅家里的摆设，试图从墙壁上挂着的一帧女儿的照片中寻出些答案来。但照片中的女儿穿着杏黄的及膝毛线裙，束着马尾巴，小嘴巴鼓鼓正吹原野里一朵蒲公英的花朵，也没什么异样的表现呀。

但程明又料到事情一定有蹊跷之处，他走进女儿的卧室去和侧蜷着身子看书的女儿进行交流。程明问出了他的困惑。"爸爸，你真健忘，你忘了你告诉我的，你最喜欢在上海这所大都市带着我游玩，你说你也最喜欢以'上海滩'为题材的作品。"程小程回答道。"可你总得给自己留条退路吧？"程明试着和她商量道。"爸爸，你不是说人要在某些事情上逼自己一把，不给自己留任何后退之路吗？"程明的确说过这样的话，他有点无言以对女儿的反问。"爸爸，我想好了，万一报考复旦的学生多，我落榜了，我就复读再考！我是一定要去上海上大学的！我喜欢'上海滩'里的冯程程！"程小程又补充道。

"但爸爸不想你有冯程程的命运……"程明忽然有点疲倦道。他站了起来，把两手抄在白色日式睡衣的两个袋子里，往外走去。他向来说不服女儿已经做出的决定和选择，因为他向来也没有下过彻底的决心与狠心去说服女儿。往外走着的程明，想起母亲当后娘时期对同父异母姐姐原则问题上的不够彻底，导致的明敬暗欺的十几年不幸福光景，想转过身折回去把女儿心理上的"肿瘤"无情剜除掉，但他下不了狠心，下不了狠心，不是女儿的病扎了根子，是他自身已经病入膏肓。他又咳嗽了一声，这偶尔的咳嗽声恼人得厉害。

"如果女儿的志愿不出意外，送女儿去上海时一定要去城市的医院好好检查一番。"程明心里这般计划着，终于走出了女儿的卧室。

又过了大概二十天的光景，程小程和莫小虎同时接到了复旦大学的录取通知书，他们两家人一起约着吃顿饭表示对两个孩子的庆贺。捡了山里最隐蔽清幽的一处农家院子，各自都开着自己的私家车，自然程小程家的车名贵了许多，但他们这一家人没有丝毫骄矜之态，很是体贴地答应了这晚的饭钱由莫小虎家出的要求。因为三二百元的饭钱，对于两个家庭来说，都是九牛一毛的小事，出的一方会感觉自己相当有面子。程明和文慧均考虑到了这一层，所以他们夫妇同时保证他们绝不抢着买单。

要了户外的亭子下的桌子，天气不热，温度适宜，山里的晚风又格外清爽，都提议坐外边吃。程小程莫小虎相携着去看周遭的景致。这里的农家院最大的特色就是种着四五棵合欢树，合欢树的花期特别长，现如今也正绽放着没凋落。合欢树是敏感树，被列为观测地震的首选植物树种。程小程和莫小虎在百科全书上都看过这则资料，所以他们对合欢树有着较为敬仰的感情。程小程也相当喜欢合欢树的花色和花形。是噘着的小嘴巴朝天噘着，一嘴细碎的嫩红胡须纷纷垂在四周。在热播的电视剧《甄嬛传》里边，果郡王允礼和甄嬛的定情物就是合欢。所以，在有合欢树的农家院向双双被复旦大学录取的他们庆贺，最起码在莫小虎心里，认为是一种吉兆。

"喂，小虎，我突然想起一件事，咱班的刘峰考上了哪所学校？"程小程突然发问道。莫小虎有点小意外，不过他比程小程留意得早，或者也可以说他一直秘密注视着刘峰的动向。刘峰也考出了六百分以上的成绩，但无论如何，他上不了复旦大学，至于他去哪里上学，最好去到辽远的边疆，毕了业在那里就业，一辈子都不要回来，也一辈子不要再吓到小程一次。莫小虎一想到刘峰，就有种说不出的遗憾，他实在想暴揍他一顿，用他铁一样的拳头，把刘峰的阴暗砸开花，砸得透出些阳光来。

"反正离我们很远，像是湖南的哪所学校。"其实刘峰是被湖南大学录取了，但莫小虎懒得说他，也懒得让程小程知道他太多的情况，就这样不耐烦着封了口，程小程没再问下去。不再和刘峰同窗了，他也变得不是那么可怕了，人的心理真是奇怪的海潮，一会儿一个样。

可是，在她上大学走之前，刘峰竟然摸到了他们家，说是来找她玩，顺带和她告别。"不是告别过了吗？"程小程想到高考后去领毕业证那天，同学之间真正的告别场面。程小程吃惊着，但礼貌起见，还是把他迎进了房间，向母亲文慧做了简单的介绍。文慧的耳朵里也刮着过刘峰一星半点的传闻，也问过丈夫程明他和自己的女儿有没有什么冲突的关系，但丈夫总是一笑而过，仿佛从没把这个传言里有点变态的男孩夹眼里似的。

"哦，是小程的同学呀，欢迎欢迎。"文慧忙对门外的刘峰客气道。"我来找程小程玩。"虽然没有如愿考上和程小程同一所的大学，但从自身平时成绩算，也算是考得较为理想了，所以刘峰看起来比上高中的时候多了些人气。

"家教好不到哪里去。"文慧心里忖道，她是从刘峰说话连个称呼都没有这点上下了小小的论断的。但文慧是长辈，她是不会和小辈们斤斤计较的，何况刘峰还是自己女儿的同学。所以安置刘峰进屋坐下后，文慧就去冰箱舀冰镇的橘皮黑枣茶给两个孩子吃。又消食又滋补的一款夏天养生茶，是北方最正宗的无核黑枣，酸中裹着甜，甜里腻着酸。橘皮又被她娴熟的刀工切得极细极细，从封着的大盒子里舀出两小碗，搁进去点蜂蜜，凉甜可口又解暑消食。

文慧把一碗放在刘峰面前，一碗递给女儿喝。"妈妈，我不想喝，你喝吧。"程小程指了指自己的小腹，提醒母亲道。她正来例假，尽量控制着自己不吃凉的。"看我这记性！"文慧有点自责道。她也吃不下，就把这一碗也放在刘峰面前，温和道："那刘峰同学就多吃一碗，男孩子家吃多也不妨事的。"

刘峰扑哧扑哧吃着，也不搭话，他吃没吃过的东西时，是个最正常不过的人，心思单纯，心无旁骛。他果真连着吃了两碗，不知是没看见桌上的纸巾还是习惯使然，他用穿着的长衬衫袖子一抹，相当于净了嘴。

程小程百无聊赖坐在刘峰对面的小皮软凳上，双手支着下巴，垂着头，眼梢子却使劲往外撩着。她不知道刘峰吃完她家的冰镇茶后会不会马上离开，她是一刻钟都不愿意和他再单独交流下去的。

文慧故意坐到客厅的最北角，离刘峰较远的位置，她坐过去的时候把十字绣也带了过去，借着绣十字绣来观察刘峰的举止。刘峰吃净了两碗的冰镇黑枣橘皮茶，又用自己的长袖子抹了抹嘴巴，这些文慧都一丝不漏收在了眼里。现在，她看刘峰没有起身收碗的意思，自己的女儿也蔫头耷脑坐着，已经把一些事情估摸得差不多清楚了。她放下手中的十字绣，站起来去收刘峰面前的小碗和勺子，微笑着又问道："够不够吃？不够吃阿姨还帮你盛。"刘峰闷着声说不吃了，程小程的厌恶突然猛增，她第一次显得极为没修养道："妈，你也真是的！谁能吃下那么多呢！快点把碗收了吧！"文慧知道程小程是指桑说槐，有点气不打一处来地不讲道理，但当着她同学的面，文慧没有直接批评她，但也没有纵容她的毛病，用眼神轻轻鞭打了她一下。还好，程小程也赶忙用眼神给母亲做了小小的道歉。程小程今天的肤色有点泛暗，小嘴巴的红润也淡了一些，她的两只手换到了小腹那里，交叠着手面朝里护着肚子，刚才文慧批评程小程时又把她正来例假的事忘了，不过她并不后悔用眼神对女儿的批评，她不想女儿在外人面前情绪化，哪怕一次也不行。

吃完冰镇黑枣橘皮茶的刘峰不走也不说话，他抠抠摸摸沙发扶手上的浅灰白色的沙发皮子，一绺仿佛多天没洗的油头发垂着，脸上黄一块白一块不知道是营养不良还是肚子里还有寄生虫的标志，吃完东西的他又渐趋到阴郁的状态。程小程真想轰他离开，但暂时找不到任何发作的理由，爸爸现在更是不会回来当救兵，妈妈又把待人的修养看得比什么都重，程小程的情绪也像刘峰的阴郁一样，渐渐往冰点那里跌去。

"叮零零零，叮零零零……"有人在一楼的防护门那里按她家的门铃。程小程撒手从小圆柱的皮凳子上站起来，奔过去拿起听筒道："喂，你好，谁呀？""小程，我，小虎。午睡醒了吧？"小虎微微有点磁性的声音传来。

"啊？莫小虎，我等你老半天了！你怎么才来！快点上来快点上来！"程小程的话含着一半夸张，因为她今天并没有和小虎提前有约；程小程的话又含着一半真实的感情，因为她太需要个救兵来控场了。她挂了听筒，突然扭脸面着刘峰惊愕道："咦？刘峰，你没按这个呀，你是怎么进了一楼的防护门的？"文慧也是心里一凛，也意识到刘峰并没有按一楼防护门那里的门铃，怎么？这一刻，母女俩竟然有一致的白天见鬼的惊骇！"很意外吗？我跟随着一个开门的人上来的。"抠捏着皮子的刘峰不意外她们母女的骇然，看见她们有些起慌，终于露出了狡诈的得意。

"啊？"文慧捂了一下胸口，把惊骇努力闷进嗓子眼里，不让它出来。突然的，她对整栋楼的安全起了从未有过的怀疑，物业那里说得过去，因为从年龄上说是小程的同学完全充得过去，可他尾着上楼的人也不闻不问半句吗？要是真出了事，这个人也有脱不掉的干系。文慧左思右想感觉事情不对劲得很，其实哪里是事情有如此夸张的不对劲？不过换作刘峰这个人身上，真的是芝麻大的小事都会让人有如临大敌之感。

程小程一动不动定在听筒那里，脸上的惊骇也仿佛定着似的，这一刻程小程的家里仿佛安着的一枚定时炸弹被主人发现了，但房门窗子都被人从外面锁牢了，定时炸弹爆响开始倒计时："五秒钟，四秒钟，三分钟，两秒钟……"

不知怎么莫小虎没按这最后一道门铃，而是意外"咚咚咚"敲起门来。是感应？还是耽搁在"和程小程同上复旦"的兴奋中没有缓过神来？因为房屋里的三个人彼此正怀着心事，所以这很正常的敲门声变得相当不一般起来。程小程"哐啷"一声开了门，身子往外一扑，差点没撞倒莫小虎。换作莫小虎骇然了，他赶紧用臂膀支住程小程，惊问道："怎么了？阿姨不在家？"然而，还没等程小程答话，他就一眼发现了沙发上坐着的刘峰。

正随着血管运行的热血倏然回流到脑门那里，莫小虎的大脑除了"程小程肯定被欺负"的念头，剩下的都成了空白。他甩开程小程的身体，仿佛程小程的家是扬尘的土路似的，"噎噎噎"着直接踏到同学刘峰面前，一把拽过正狡诈得意而笑的刘峰，挥拳就照刘峰的脸上砸去道："妈的！早想揍你了！"拳头挥到了刘峰的眼睛上，一拳下去眼窝就像施了魔法青紫一片。"小虎小虎，误会了误会了！"文慧如梦初醒，赶紧站起来奔过去拉莫小虎。可是，刘峰也不是省油的灯，虽然他刚才始料未及，但挨了一拳的他立刻以牙还牙，趁莫小虎收手的间隙突然抓着莫小虎的鼻子咬去！

"妈的，你还咬人！"莫小虎身往后一闪，又往前一扑，又一个拳头照刘峰的老地方砸过去，刘峰青紫的眼窝渗出丝丝血迹，人也被莫小虎砸跌坐在沙发上。"小虎，停住！"文慧一把拉住试图越过茶桌还要挥拳过去的莫小虎，以长辈的语气喝住了他。

莫小虎喘着粗气攥着拳头不想罢休。他实在是憋屈得太久，他现在急需要把三年的憋屈通通发作出来！但他听见了身后程小程的啜泣声，他清醒了一点，艰难着撒开手，掉转身去查看程小程那里的状况。

刘峰的眼角被砸裂了，那里正往外冒血，他用袖子和手揩抹着，一会儿弄得哪里都是血。文慧气得发抖，但她不知道自己到底是在生谁的气，她赶紧去卧室的物品架上找家庭备用的消毒液、棉签和纱布。

程小程背对刚才手拿听筒的位置啜泣着，她知道屋里发生了什么，她又自责又生气，她不知道自己在他们打架的时候应该怎么做，她只觉得憋屈压抑不舒服，她心里流着大把大把的眼泪，但出来时却变成了一滴一滴，她哽咽着，泪珠也哽咽着，没有抛洒成河。她手里空无一物，也不管不顾着用手揩抹着脸上的狼狈。莫小虎先走过去带上了她忘关的防盗门，然后不声不响地去她旁边的卫生间湿了毛巾，又拧干，沉默着递给了她。他感觉鼻子上被刘峰咬了一口的地方也渗出了血，所以他又去了卫生间一趟，拽了点卫生纸，对着镜子把血擦了擦，又觉得不够，干脆把水龙头拧开，就着水流把整张脸都洗了一把。

程小程停止了啜泣，低着头到卫生间放毛巾。莫小虎看她眼睛红肿得厉害，小声道："你先去你自己的卧室吧。"程小程很听话地"嗯"了一声，出卫生间后去了自己的卧室，她没扭头看刘峰一眼，那一刻她心里抛给刘峰一句话："挨打不亏你！"

因为刘峰伤的位置在眼睛，所以文慧帮他消毒的时候不得不小心翼翼，当心着不把消毒药水浸到他眼里去。也就是在文慧帮刘峰消毒的时候，才意识到事情闹大了，刘峰眼角的口子有半寸长，一直往外冒血，势必是要去医院缝针了。她命令莫小虎道："小虎，听阿姨的话，现在给出租车公司打电话，让他们派车来这里一趟，送刘峰去你爸爸的医院！"莫小虎没有任何的心理纠结，道："我知道了，阿姨！"他掏出兜里的手机，一手抚着自己鼻面上的伤口一边要出租车。趁此间隙，文慧去卧室拿钱拿简单携带物，由于自己的皮包前一天被拿到了女儿的卧室，所以她直接从卧室里抓着一沓子钱急匆匆走了出来。刘峰还有一只眼没受伤，他看到了这一幕，他受着眼伤的痛苦，但这痛苦没能阻住他贪婪忌恨的目光。"君子报仇，十年不晚！"他起了斩钉截铁的誓言。程明家这清湖一样的四室两厅，已经有隐隐的风暴在潜伏了。

　　出租车按莫小虎提供的位置到了小区门卫那里，文慧把故意坐着不动的刘峰一手搀起来，把简单料理过的钱包物品递给莫小虎拿着，对莫小虎努了努嘴，朝程小程的卧室示意了一下。莫小虎心领神会走到程小程的卧室门口嘱托道："你待着好好休息，谁来都不要开门，我们很快就会回来。"顺着莫小虎的嘱托，刘峰也朝程小程的卧室看了一眼，嘴角浮出一丝不易觉察的冷笑。但他装着比真实伤情严重十倍的样子，让文慧的搀扶变得吃力很多。莫小虎不管这一切，他率先开门下了电梯，他走得极快，但他没引出租车进小区内，他直接打开车门，坐到了副驾驶的位置。

　　折腾了这半天，已经是下午机关快下班的时间了，莫小虎拨通父亲的电话交代道："爸爸，你给妈妈说你们今天晚点下班，我正去你们医院的路上！"

　　"喂喂，喂喂……"莫亚辉刚给一病人开过服用的药方，病人拿着药方还没离开，他儿子就这般打了个使人丈二和尚摸不着头脑的电话过来，又什么都不交代地挂了电话。"莫医生，你没事吧？"看莫亚辉的表情很奇怪，这个老病号体贴问了一句。"呵呵，没事没事，你快去药房拿药吧，晚点药房那里要下班了。"莫亚辉赶忙换作和蔼的笑脸回答道。但当病人刚一转身离开，莫亚辉就又露出奇怪的表情，他把电话给儿子反拨过去，但儿子却把电话摁掉挂断了。他知道儿子的脾性，不再打给他，而是给妻子慧娟打过去，简单把刚才儿子的电话内容说了说。虽然慧娟也很觉得莫名其妙，但知子莫如母，她相信她的儿子不会闯出大祸，或者仅仅是想陪着他们下班，给他们更多享受天伦之乐的机会。

　　夫妻俩想破脑袋，也没料到发生了这样的意外。纵然他们有着较高的做人素养，也还是忍不住对着文慧生气道："这小虎的鼻子也伤得不轻啊！""都怪罪到我身上，都怪罪到我身上。"文慧把过错一个劲往自己身上揽。莫亚辉夫妇没再接文慧的话。

　　"你就是那个刘峰？"莫亚辉一边替刘峰处理伤口一边质问道，看来刘峰在他心里并不陌生，刘峰听出了他话里的不屑，半闭着眼睛冷冷答道："是又怎么样？"从医生的直觉出发，莫亚辉夫妇知道这不是个心理健全的孩子，有着很强的挑衅欲。他们观了观刘峰的穿着打扮，又从医生的角度做了个初步的判断：自卑而起的挑衅欲。

刘峰的眼角缝了一针，莫小虎的鼻子处理后也被迫着贴上了创可贴。他们都是挂了彩的病人，等刘峰的父母到来后看几家怎么处理吧。

程明也及时赶到了医院，文慧是在出租车上给他打的电话，简单说了事情的经过，他叮嘱义慧一要冷静，二要把两个孩子的伤做最好处理，三要保护好女儿的心理。和妻子刚一结束电话，他就赶忙拨通女儿的电话，百般安抚了一通。那时候，程小程平静了许多，她开始第五遍翻看马尔克斯的《百年孤独》，对于亲人乱伦生出猪尾巴的后代也没了见怪之心，因为他们家族的乱伦皆是因为爱情而起的。

17

就在程莫两家商量着由谁去乡下接刘峰的父母来医院时，刘峰上学借住的菜店的那个亲戚也得着了信儿，这个信儿是刘峰缝完伤口，自己下电梯去医院一楼的一间便利店用公话传的，说打伤他的人很有钱，所以他们夫妇也不管下班高峰是卖菜的最好时段了，把店门一关，骑着一辆电车呜呜着就很快赶来了。"我的侄儿呀，这不是明摆着欺负我们这没本事的人吗，啊……"并非刘峰直系的"姑姑"迅速睃一圈状况后开始在医院里捶胸顿足嚷起来。程明摇摇头，朝着刘峰的姑父无奈道："都不想发生这样的不愉快，现在关键……"他还没说出"关键"后边的话，刘峰的姑父就反剪着手，鼻孔朝上哼道："现在关键是赔多少钱吧！"程明以为男人之间比较容易沟通，没想到一句话没说完就吃了这样的一个硬钉子。于是他不再面对着刘峰的姑父说话了，直接向着莫亚辉道："亚辉，就这样定了，我去接人！你在这里注意观察他们两个的伤势！"

"程总，让亚辉去吧，亚辉今天没几个手术，不算累。"慧娟过了疼儿子那阵子，恢复到往常的识大理贤惠状态，接话道。"是啊，老程，我去吧。"莫亚辉不喊他程总，虽然程明比他小了两岁，但他们这个年龄的人一旦熟稔，很是喜欢称名道姓或者老这老那的。但程明坚持了自己的意见，让刘峰的姑父跟上车，自己开车去刘峰乡下的家，去接刘峰的父母来处理此事。

别看刘峰的姑父刚才气焰嚣张，一坐上程明的私家车，大个子立即矮了下去。上车的时候他想坐在副驾驶的位置上和程明套近乎，程明摆摆手，示意他坐到后面的位置。程明不想再多说一句和此事无关的话，更不想听他拉家常套近乎，这样的人，程明见过很多，不是他轻贱刘峰姑父的身份，而是他知道"恶人难缠"这个道理，他只想就事论事，尽快把此事顺利解决掉。

"程总，你看刚才我也忒……"刘峰的姑父还是忍不住想和程明套近乎道。"你只管指路，其他不用多说，赔偿上是不会让你们吃亏的！"程明打断他的话道。"你看程总，你这就是外气了，哪里会问你们多要钱呢，刚才那都是气话。"刘峰的姑父说着竟然把双手扒到了程明座位上，程明感觉到像是有幽灵从身后悄悄浮出。"请你坐好！"程明刹住车，扭头义正词严命令刘峰的姑父道。"好好好呢，程总，再不说闲话了，您专心开车，您专心开车，左拐左拐……"刘峰的姑父边保证边缩回了扒着座位的手。

其实刘峰的家并非离城市最远的一个农村，但不知怎么搞的，他们这个村子似乎特别落后和贫穷。车路过的几个村子虽然是在晚上，但灯火荡漾，一家一家都像一块黄色的奶油蛋糕，看起来十分温馨有味道。即便车子惊着的地方有犬吠声汪汪大作起来，也还是再正常不过的农家特色。而刘峰家所在的村庄，看不见几家灯火亮着，整个庄子像扔在深夜的大海里似的，仅有的几处亮光也使人不敢相信那是人间的灯火。

刘峰家的房子在村子最东的一个角落里，车子抹了好几个弯才到。由于刘峰的父母都没有使用手机，家里也没装电话，所以事先没法和他家长沟通此事。听见门外的喊声，刘峰的父亲狐疑着开了大门，顺带把门口挂着的灯泡"啪嗒"一下拉亮，程明一晃间看见他家的大门像是用废弃的某个工厂的老铁门改装的。刘峰的姑父讨好程明似的尽量说自己这方的不是，弄得刘峰的父亲有点油封着似的不便发作。"长话短说吧，都在医院等着，去医院见着孩子再说，请您和孩子母亲简单收拾一下，随我上车。"程明不冷不热说了这番话，转身提前上了车，打开车内的灯，在车里候着他们，也等于是给他们几分钟嘀咕的时间，程明自认还是晓得这番道理的。

刘峰的母亲也准备跟着上车，她竟然扎了一个小包裹揣着。"您请坐前边。"程明看刘峰的母亲十分胆小怕事的样子，给她做了这样的安排。"好，好，好，一切都听程总的安排……"刘峰的姑父也上了车，他还在巴结程明。刘峰的父亲阴着脸不说话，有其父必有其子，程明从刘峰父亲的身上看到了刘峰阴郁的源头，但刘峰的阴郁比他父亲还多了一层丝丝往外冒着的使人活见鬼的冷气。程明越来越意识到，自己的女儿说什么也要和刘峰离得远远的，最好一生不相见，他准备给门卫交代一下，下次这个男孩再过来找他女儿玩，直接说女儿不在家。

车子在返程的时候速度快了许多，走的回头路，程明把路况牢记在了心里。见此，刘峰的姑父更是要把一整个身心往程明身上贴去的热切。刘峰的父亲看出苗头，有了自己的另一盘想法。他颀长的脸挂搭着，像个树上往下吊着的俗话说的"吊死鬼"。

进医院下了车，刘峰的母亲依然亦步亦趋跟在刘峰的父亲身后寒缩着，但程明总觉得她是个善良的农家女人。借着医院明亮的灯光，程明不禁朝她多看了几眼。刘峰的母亲有典型的云南女人特点：黑瘦的一张脸，矮个子。但她没有云南女人善歌善舞的活泼，她的表情中含着一股子苦相，脸也是苦瓜那样的皱皱缩缩。"是个苦命人"程明心里叹息道，"苦命的人苦是苦，心底大多不坏。"程明阅人无数，他认为他对刘峰母亲的判断有百分之九十是对的。

一行四人乘着电梯上四楼莫亚辉所在的外科办公室去。乘坐电梯的时候，莫亚辉发现刘峰的父亲不像是没见过世面的人，他和他家里的穷酸不太相符。到四楼后，程明平淡有礼招呼刘峰父母走出电梯，带着他们去见处理完伤口的两个当事人。刘峰的远房姑姑还在那里喋喋不休，文慧和慧娟坐在一处相对无言，她们也始终没有接刘峰姑姑的任何话茬，由着她的劲撒泼。

刘峰见自己的父母到了，竟然冷漠得如同没看见。她母亲皱皱缩缩着想伸手摸摸他包着的伤口，他却不耐烦地把脸一扬，让他母亲的手吃了空，他母亲卑微无奈地把手缩了回去，又去抓她怀里的小包裹。

刘峰的父亲只是冷漠扫了他儿子一眼，就背着手乜斜着程明慧娟两家人，把早已盘桓好的要求提了出来道："常言说得好，'死有理儿，死有理儿！'我不管是怨谁，反正我儿子现在缝了针，我就要求我儿子先住院治疗再说其他！"说完这句话他吊着的一张脸又往下落落，冷眼打探着两家人的表情。"就是就是！先住上院再说别的！"刘峰的姑姑煽风点火插话道。刘峰的姑父从一旁拽拽她的花褂子的角，她打掉他的手道："拽我干吗！"扁着的一张大嘴有点像翻卷朝外的梅菜扣肉的大肉皮片。

"你看你这家长，没看见我儿子也受伤了吗？要住院是不是我儿子也得住院陪护呢？！"慧娟鉴貌辨色，早已气得受不住了，她站起来盯着刘峰的父亲和姑姑驳斥道。"我们都不想孩子受伤，但事情既然发生了，大家想解决的办法才对，而不是想到别的地方去。"文慧也站起来表达了自己的意见，但她的声音实在纤柔，说出来的话即便有理有据，在刘峰的父亲和姑姑听起来，也毫无力量。

莫亚辉也放严肃了表情盯着刘峰的父亲和姑姑看。莫小虎立在能看见后山的窗子旁，心里的火又熊熊燃烧起来，他又想动手了，这次他要先让刘峰的父亲吃他一拳！慧娟看儿子表情不对，走到他身边，瞪了瞪他，示意他冷静。

"那可不中！缝针的是我儿子！"刘峰的父亲翻眼朝上，一副无可商量的余地的样子。"好！就这么说定了！老莫，你安排病房！文慧来照料！"程明突然宣布道，他的态度不容置疑、不容反对！他朝莫亚辉深深望去一眼，莫亚辉懂了似的也朝他点头示意了一下。

两家的女人都相当尊重自己的丈夫，所以慧娟心里虽然不愿意着也还是下楼去安排病房，文慧赶忙跟上，慌着去交住院费。她直接交了五千，免得慧娟夫妇再有其他破费。祸起萧墙，自己的女儿是这堵萧墙，他们夫妇愿意为女儿迎风沐雨。交住院费的时候，慧娟并没有强着推辞由她这方来垫付，虽然是她儿子先动的手，但是为的对方家的女儿，况且自己的儿子也受了伤，她不见得就那么没有一丝情绪上的不满。其实她儿子为程小程惹出这样一档子事来，她心里已经对程小程有了微微的厌烦，几年来一直要程小程当她儿媳的心开始动摇。这样的一点小事，自己的儿子尚能为她出手动武害自己也受了伤；换作稍大的事儿，难不成还要了自己儿子的命去？她可不想冒这个险，无论她曾经多么喜欢程小程，关键时候，都抵不过她亲生儿子的半根毫毛。文慧也约略感觉到了慧娟的异样，她又是抱愧地笑笑，多余的话没有再说一句。

医院迅速安排了一切，文慧慧娟又上楼来引刘峰和他家的人去住院部的四楼401病室去住。逢着医院过了季节性的流行疾病，由慧娟夫妇打点，专意给他们安排了单间病房，并给这楼层的医护人员简单说明了病人的情况。"慧娟姐，你们家也忒惯这样的病人家属了吧？这样的伤也住院？还要人专职服侍？传出去不把人笑死才怪！"小一点的同事纷纷替慧娟这方抱不平道。

"好了兄弟姐妹们，刘峰这个病号就托你们费心了，'鑫贸公司'程总也会到访，拜托大家了！"慧娟话音刚落，就有几个年轻的女护士炸开了锅。"哇……！帅呆的程总要来耶！"程明是小城的名人，生活居住在小城的人凡是经常看本地新闻的，没几个不认识程明的。一张雕刻出来的男人脸，被优裕的经济条件渥着，又受过良好的大学教育，人自是一招一式都魅力无限。特别小城从未传出过这个魅力男总的丁点绯闻，更是让这些女护士们敬重爱慕有加，期待着和到访的程总有几面之缘。

说曹操曹操就到，程明最后一个上到了住院部的四楼，到了401病室门前。巧的是，401病室正面向医护人员的办公处，所以他在进病房前先朝着医护人员微微一笑。是多年养成的习惯，也是职业上的要求，更是女儿程小程给他下达的命令。"爸爸，还要笑不露齿！"他耳朵边又响起女儿那可爱可悲的命令。

"哇……"一片压低嗓子的惊赞，年轻的护士纷纷用双手捂起了嘴，遮住了大半张脸，单留下炯炯的两只眼睛跟着程明滴溜溜转。程明又一笑，朝她们点点头后轻挥了手，折转身去推401病室的门。他穿着浆洗得挺括的灰细条白底子的商务男短袖衬衫，用名贵的皮带束在深蓝色的高档商务裤子里，棱角分明的眉峰，孤高坚毅的鼻子，50岁男人的成熟和被岁月微微濡染出来的沧桑，组合在一处，像什么宝物一样往外流着名贵的光。

18

刘峰已经很像样地躺在了病床上，吊上了水。一屋子的人竟然都一言不发干杵着，文慧手拿便携包更是一脸倦意站着，莫亚辉却不知道去了哪里！刘峰的远房姑姑暂时也歇了嘴巴，像尊泥塑的恶神一样独自霸着一大片地方；刘峰父母的表情则截然相反，一个打着如意算盘后的难免得意外露，但又努力不让别人发现，因为他还有更深的计划要实施；一个瑟缩抱愧瞅着已经搁在椅子上的小包裹继续接受命运的随意安排；慧娟是医生，她向病人投去严厉的目光；刘峰的远方姑父则是"偷鸡不成蚀把米"地后悔插手了这件没朝着他意愿发展，他也将落不到半点好处的事。

以前的玻璃吊瓶如今都换成了塑料袋子，总像尿袋似的在人的头顶上方悬着，若是加了褐色的药在里边，还会让人仿佛闻见淡腥臊的尿味。但刘峰吊着的袋子里装的是白色的药液，一滴一滴往下滴着的时候，有点像眼泪抛落，或许刘峰的母亲在暗处没少这样为自己的命运啜泣哽咽。

"就这样吧？你看你们家还有什么要求要提？如果没有的话，我们就先走了，你们看怎么去吃今天晚上的饭？到时候我把账一起结给你们！从明天起，由我太太负责给病号送饭过来！"程明打破沉闷道。

"那可不中，我们不比你们这些有钱人，不先给钱我们一顿饭都吃不上！"因为偷窃坐了三年牢房的刘峰的父亲，失去自由也没能让他变得改过自新起来，他一步步逼近他的计划道。"我警告你！你不要得理不饶人！"莫亚辉突然走了进来，指着刘峰的父亲警告道。"怎么？你儿子打了人，老子也要跟着打人？！"刘峰的父亲眼露凶光回敬道。"他爹，要不咱先让人家走吧"刘峰的母亲终于颤颤抖抖着发了第一句的话，求刘峰的父亲时如蚊蝇哼哼了一下。"嘿？"刘峰的父亲转过脸，吊着嗓子一"嘿"，刘峰母亲的身子像突然吃了一惊，浑身耸动着抖了一下，再不敢说出半个字来。程明见状，朝莫亚辉示意了一下，发话道："今天晚上的饭钱你们就自己先垫付着，明天一早会由我太太过来负责送饭和处理你们昨晚的饭钱！""就是就是，都折腾到现在了，都听程总的吧！"刘峰的远房姑父见缝插针献殷勤道。

其实连程明自己都觉得，他们这一方已经做到了仁至义尽，他虽然生于高干家庭，一直过着较为优裕的生活，但他有着他过世母亲的慈悲心肠，所以才没在这件事上和对方论个高低，但他也绝对不容许对方继续做出"蹬鼻子上脸"的事来。无论对方再怎么无理取闹，他都决定让他们这一方的所有人撤离这里，回去吃饭休息。莫亚辉也正是此意，两个男人用眼神示意后，各自吩咐自己的太太先出门离开，他们走在她们身后。是习惯，更是保护。

"去隔壁简单喝杯茶吧。"医院隔壁有小城最好的咖啡厅，出了401病室的程明建议道。

"也好，和这样的人家打交道，真是使人头疼的事，去放松一下也行。"莫亚辉道。慧娟给儿子打电话要他下楼，程明开车回去接自己的女儿过来。"程总，其实让小程自己打的过来也行，18岁的成人了哟。"慧娟笑道。"是啊，听慧娟的吧，又不是没坐过出租车，让小程自己过来吧，你也很累了，省省力气也好。"妻子文慧也适时建议丈夫道。程明笑笑没发话，他从夹着的商务包里掏出车钥匙，表明了他的决定。见丈夫依然固执如初，文慧摇摇头，团白脸上拂过一丝无奈的笑；慧娟还是刚才的笑脸，但仔细看去，发现那笑容已经轻轻僵上去了一层；只有莫亚辉力挺程明，他拍了拍程明的肩膀，真诚嘱托道："那我先带他们过去，等会把房间号发给你，你们路上不用着急，反正就这么远。"

下了楼，莫小虎已经在一楼大厅那里等候他们了，听说了刚刚的安排，他立刻要求道："我也坐程叔叔的车回去接小程！我们再一起回来！""小虎！你还嫌自己被折腾得不够！"慧娟今晚和往常实在异样，她喝住儿子道。"小虎，听你妈妈的好吧，十几分钟后小程就会过来的，让你程叔叔自己回去接她，我们都先去咖啡厅，还要你负责点餐呢！"莫亚辉感觉到了慧娟已经对小程颇有微词了，赶忙打圆场道。他对小程可是一辈子都不会变的儿媳之邀！"是啊，小虎，你还得负责点餐呢，听大人的好吧。"文慧夫妇也异口同声劝慰道。特别文慧，更是从心里要下死劲劝住莫小虎不要去接程小程，她是女人，她知道慧娟生气的船缆在哪个岸上。慧娟护自己的儿子轻待她女儿；她不轻待小虎但她也会立刻护住自己的女儿。"亲家都是面和心远。"还没和慧娟做亲家，文慧就想到了这句老话。

莫小虎舒了一口长长的气，头往上抬着不再作声，但他一口一口舒着长气，好像要把鼻翅上的创可贴吹跑似的。今天打架的事要是说有后悔的地方，那就是他没有打过瘾，照他三年的憋屈算，最起码得把刘峰的两只眼睛都砸缝针，或者打折他一截子的胳膊再帮他安上。他自认他一点儿都不猖狂欺人，但有句话叫"男人为了他的祖国和妻儿，可以大大的让自己的雄性'核裂变'！"到底年轻气盛、血气方刚，不大计较做事的后果，只知道内刚外也刚。他从见到程小程的第一眼起，就认定程小程是他的家人，所以他没有意识到他刚才的一句话要是说出口，是会让人忍俊不禁的。"为了自己的祖国和妻儿？"祖国和平安好、繁荣昌盛；他也只是个刚行了成人礼的18岁的男孩，并没有娶妻生子。

程明启动车子去接女儿程小程，莫亚辉带着另外的三个人出了医院的大门，步行到了隔壁的咖啡厅，要了一个6号的单间，坐进去等程明父女到来。

程明启动车子的同时，给女儿程小程拨了电话，要女儿简单梳洗一下在家等他电话再下楼，他叮嘱女儿不要提前下楼去门卫那里。程小程用马尔克斯的《百年孤独》盖住半张脸，看着头上油漆成淡湖色的天花板，不知是在想事还是稍作休息。她今晚有点不想坐在他们中间，甚至也不想打探刘峰和莫小虎怎么样了。她似乎也是相当的疲倦，这个夜晚，她只想还像小时候那样偎着父亲，听父亲给她讲安徒生的童话故事听。莫小虎刘峰打架事件发生后，她又一次听见内心真正流淌的河流在奏着什么样的歌谣。

程明把车子一直驶到楼下后，才通知女儿下楼来。程小程嘟着嘴，怀抱着摊得开开的《百年孤独》，垂着头走到程明跟前。她不说一句话地站在他面前，在散着灯光的楼道的朦胧处，无情无绪立着。"来，闺女，上车！"程明拍拍女儿的肩膀，替女儿打开了副驾驶的车门，让女儿坐了上去。

"爸爸，我……"在驶着的车子里，程小程带着哭腔哽咽道。"好了闺女，都过去了，爸爸和你莫叔叔都已经把事情处理好了，你什么都不用担心好吧？等会只管开开心心吃西餐，答应爸爸，行吗？"程明又伸手拍拍女儿的肩膀，安慰女儿道。"嗯。"程小程吸着鼻子点了点头，程明知道女儿眼里一定又是晶莹一片。"不过这件事的发生，也提醒爸爸一个注意的地方，那个刘峰你以后切记不要去理睬他，他们家的环境很复杂，你一定要记住这一点，也不要去同情他。任何时候都不要！"程明又进一步嘱托女儿道。

他们父女到咖啡厅的时候，莫小虎已经替大家点好了餐。文慧慧娟晚餐吃得很清淡，要了清爽木瓜丝和南瓜粥；莫亚辉做主给自己和程明各点了一份煲仔饭和一壶上好的普洱茶；莫小虎给自己要的牛排，给程小程要了牛排和水果比萨；除了这些正餐，又要了水果拼盘和薯条开心果等零食。他仿佛前几天耳闻程小程正处在不舒服期，就没给她点她爱吃的草莓冰淇淋。

程明带着程小程立到了6号包间前，他用目光鼓励女儿敲门走在前边。程小程收了怀里一直抱着的书，换作一只手拿着，另一只去轻轻叩门。莫亚辉在门边沙发上的位置坐着，他站起来呵呵笑着开了门。"伯伯好，伯母好。"程小程问了莫小虎的父母好，又道："妈妈。"有点做错事地泪森森望着母亲赔不是。"去坐小虎那里吧，你们小孩家好共享你们的东西吃。"文慧没有一丝责怪女儿的表情，给女儿指了指她的位置，说道。"小程！"莫小虎早已两眼放光着站了起来，但刚才大人在说话，他没有插嘴，现在是他发言的时段了，他喊道。程小程从桌子的另一侧走了过去，朝着莫小虎动了动嘴，但没说什么，低着头坐了下去。

莫小虎适时按了叫餐铃按钮，服务生旁边候着似的敲门而入道："可以上餐了吗？"莫小虎代替大人道："一齐上就行。"虽然坐在一间屋子里吃饭，但几个人很明显地分作了两处，四个大人说着他们的话，依然把行完成人礼的莫小虎程小程当作孩子看，不大注意到两个孩子。莫小虎乐得这样的"花开两朵，各表一枝。"他巴不得大人们永远给他和程小程独处的空间玩。

"小程，你别不开心好吧？"莫小虎看程小程情绪一直低落，甚至又想翻直拿在手里的书看，主动找话和她说。其实程小程内心澎湃万千，有很多的话想找人倾诉，但她敏感地意识到，事情闹成这样，自己的母亲从心里是责怪她的，莫小虎的父母也不见得对她没有意见，只有父亲和莫小虎会对她彻底原谅和包容。她已经讨两个女人嫌恶了，所以她努力谨小慎微着不再多说话，免得她们加倍反感她。

现在，莫小虎主动找她说话，她觉得即便自己开了腔，也不是那么罪孽深重了，于是，她摇摇头，轻轻道："没有不开心。"她把玩着手里的书，一点一点放松起来。莫小虎把脸往她拿着的书那里凑，凑着凑着把精包装的硬壳子书皮翻了过来，又哗啦哗啦翻了几页，替程小程"咔哒"一声盖上了精包装的硬壳子皮，并且拿在了自己左侧不容易够着的地方。"你干吗呢？"程小程终于开始有血有肉起来，她小声嗔莫小虎道。"不让你看书了，你看架子上的那盆花。"莫小虎指着架子上的花给程小程看。

架子是铁质的，漆了白漆，盘了不同式样的图案，是所谓的铁艺花架。花架上端着很难见到开花的绿萝。一片一片猫耳朵样的绿叶子四下张在扭着的藤蔓上，冒着勃勃生机。

"好看。"程小程低声道。"要是程小程站那里拍张照就好了。"莫小虎听见程小程说好看，立刻往程小程身上联想开去。

咖啡厅就是这样使人不来的时候倒也无所谓，一旦来了就会有很享受的体验。这家咖啡厅的四壁是西洋风格的设置，空气里流着萨克斯或者钢琴曲的河，桌子上的细颈瓶里插着殷红的玫瑰，玫瑰后面坐着的人大多是热恋着的人，他们眼神的相互痴缠像是陈年酒酿，焖得其他人也是迷离恍惚意乱情迷。

容不得莫小虎再有多余的话，点的餐一股脑儿被服务生一盘一盘托着上来了。莫小虎不让大人动，他和程小程站起来帮着服务生接餐具接饭菜。程明见两个孩子配合如此默契，扭头对着莫亚辉赞赏道："老莫，我们把孩子教育成这样，也该知足了呀！"莫亚辉道："是啊！不过这功劳还得归功文慧慧娟身上哦，我们这些男的……"莫亚辉从来在有功的事情上不忘表彰自己的夫人，也难怪慧娟和他这么多年一直琴瑟和谐，愿意让自己举案齐眉待他。"文慧，你看老程和老莫，这不是变着法儿让我们继续奉献付出吗？"难得慧娟说句带点憨拙气的话，她是一向柔声细语惯了的人，但她的柔声细语里有种会突然发威的东西，比如她那会儿突然对程小程起的反感，就使人倍感寒意。

"你还好，我是他变不变法儿都一辈子定下的付出奉献的命。"文慧笑答道。说者无意，听者有心，程明瞬间抱愧心又持续难平地大作起来，像他接下来还要对文慧有的另一重的抱愧，他阻不住自己。程小程是他的亲生女儿，女儿是前世父亲的情人，他和程小程都围在父女交集处的那一小片蜃景，泥足陷着不愿意把脚拔出来。

"吃饭咯吃饭咯……"莫小虎帮着把一碟子一碟子的菜搁好后，像个以前在厅堂来回穿梭着的堂倌那样吆喝道。"来来来，老莫，慧娟，吃饭吃饭……"程明帮腔道。"赶快吃点饭吧，因为小程，耽搁你们到现在，还让小虎受了伤，真是过意不去的事，来，慧娟，尝尝这个。"文慧边说边用公筷夹了一筷子木瓜丝，送进了慧娟的盘子里。"看你客气的。"慧娟笑着表示谢意，但没提程小程的话。

"哪能怪到小程身上去？都是那个刘峰！"莫亚辉吃着饭接话道。"好了不说了，都吃饭吧，事情过去就好，以后让两个孩子离那个刘峰都远一点。"程明绾结道。

莫小虎把牛排里的一朵西兰花分给了程小程吃，程小程推让着不要，因为她也吃着和他一样的牛排，但莫小虎用眼睛示意她不要声张，她只得无奈地任他把牛排里一朵仅有的西兰花放进她的盘子里。她爱吃西兰花，他时刻都记着，程小程心里微微一动，感觉围着心的一圈栅栏差点被莫小虎推倒，但摇晃了几下，又立在了那里。因为父亲程明如一尊英俊帅气的石膏雕像那般立在她这个少女心上了，不停歇地释放着迷人的气息。

慧娟又把儿子为程小程做的这一切看在了眼里，她内心也有感动，但更多的是对儿子的不放心，不放心他待程小程比待自己还重。

19

　　晚上到家的时候已经快夜里十一点钟了，文慧计划着一家人好好坐下来说说这件事，最主要的是让自己的女儿学会防患于未然，顺带点点女儿做得不太恰当的地方。但程明不认为女儿有丝毫的不对，纵然是在自己家里冷淡刘峰也没有丁点的错，莫小虎为了她把人打伤更是没有什么不对的地方，相反他很欣赏一个男孩这样的作为，总之凡事搁到女儿程小程的身上，都没有什么该受到谴责的地方。所以程明不但不让文慧今晚提这档子事，以后也不能怪罪自己的女儿。程明道："你明天一日三餐按时去给那个刘峰送饭、付医药费、给他们送过去一铺饭钱，其他不要再说，女儿没有什么错，你不要在她面前再提这档子事，不要再让她受刺激，让她安心在家读书休息。"

　　"爸爸妈妈对不起。"程小程听见父亲对母亲说这样的话，走到他们身边，低着头道歉道。"乖，你快去洗洗睡觉吧，没你的事，其他的事由你妈妈去处理就是了。"程明拍拍女儿的肩膀，指示她去洗漱睡觉。文慧见丈夫态度明确，像往常那样依了丈夫的主意，去另一个卫生间给丈夫放洗澡水，今天发生的一切事情就此不再提。

　　次日文慧料理完丈夫和女儿的早餐后，丈夫开车送她去医院为刘峰送早餐。刘峰的父亲在病室的卫生间弄着很大的响动，刘峰的母亲扣着手寒缩着立在儿子脚头的位置，刘峰半眯着眼躺着。屋里的空气相当凝滞，根本不像是同在一处的亲人。见文慧提着饭缸过来，刘峰的母亲嗫嚅道："这楼底下也有卖饭的，我们自己去买……"文慧笑笑没接话，把饭缸直接放到刘峰右手边的小柜子上，也不看刘峰，直接问道："刘峰的父亲呢？"虽然卫生间的声响很大，但刘峰的父亲也及时听见了文慧的话，他趿拉着穿了一半的鞋子，用医院配发给病号的毛巾搓着鼻子眉毛眼睛，冷冷道："你来了？你们家程总呢？怎么没来？"文慧打心眼里对这个人反感得厉害，她也冷冷道："我来送饭，我先生托我给你捎话，给你一天的时间让你考虑好你准备要的钱数，医药费我们全包，希望你做个明白人！"无论文慧当了多少年的家庭主妇，都不能泯灭她骨子里的东西，她今天来就是想让刘峰的父亲明白，昨天他们两家已经对此事仁至义尽，是不会由着他的胡乱要求横行霸道的！

　　刘峰的父亲听出了文慧语气里的凛然，想吓唬她一番，但看到她团白的脸上骤然生出的凛然时，也不敢随意地再轻看这个女人。他从鼻子里"哼"了一下，不知道代表什么意思，然后又趿拉着穿了半截的鞋去卫生间弄出哗哗的水流声。"你，你，你坐吧……"刘峰的母亲颤着手拿过来一把小椅子，准备递给程小程的母亲坐。恰好刘峰的父亲从卫生间出来，他断喝道："你是不是又该挨揍了！"刘峰的母亲猛一哆嗦，小椅子"哐啷"一声落在地上，斜着翻到了一边。不知为什么，文慧并不同情刘峰的母亲，她觉得刘峰的母亲完全可以逃离这个家庭，她之所以把自己弄到这么战战兢兢的地步，还是因为她并不想彻底逃离。文慧把轻视迁怒到了刘峰母亲身上，所以没有了往常的慈悲心肠。

文慧又抽眼打量刘峰的表情，刘峰没那事样已经开始就着饭缸子"呼哧呼哧"吃起饭来，文慧带了几个人的饭，但看样子，刘峰准备一个人连吃带糟蹋完。文慧决定走掉，去批些一次性饭盒，这个饭缸子也留给他们不要了，以后把饭一送到就走人。她临走的时候撒了一千元的饭钱在刘峰的脚头，依然冷冷道："这一千元足够你们吃饭用了！再多我们家是不会给了！"边说边一眼都不再看地走出了病室。

"刷"的一耳刮子扇到一个"哎哟"叫着的女人脸上，人也像是倒在了掀翻着的椅子上，又受了一重伤。"不！我不能回头相救！"文慧听见刘峰母亲低低的哀号，下定决心不多管闲事，她快速走到了电梯出口处，电梯正好下到了她这一层，她按了按钮，电梯门开了，里边竟然没一个人，她昂然走了进去，像是她上学时代的样子。

程明见妻子耽搁得比预想中的时间稍长，就问她发生了什么，文慧把所见所闻简单说给丈夫听，程明摇了摇头上了车，启动车子把妻子送回家再去公司上班。文慧说她自己打的回去，但程明坚持要把妻子送回家再去上班。在车上，程明告诉妻子，下次送饭时派个人和她一起来，既当她的司机又当她的保镖，文慧说用不着，但程明坚持己见，果然在中午送饭的时候让司机跟了上来。

刘峰的父亲揣摩划算了一整天，在文慧晚上送饭的时候提出钱上面的要求，抛去所有的住院费医疗费，再包他们家两万元的误工费、看护费。程明惊动都没惊动莫亚辉夫妇，直接派人把钱送到刘峰父亲手里，让他写了收据。文慧有些气不过，因为她们家虽然不缺钱，但应该让莫亚辉夫妇知道一下再把钱交出去。况且两万元的要求实在是欺人太甚。但程明只想尽快了断此事，因为依他多年的社会经验断定，拿过钱的刘峰父亲一定会立刻让刘峰出院。

不是程明料事如神，而是多年的社会阅历使他对人性做出的准确判断，果不其然，刘峰的父亲次日就给他儿子办了出院手续。医护人员打电话给莫亚辉夫妇听，莫亚辉过来问情况，而慧娟却交代医护人员不用给丈夫讲太多，说出院就出院，办利落就是。文慧在住院部交的押金相当宽裕，也都归了刘峰的父亲；加上农合这一块的报销，刘峰的父亲算是借助儿子小小发了一笔意外之财。他阴冷的脸上浮出很满意的笑，带着刘峰离开了医院，他买来的妻子依然寒缩着跟在他身后亦步亦趋，揣着她的小包裹，上回乡的中巴车时忍不住瞅了一眼医院临着的大湖，她再也没想到，这是她看见小城湖水的第一眼，也是最后一眼。

20

去复旦大学报到的日子一天天来临了。在两家商量着一同去送两个孩子进大学时，莫小虎表达了很强烈的反对意见。他说他已经是大人了，和程小程去的又是同一所大学，理应由他完全负责这次报到入学。莫亚辉夫妇倒是无关紧要的态度，他们家养的是儿子，儿子可以早早让他独闯天下的；文慧那里是坚决要大人送孩子去报到的，顺带着可以见见相关的老师。事情僵持不下时，程小程低声发话道："要不让我爸爸一个人送我们去报到吧。"自从出了刘峰这档子事，程小程变得比以前消沉了许多，无论莫小虎怎么努力逗她开心，三天两头来家找她玩，都不能让她变得像以前那样会为一件事开心很长时间。

她现在发了这样的话，一圈人都有点意外，但都不舍得驳斥她，连慧娟都动了恻隐之心，对她减了很多的怨气，她率先表态道："小程的意见我看行，文慧在家里守门，让程总送两个孩子去报到是完全可以的。"莫亚辉道："小程，要不我和你爸爸一同去送你们，你看怎样？"程小程看了看莫小虎，自己并不表态，莫小虎心有灵犀，赶忙劝住了父亲。"不如这样吧，小程，我和你爸爸送你和小虎一起去报到，让你慧娟阿姨没事过来帮我们看门行不行？反正也不会在上海耽搁几天的。"文慧话音刚落，程小程这下立刻表态道："妈妈，你不用去了，让爸爸一个人送我们去报到就好了。"声音也响亮明快了很多。

她忽然炯炯起来的眸子先是瞅瞅母亲，接着又去瞅父亲，在父亲那里盯住不再动弹。

知女莫如父。关于女儿，程明随时都在做着艰难的选择题。如果他此刻稍微理智一点，就会做出要么让小虎和她一同去报到，要么他们夫妇同去相送的选择。但他看着女儿明珠样闪着光芒的杏眼，已经十多天没有这样炯炯过的目光时，他的理智理性倒向了一边，那感性的火苗又熊熊燃烧起来，他最后当着两家人的面决意道："按小程说的吧，我送两个孩子去报到，你们都在家还各忙各的事行吧？""程明，我……""叔叔，你……"文慧和莫小虎最是意外和不甘，他们竟然异口同声惊讶地抗议道。

但走的那一天，谁都没有撼动程小程低低怯怯的一句要求，她终于做了一圈子人的主，由程明一人送她和莫小虎去大学报到。她是个最厉害的角色，所以很多事情都是顺着她的意愿最终发展下去的。

天气已经立了秋，进入了八月底，程明提前委托人买好了去上海的三张火车票，莫亚辉夫妇抢着替两个孩子买车票时，被程明挡了回去道："这样太见外了，小虎也是我的孩子不是吗？"文慧觉得丈夫说话太直白了些，待将来小程真是嫁到他们家时显得是自己家主动的，会落了小程在他们家的地位。莫亚辉那里不用担心，但慧娟是女人，她也是女人，她懂女人曲曲弯弯的小心思。不过这次的确是文慧心思过于缜密了，因为除了她，谁也没有把这句话想得那么远。

虽然程小程指名道姓要程明一个人送他们去报到，莫亚辉夫妇和文慧还是陪他们到了乘坐火车的另一个城市。一辆车除司机外坐不下五个人，程明带了司机开着自己的私家车跟了过来。两个孩子坐在程明的司机开着的那辆车上，他们另外四个人乘坐的是莫亚辉家的私家车，自然莫亚辉既是乘客又兼作司机的身份。

他们四个人在车上都很感慨一件事的不大如意，就是居住的小城交通还是不够方便，没有火车站，也没有直达上海的长途车，所以尽管青山绿水秀甲中原，被誉为"北国小江南"，还是少了些人气。不过失之东隅收之桑榆，小城也正是因为缺少的热闹和繁华聚起了钟灵毓秀的自然灵韵，使外地游客假期来游玩的时候一见惊艳，总嫌逗留的时间太短，还有人说着退休后要来小城养老的计划。所以感慨到了最后，竟然又都感激起小城不被打扰的宁静来。程明道："其实我看两个孩子大学毕业后也不必留在大城市，回自己家乡也是相当不错的选择。"文慧笑道:"我是从没有计划让小程留在外边的,就这一个女儿,说什么也要让她回自己身边来工作的。"莫亚辉稳稳开着车,也笑着接话道:"小程要是回来工作,小虎肯定不在外边打拼的。"慧娟最后道:"也不见得吧,男孩一般是希望志在四方的。"慧娟话虽这样说,她心里也是希望儿子回到她身边的,就这一个儿子,养儿防老,她也舍不得儿子离他们太远,脱了线的风筝似的再也抓不住。

程明他们乘坐火车的城市也不是多远的路,一个小时多一点就赶到了那里。是晚上接近十点的火车票,他们有足够的时间在吃晚饭中话别。程明派来的司机借故有事,把他们送到后及时返了回去,他跟了程明多年,知道什么时候该出现什么时候该离开,他敬重程明,他也让程明尊重而放心。先去火车站寄存了物品,然后把剩下的一辆车子泊在了大商场的地下停车库,他们一行人去找喝茶聊天的地方坐着消磨余下的几个小时。

莫小虎说他和程小程不掺和大人们中间了,四个大人依了他的请求,于是他带着程小程去吃肯德基。他自己比较喜欢吃传统菜,但吃传统菜的地方一般没有牛奶等饮品,他是知道程小程走到哪里都有喝热牛奶的习惯的,所以他自己再不喜欢也还是毫不犹豫带程小程去了肯德基。在比较陌生的城市,他这个行过成人礼的大男孩,在大人没在场的时候,很自然地牵住了程小程的手,于城市的人流中自如穿梭。程小程也不见外,莫小虎牵她手的刹那,她既没有怦然心动,也没有羞得脸臊,像是两小无猜的伙伴,在拥挤的人群中,需要互相照顾和借力,和爱情是没有多大关系的。

因为天气立了秋,秋后加的一伏也过了去,所以天气是真的白天热夜里凉起来,程小程今天就穿了厚一些的及膝裙,米色那种,七分长的袖子,裸着纤细的手腕,长带子的小帆布包斜斜搭在靠近髋骨的位置,在落日的余晖里,成了熙攘着的城市中一道清凉的风景。情人眼里出西施,这句话用到莫小虎待程小程的心思上,有过之而无不及。大城市的西餐厅随处可见,只不过有着不同的名目。"肯德基、麦当劳、豪享来、华莱士……"但客流量多的还是老牌子的麦当劳和肯德基。莫小虎和程小程牵着手进了肯德基的店。

像在小城的咖啡厅就餐一样,莫小虎全权代理一切。他让程小程坐在位子上候着,自己站在吧台那里点餐。两个鳕鱼汉堡,一杯牛奶,一杯可乐,外加一份爆米花和薯条。付钱也是他的事,和他在一处的时候,程小程也从不抢着结账,两家的经济状况他们自己也很清楚,就是他们不上班,坐享其成,也够他们宽裕着吃穿用度一辈子了，但他们不是那样的后代。他们更向往自食其力的生活，特别莫小虎，他觉得证明自己对程小程感情的另一个方式就是靠自己的力量打一份天下给她，让她成为他拼杀后建立的王国里的最幸福的皇后。当然，莫小虎也相当清楚，好风需借力，有他们这样的家底，对于他将来事业的打拼与发展，是百利无一害的。

"三号桌的餐，三号桌的餐好了！"服务生在叫。刚刚坐到椅子上的莫小虎又立刻站起来，快步走到吧台那里把他和程小程点的餐端了回来，程小程也站起来赶忙去接。"你坐着你坐着，别管，我来弄，我来弄。"大人不在场的时候，莫小虎更是惯她惯得厉害。说也怪，莫小虎虽是男孩，拾掇起东西来比一般女孩还快捷利落。他把托盘里的东西迅速分作两处，牛奶递到程小程的面前，可乐搁在自己面前，鳕鱼堡一人面前放一个，薯条放托盘里不动，却眼疾手快拿起封着的一小袋番茄酱，来回一扭，撕开挤在小碟子里，拿起看起来最长的一根薯条蘸了一大坨红红的酱，要程小程用嘴巴接着吃。

程小程并非懒惰的姑娘，她也忙着配合莫小虎拾掇他们点的吃食，所以莫小虎猛不防让她用嘴巴接薯条吃的时候，她的鼻子抢先迎了上去，不偏不倚撞到了薯条头蘸起的一小坨番茄酱上，她的鼻子瞬间起了个大火尖似的使人忍俊不禁。"哇，小程！"莫小虎笑着赶忙拿纸巾帮她擦拭，程小程只是觉得鼻尖一凉，还没有什么行动上的反应时，就被莫小虎三下五除二揩拭掉了鼻尖上的一坨红。她也开心地笑了，刘峰事发后第一次这么开心地笑。他们都笑着对方，然后坐下来津津有味吃起他们面前的东西来。

"小虎，你想不想知道你一个秘密？"程小程一边吸着管子里的牛奶，一边又忍不住笑问道。"咦？我还有我不知道的秘密呀？说来听听。"莫小虎当然万分乐意听程小程说话。程小程就想起刘峰事发的那个晚上，她到咖啡厅见着莫小虎的第一眼，那伤心中瞥见的滑稽的一幕。那时候莫小虎的鼻翅上粘着白色的创可贴，活像有种唱戏的在鼻梁上横着抹了一道白，使他的整张脸显得特别逗。程小程把那时候的一幕笑着学给莫小虎听。莫小虎也嘿嘿着笑道：

"还不是为你？"不过他又立刻帮着程小程纠正道："小程，你记忆中在鼻梁上抹白道的那个其实不是抹了一道白，是抹的一块白，是戏曲里的'三花脸'，俗称丑角的那种。"莫小虎替程小程补了补这方面的知识，程小程叹服着"嗯嗯"点了点头，她比莫小虎成绩更胜一筹不假，但见识的宽狭上，莫小虎一点儿都不输给她，说是技高一筹也不过分。

　　他们知道时间充裕，所以边吃边说笑，把吃饭的速度拉得很慢很缓。莫小虎把三两口就能吃完的鳕鱼堡也不得不变成了七八口才消灭掉，程小程不用怎么刻意，从她懂事起，父亲就教会了她吃饭要细嚼慢咽，如果没有急切的事要做，一口饭努力咀嚼二三十下再下咽，对营养的消化和吸收相当有益。然而，再怎么慢，鳕鱼堡还是一口一口吃完了，薯条也一根一根拈着吃净了，牛奶可乐喝得再也吸不出半滴汁液，又是店里生意上一天中的黄金时段，一拨一拨的人往里涌着，吃完饭的程小程莫小虎意识到他们再不能霸着位置不走了，所以他们嘿嘿相视一笑，不约而同起身离座，低低地异口同声道："走咯！"

　　出了门，莫小虎又去牵程小程的手，程小程并着手指在厚嘟嘟的小嘴边轻轻嘘了一下，摇了摇头，指给莫小虎看旁边的时装店。她要去看看时装店里的衣服，她已经是大学生了，可以把精力往吃穿上稍稍倾斜一下了，所以她示意莫小虎先别牵她的手，她要走去欣赏一番。

　　金黄的大太阳终于掉在了人们看不到的地方，城市的灯光开始一漾一漾亮起来。大城市时装店的玻璃门一般都是关着的，因为里边开着冷气，因为老顾客不会误认为是没有营业。硬气的时装店做得都是高端生意，赚得也都是老主顾的钱，所以他们的架子端得四四方方，对突然造访的顾客并没有过多的热情。

　　程小程倒也不怯场，虽然生活在小城，但从小在闺秀之风的家族氛围里成长，某些东西与生俱来稳稳支在了她的骨子里。她推开厚实的玻璃门，走了进去，莫小虎紧紧在她身后跟着。刚开始进来的时候不大注意门上方的牌子，进来第一眼就发现是"哥弟"服装的专卖店。父亲给她买过"哥弟"牌子的小脚牛仔裤，石磨蓝的颜色，搭着玫红的小体恤，煞是好看呢。

　　程小程拨了拨架子上挂着的各类裤子，手又不自主停到了牛仔裤那里。入了秋，九分的裤长取代了七分的裤长，颜色也开始向深色过渡，程小程三拨弄两拨弄，就相中了一条被磨白的莲花灰小脚牛仔，问了问价格，打九折后630元。她和莫小虎手里都没有带那么多现金，她犹豫着要不要买的时候莫小虎已经走了出去。程小程知道他去了哪里，有点后悔进来看衣服，但她此刻走也不是，留也不是，只好继续逗留着看其他的衣服。

　　莫小虎打电话问父亲在哪里，谁知道就在他们刚才就餐的不远处，他噎噎噎跑了过去，上到二楼大人们喝茶聊天的地方，问父亲要了五百元现金走掉了。四个大人摇摇头，笑了笑倒没就着这件事去议论，又回到了他们刚才的话题上。

真是赤裸裸的有钱就任性。

他回到店里的时候，程小程正等着他。见了他，直接道："小虎，你去哪里了？走又不能走，怕你回来找我找不到起急，我们快走吧，爸爸他们等急了。"她的手机刚巧没了电，问店里的服务员借用充电器时，又回说没有，她又记不得莫小虎的手机号码，所以她这样解释道。莫小虎像父亲似的拍拍她，径直走到服务员面前道："把那条裤子包起来。"他扭头指了指程小程刚才拨弄裤子的地方。"好的，先生，您看还需要给您的女朋友买什么？"服务生以为交易早泡汤了，想不到还有这一回光返照的奇迹，立刻笑意盈盈热情服务道。服务生尊称莫小虎为先生，是完全袭用了如今大街上不管男女老少，只要是女的都统称美女那样的说话风气。"没有思想的人。"被尊称为先生，莫小虎就有些先生的怒其不争来，仿佛一下子年长了很多岁。

"小虎！你干吗呀你！"程小程抢过去不要他付钱，但他眼疾手快把钱递给了服务生，那服务生可是"窑里倒不出柴"的认钱不认人了。程小程有点不乐意，摆弄着没电的手机嘟起了小嘴巴，但难掩眼梢的光，是沐浴在暖流里的一个少女，虽然她有她不可逾越的禁区，但禁区外的呵护，只要是真心，对女孩来说，反而是多多益善。

服务生折好了一条刚才推荐给程小程试过的、2号型的九分牛仔裤，放进了"哥弟"服装的专用袋子里。在"哥弟"服装店买衣服就是这样的好，几乎不用你多发话，服务生的眼睛就像尺子似的，一眼间帮你量好了你要穿的尺寸，拿给你试的时候，尺寸是百分百的精准。几年后程小程才听说，原来"哥弟"服装店里的服务生是受过专业培训的，并且要常常地进行培训，难怪她们给顾客搭配起衣服来，无论色彩还是款式，都像买衣服的人自己专门量身定做的满意。

出了服装店的门，程小程还是一副嘟小嘴巴的样子，莫小虎一手拎着服装袋子，一手去牵她道："走吧，去爸爸他们喝茶的地方，不然他们会担心的。"程小程嗫嚅道："等下让我爸爸把钱给你，你可得要……""那你的意思是也要我还火车票钱咯？"莫小虎反问程小程道。"那个和这不一样的！"程小程有点起急，挣脱了莫小虎牵着的手，顿了一下脚道。"有什么不一样？不都是钱买来的吗？"莫小虎继续追问程小程道。

夜幕掩盖下，程小程一点一点红了脸。但她无力再反驳下去，她知道如果真正论辩起来的话，别看她在成绩上比莫小虎略高一筹，她是辩不过他的。而莫小虎早已是幸福得找不到北了，他觉得一个女孩穿了他买的衣裳就跟和他立了婚约似的，早晚是会嫁给他的。他又去牵程小程撒开的手，牵得紧紧的往茶楼走去。

见着大人，他先声夺人道："爸爸妈妈，程叔叔帮我买了火车票，我帮小程买了一条牛仔裤，谁都不要多说什么啊。"这句话说得使人始料未及，心里波澜起伏，但被莫小虎合理的理由封得面面相觑、发不出声来。

刹那的沉默后，莫亚辉立刻站到儿子这边，他哈哈一笑道："好啊！儿子！爸爸正愁欠你程叔叔家情意太多还没偿还呢！你好样的！先替爸爸还了一笔人情账！"僵局一被打破，四个大人就互相客气起来。"你看老莫，你看你说的话……""文慧，也真是的，刘峰的事不知晓着被你们结完了账。""慧娟呢，火车票也不过……"七嘴八舌的，除了程明客气得略略少些，其他人都仿佛掏心掏肺得不断承着对方的情。不过正是基于此，莫小虎给程小程买牛仔裤这件事倒是很自然存在了下去，这给了莫小虎莫大的鼓舞，他想以后他除了给程小程买牛奶喝，买零食吃，他还要光明正大给她买衣服穿。既然她喜欢"哥弟"牌子的衣服，那让她早一点穿名牌时装也不是什么大逆不道的高消费，已经是名副其实的大学生了，听说大学结婚也是允许的呢。越往下想，莫小虎越心猿意马。

21

火车站相互说再见的时候到了。不知怎么，在火车站说再见总有点生离死别的悲情，特别是晚上，好像一说再见就再也见不到似的使人惆怅。像古诗里说的"天涯若比邻"用到他们这拨人中根本不管用。文慧先是泪水涟涟起来，她又最后一搏道："程明，要不我和你一起去送两个孩子吧。"播报员大声播报着要他们这一辆快车的乘客进站候车，程明抚着文慧的肩膀叮嘱道："已经晚了，我把他们送到上海就立刻返回，公司还有好多事要处理，你等下回去后记得把房门反锁好。"程明不容质疑吩咐着，从兜里取出纸巾，递给妻子文慧擦拭眼泪。

"小虎,在外边人生地不熟,可不要逞强惹事,能忍就忍,忍字头上一把刀,别像上次那样再让妈妈担心!"慧娟也在一旁眼泪涔涔着叮嘱儿子道。莫亚辉也觉得心潮难平,毕竟这么多年,儿子是第一次要离开家这么久,他这个做父亲的别看平时把感情掖得不显山不露水,其实是和"男儿有泪不轻弹,只是未到伤心处"的道理一样,只是没逢到关键的事上罢了。像这一刻,他也是舍不得儿子离开他,放不下突然就这么长时间离开家外出去求学的儿子。但他是男人,无论怎样都不能过于情绪化的,他压着自己的感情,走到儿子身边,猛然间捶了儿子的胸膛道:"儿子!好男儿志在四方!从今天起,你就可以朝你想的方向打拼天下了!"说完这句话,又把大手绕到儿子肩膀那里,"啪啪啪"连拍三下,像是强调自己刚才说的话。

"放心吧爸爸!我一定会听你和妈妈的话!一定会!"莫小虎举起手,攥了攥拳头,像入团宣誓那样,向着自己的父母做了保证。

起风了,火车站广场上有的人依然席地而坐,有的人把行李卷当铺盖,躺了上去,还有的人矗立在那里朝着对过的灯光发呆,有灯光反射到的面孔上,秋草样的凄惶。和程明乘坐同一列火车的人一拨一拨站起来,排成蜿蜒着的队伍,接受进候车厅前的安检程序。程明带着莫小虎和程小程排在了队伍里,他扭头敦促妻子和莫亚辉夫妇离开返程,但他这样的敦促毫无作用,因为他们坚持等程明带着两个孩子安检进去后再离开。

文慧用完了丈夫给她的纸巾,理了理鬓角的碎发,忽然间想到从去年起她已经开始加入染发的队伍中去了,虽然是不多的一片,但不多的一片却是从鬓角那里开始的,她才是47岁的女人呀,但她觉得自己从心理上比慧娟最少老了10岁不止,或许她自己到临走那天都不曾明白,女人一旦失去工作,专职相夫教子,无论她的面相有多年轻,她都一脚跨进了老年心态的行列。

程明带着两个孩子过了安检,上二楼的候车厅前,又从一楼室内的玻璃墙那里朝他们三个挥挥手。两个孩子也奔到玻璃墙那里朝他们挥手再次说再见,文慧终于忍不住掩面哭出声来,她黑色金丝绒的裙子在夜风里一飘一飘,若不是为了丈夫和女儿,她如今应该是在台子中央正笙箫琴瑟着的实力派名伶;可这一切再不属于今生的她了。不仅如此,她的丈夫和女儿也在她的生命里渐行渐远,她辞掉工作努力贴着的一切,也要流水似的去了,去了。文慧过于悲观了些,但触景生情的人,是有这"放大悲伤"的正常反应的。

"走吧。"莫亚辉看两个女人都在各自的世界里悲悲切切，他不得不发话道。他朝前走去，去商场的地下车库里取车，慧娟走过去牵住文慧的手，两个女人都不说话，但都紧紧跟在莫亚辉的身后，和他一同朝商场的地下车库走去。

返回小城已经是夜里十一点钟的光景了，一幢幢的楼房都灭了灯，城市淹在黑灯瞎火里，路灯也不那么济事了，并且为了节省资源，很多道路的灯也都熄掉了。文慧乘电梯上楼的时候忽然有极深的恐惧感，她生怕关电梯的时候再挤进来一个蒙着面的人，或者一个缥缈的影子。文慧心情过于低落了，而低落的人容易阳气下降、阴气上升。

开门的时候有点手抖，打开门立刻关上，甚至不敢扭头瞅瞅身后的动静。对门的住户去了外地发展，早已是人去楼空地荒凉。从没有一刻让文慧有如此迫切的念头：快点卖掉，快点卖掉，搬来新的人家，好聚些人气。但她以前也听说过，对门的住户不缺那两个钱，所以房子不租不卖，说以后会告老还乡，在小城养老。

文慧锁门后又用手扳了扳，证明反锁好了才去洗漱。洗漱完又伸手去扳了扳，留一盏客厅的壁灯亮着，才去上床就寝。卧室的门她也是反锁了又反锁，这一刻的文慧压根不像个做了十几年母亲的女人，像个小女孩似的需要保护。头挨着了枕头，身子也靠着床了，人困顿得厉害，却头疼欲裂着睡意全无。是说的越困越睡不着吗？她按摩自己的眼眶四周和太阳穴，大脑还是时而混沌时而清醒，最后她怎么睡去的，她自己也不知道。

莫亚辉夫妇倒是倒床就困意袭来了，他们夫妇志同道合，不像文慧的家庭，养了个珠玉一样的女儿，也得像珠玉一样金贵着、宠护着，任她不合情理地发展着，下不得狠心剜掉她身上的毒瘤，因为毒瘤开在女儿身上，看起来也是那样楚楚可怜的美丽，使人不忍手扼它的颈项，要了它的性命。

睡着后，慧娟梦里咕噜了一句道："哎，老莫，你说程明怎么不让文慧同去呢？怎么就这么依着他女儿的性子呢？"女人都敏感而心细，不得不说，慧娟的眼睛看出了些事情的端倪，她在梦里也发问着她的困惑。莫亚辉睡得很沉，所以没人回答慧娟的梦话，慧娟自己也不晓得自己说了梦话，翻了个身又香丝丝睡去。

二楼候车厅里的程明他们三个，只有程明坐在了座位上，候车厅里人满为患，再没有多余的座位，莫小虎和程小程去候车厅墙壁的地方玩。那里有伸出来的高台子，还有张报纸垫着，程小程和莫小虎都撑着身子坐了上去，也有其他的人坐在另外的高台上说话聊天，或者往人群里看去。

程明坐在座位上看今天的报纸，是他去喝茶时在小报刊亭里买的。城市的报刊亭关了许多，人们越来越习惯在手机上阅读，哪怕眼睛干涩奇痒也还是管不住潮流化的阅读习惯，在这点上，程明却定力十足，一直到现在，他都保持着纸媒阅读的习惯，他女儿程小程也是如此，连带着也影响到了莫小虎的阅读习惯。

他低着头看手里的报纸，微微皱着眉，他身边有个比他老一点的人在不断拨打手机，打通后大声说话、发问，一个接一个地拨打着。还有带了小孩坐火车的大人也不怎么教给孩子公共场合不要大声喧哗的道理，有小孩子小鱼群样来回在他面前穿梭、尖叫。程明修养再好，也忍不住微微皱了皱眉，他稍一用力，就又咳嗽了一声。"安置好女儿，我就去上海的大医院做个检查。"程明下定决心在心里安排道。

"由××至上海的第×次快速列车到站，请乘客们带好随身行李上车。"喇叭里传来火车到站的播报声。"小虎、小程，走了。"程明第一时间站起来，朝着他们两个的方向用手势打招呼道。那时候，莫小虎程小程业已经跳下了地，往程明身边赶来。杀U那，乘坐此次快车的人也都听见了播报声，所以也都齐股脑儿地从座位上站了起来，扭转身子，开始往乘火车的方向涌动。程明和莫小虎程小程被中间的人流阻住，被淹在断裂的两股河流里。不过程明不紧张，他笃定地立在他的位置上，候着程小程莫小虎穿过人流，来到他身边。

莫小虎程小程很快就从涌动着人头的人流汇成的河里来到了程明身边，汇作一股，他们组成心有灵犀的小队伍，由程明带头，莫小虎断后，把程小程夹在最安全的中间，随着人流往前走去。验票、下楼、左拐，随着小跑起来的乘客，他们也加紧了步伐。

"小程，来，抓住我的手！"莫小虎时刻不忘程小程的安全，提醒她道。也是的，慌着赶火车的人在夜间像是兵荒马乱，稍不留神就有被挤散的危险。程小程也有这样的意识，所以她立刻抓牢了莫小虎的手，紧紧跟在莫小虎身边前行。他们去上海带的行李虽然不多，但再不多也有拉拉杂杂的几个袋子，程小程也强着担了一份，大多在莫小虎身上，事后回忆，总觉得莫小虎在那一刻成了跟在唐僧身后的徒弟中的一员，但说不清很像哪一个，没有八戒的贪，也不是沙僧那样的无趣，有孙悟空的机灵但又比孙悟空多了儿女情感上的血肉。相当于一个综合体。

　　进站的火车哐当哐当着终于停了下来，下车的很多人揉着眼睛，拖着大行李，下车到平地的那一刻有点不知所措。程明他们的座位在火车正中间的那节车厢，莫小虎到底年轻，提着最多的行李、抓着他女儿的手还是跑在了最前列。到车门口的时候，扭头喊道："叔叔，这里！在这里！"程明一时间倍感温馨。"好嘞，就到了！"程明也紧跟了过来，三个人紧挨着上了火车，找到了他们卧铺的床位。一上两下，本来可以买三个下铺，但考虑到三个人在一起方便行动，程明就请求把床铺调到了一处。

　　程明主动请缨睡上铺，让莫小虎和程小程睡下铺。他自认自己宝刀未老，上下铺如同当年敏捷。莫小虎巴不得是这样的安排，赶忙道："谢谢叔叔！谢谢叔叔！""谢什么呀？莫小虎，我爸爸那么大年纪了，你放心让他爬上爬下的呀？"程小程立刻反对道。莫小虎瞬间委顿，他含着不发表意见的态度，等候程明发话。"小程，听爸爸的好吗？"这短短的一路，程明见莫小虎对女儿如此有担当，他硬起心肠想医治他和女儿心上的顽疾。知女莫如父，知父也莫如女，程小程捉住父亲想滑落掉的那层轻纱，眨巴着圆圆的杏眼哀恳道："爸爸，你就听我的建议好不好？小虎也会担心你的，所以小虎心里肯定是不想要你住上铺的。"

　　还要说什么？两个男人一个女人，本来女人就会胜之不武，何况这女人是两个男人都会在关键时刻为之送命的人？人类都有天生的原罪，但让原罪之花肆无忌惮盛开却是与纵容密不可分的。这道理，受过高等教育并且在事业上取得极大成功的程明何尝不知？但他完全信以为真恐怕是在天堂里看着女儿在人间受磨难时吧。

　　莫小虎沉默着把自己的行李放到了上铺的位置，把程明和程小程的行李分散在下铺的两张床上。他道："叔叔，我们洗洗早点睡吧。"说的时候少有的没去看程小程。见状，程小程莞尔一笑，走过去主动拉着莫小虎的双手，轻轻摇撼道："小虎，你生我气了？我还不想睡呢，我们俩聊会儿天再睡好不好？"莫小虎哪里经得起程小程这糯米样的语气和摇撼，他抓了抓耳朵根，无奈道："好吧，听你的，再陪你聊会儿天。"程小程算是小小弥补了莫小虎的伤心，也让父亲尽量少些自责与尴尬。程明说他困得厉害，不陪他们聊天了，他要洗洗睡了。程小程调皮道："爸爸，谁要你陪呀？我和小虎的专属聊天时段。"她这娇俏一点，又让莫小虎在她面前自动下蹲半截。"见了你，我变得很低很低，低到尘埃里，从尘埃里开出花来。"莫小虎最是讨厌看张爱玲的书，但他记住了张爱玲的这句名言。从见到程小程的第一眼起，他觉得自己好像变身成了女人，在一爱慕着的男人面前，变得心甘情愿卑微起来。现在，他就是标标准准会在程小程面前一点一点低至尘埃的人。

程明果然简单洗漱后上去歇息了，还故意把头朝向靠着车壁的方向。火车启动了，车厢里关了大灯，单留着小卡座旁边的脚灯，使人起床小解的时候不至于看不到路。莫小虎和程小程就着另一侧的车壁坐在了小卡座的两侧。朦朦胧胧的，倒也诗意万分。小小的脚灯聚着青绿的光，淹着两个要去上海复旦大学报到的优秀孩子——莫小虎、程小程，淹得这一刻的车厢，绝世倾城的旖旎美好。

"喂，小程，想说什么？"莫小虎先开了口，声音压得极低极低，磁性微哑温情到使人心性瘫软。"嗯，让我想想看。"朦胧光晕里的程小程米白色的衣裙还是相当显耀，她支着脑袋，用小卡座的桌面撑着小半个身子调皮地想着她的小心事。"莫小虎，我想说……"她低低拉长声诱惑莫小虎道。"想说什么……"莫小虎本来就在状态，此刻更是深受感染，也拉长声低低道。"不告诉你。"程小程突然嘿嘿坏笑道。"不告诉我挠你痒痒了！"莫小虎立刻正襟危坐，故作严肃唬她道。程小程捂着嘴笑得更欢了，圆圆的杏子眼来回骨碌着，好不容易止住笑，才继续道："我想说……你要下个保证……"

莫小虎听说要他下保证，不但不畏惧，反而变得异常兴奋。"保证？我祈祷，要我下爱情的保证！"莫小虎一门心思都在程小程身上，所以他立刻联想到程小程要他下的一定是和感情有关的保证！这个也是他求之不得的事，他目光炯炯等着程小程接着说下去。

"我想说……莫小虎……你要下个今天晚上不打呼噜的保证……让我爸爸好好睡上一觉……"还是拉长声娇俏，还是低低得如同耳语，可听到莫小虎的耳朵里时，他觉得那是"断雁叫西风"的感觉。他的兴致被打散得根渣不剩！他困倦地打了哈欠，象征性地答道："好，我答应你，努力不打呼噜。咱们也洗洗去睡吧。"说完就先站了起来，不给自己留一点继续和程小程攀谈下去的余地。程小程心如明镜，她无奈而笑，但她无奈的笑里没有丝毫的妥协。"我是个会遭报应的人"，程小程突然诅咒起自己来。

后来，莫小虎果真没有打一个呼噜，而以往他是偶有打呼噜的习惯的，他的什么琐碎都愿意说给程小程听，所以程小程才这样对他知根知底。他一夜没打一个呼噜，因为他听了一夜火车咣啷咣啷的声音，不曾合上一眼。程小程初开始愧着，愧着愧着做起梦来，她算是睡着了。程明的一夜呢？算是半梦半醒，他没去考虑女儿和莫小虎聊得怎样，他的嗓子好像被有种东西迫着，越来越不舒服。医生说是抽烟导致咽炎的缘故，可吃了中西药，却不见有多少的好转。

22

火车到上海终点站时已经是次日的午后了。

上海，一座大都市的海。韩邦庆的《海上花列传》写的就是清末中国上海十里洋场中的妓院生活，并涉及当时的官场、商界及与之相链接的社会层面。是本很难得的方言小说，后由出生在上海的现代作家张爱玲翻译成国语后受到瞩目。程明感觉自己看了有七八遍的样子，后来女儿程小程也翻着看了两三遍，还和他讨论过书中哪个女人更可爱真实，哪个男人更值得托付终身。

下了火车，一行三人真真切切立在上海这座繁华的大都市了。8月底的上海，比起家乡的小城，还相当的夏意正浓。一重压着一重的摩天大楼，操着吴侬软语口音的上海人，裹挟着南来北往来此地淘金的打工者浓重的方言、四不像的普通话，全涌到眼前来了。莫小虎是初生牛犊不怕虎，面对一切都很陌生的新环境，他只有兴奋，他已经急不可耐要迈步到复旦大学的校园和程小程共度四年的大学时光了，他仿佛看见他和程小程在图书馆、在电影院、在校园的青草地上耳鬓厮磨的甜蜜身影。他露出了昂扬的笑，像在篮球场上准备投三分球时的骄傲和稳操胜券。

程小程也在幸福而笑。"上海，哦，上海，我来了，我终于来到了你的怀抱；上海，我来了，我来圆我的梦，我来和我的父亲一起感受韩邦庆笔下的你，张爱玲笔下的你，王安忆笔下的你……还有好多好多作家、画家、雕塑家、摄影家，笔下、眼中、心里的你……感受你曾经的十里洋场，你曾经的上海滩；感受你今天的上海外滩，你今天的东方明珠，你今天的白领丽人楼，你今天依然笙箫琴瑟着的爱恨情仇……怕是再寡淡的爱情故事到了你的地盘，都会演变成旖旎的爱恨千古愁吧……啊，上海，爸爸，我们生命里的'上海'，我在学习上忘我地奋斗忘我地努力忘我地拼搏，爸爸，你可曾知道我这样做就是为了要在我们喜欢的上海构筑我们生命里的'小上海'……妈妈，原谅我，原谅你的女儿和你爱的是同一个男人……不！妈妈，我的爱和你是不一样的，我不会嫁给爸爸，爸爸永远是你的先生，可我会为了爸爸永远不嫁，永远不嫁……妈妈，是你的大意和溺爱造成了今天的局面，你有足够的时间和我朝夕相处，可你总是喜欢把我带到爸爸温暖的胸口前，从小到大，直到你无力控制的状态出现……妈妈，原谅我，原谅我……"

纵然，程小程是小得不能再小的人物，可上海的心还是在听见程小程呐喊的刹那，猛然间震动了一下。上海，诞生传奇的地方；而传奇，谁能说都是大团圆的收梢？都是春江花月夜的美好？都是喜庆祥和的四世同堂？上海，开始了又一场小名伶的悲情演唱……

"小虎小程，都饿了吧？我看还是先吃饭再去报到，这里离复旦大学仅剩8公里多的路程了，很快就会到的。"程明先是容两个孩子发了一会儿呆，然后才征求他们的意见道。

"行！叔叔，听你的安排！"莫小虎神采飞扬道。看莫小虎在大都市从容不迫的样子，程明心里是一阵又一阵的安慰感上涌着。他看着莫小虎青春阳光的一张国字脸，不由从心里为这个帅气的小伙子点了一百个赞。程明以前不大注意，其实莫小虎的五官有和他相像的地方，莫小虎的眉毛和他一样都是比较短的剑眉，只不过莫小虎的剑眉更密更浓了些，有点长寿眉的样子；并且莫小虎和他一样都长着硬气的国字脸。现在他突然注意到了这一点，于是下意识揩抹了一下自己的脸颊，好像要亲手验证似的。

"叔叔，你脸挺干净的！没有灰尘！"莫小虎以为程明的动作是在顾及自己的形象，赶忙笑着提醒程明道。程小程也从神游里缓过了神，她看看父亲，又看看莫小虎，一时间有点莫名其妙。"小虎，你皮肤好白！"像是电视剧中间突然插播的广告，程小程的话反过来让程明和莫小虎一阵子莫名其妙。然而，都是刹那间的愣怔，一行三人就呵呵着笑起刚才不知怎么把话岔得那么厉害来。

上海的生煎包子相当有名，是上海传统小吃"三主件"中的一件，另两件是百叶和麻团。迎着程明他们的眼睛的方向，就是一家赫然写着"上海生煎"的特色小吃店。"怎么样？小虎小程？去吃这个？"程明一扬手，做出个老练的问请动作，笑问两个孩子道。"好的爸爸，就吃这个，我爱吃呢！"程小程又变成了青春期活泼少女的样子，闪着晶亮的杏眼爽快同意道。"好嘞叔叔！我也喜欢吃这个！我和小程还是我们小城'上海生煎'的常客呢！程小程，你说是不是？"莫小虎欢喜应道，并且适时把他和程小程算不得隐私的小秘密招了出来。好像一到了没有熟悉人群的地方，莫小虎特别浑身地轻松，简直信马由缰、惬意万分。

"哦？小程？真有这样的事？爸爸怎么没听你说过呢？"程明倒真的没听女儿说过她是"上海生煎"的常客，倒是在路过的时候主动给女儿买过两次带回去给她吃。

"哇！终于有一件事没告诉她爸爸了！"莫小虎听见程明的问话，要飞起来地志满意得，他觉得自己越来越有对未来的把握了。"爸爸，你别听小虎乱说，他在使用夸张的修辞呢！"程小程不正面回答，娇俏地从这个角度回答了父亲的提问。程明没再接着追问，因为他刚才的问话不过出于习惯，他肚子里早已咕咕叫着，也许他已经不记得自己问的是什么，所以他笑呵呵地带两个孩子过马路对面的"上海生煎"去就餐。

进了上海的"上海生煎"包子铺，莫小虎才知道他们小城的"上海生煎"完全是小巫见大巫了。他猜想，家乡小城的生煎招牌一定是支着"上海生煎"的名目，找了个技术一般的上海师傅，学着上海生煎的式样打的广告，连锁店都不连锁店的扯不到一处。

比起家乡小城的生煎包子，这里的生煎包子个头格外的饱满，馅子格外的肥厚醇香，口感格外的外焦里嫩，服务也格外的现代化，"先生女士，请问需要些什么"的问个不停，软糯的上海口音，地道的上海生煎，给人宾至如归的亲切与温暖感。两个孩子兴奋打量着四周，只有程明心里清楚，上海人比哪个大都市的人都市侩精明，根本不是浮面上的温暖与亲近，外地人若以为上海人就是这样的热情好客家常，掏心掏肺和上海人攀亲结友，多半会被吃闭门羹、泼冷水的。上海人心里有一道很高很高的城墙，外地人一般是走不到他们的墙内，看不到他们内心深处真正的风景的，他们把自己护得很厚很严，但从他们的外观上你却丝毫看不出来他们的世态炎凉来，这就是真正的上海人最厉害的地方，精明市侩油滑算计却又让你在薄凉里心生佩服。

复旦大学当天在上海的几处火车站设的都有新生接待站，他们三个人也都是一眼看见了的，并且程小程和莫小虎也小小的兴奋过一阵子。但接待站的学生无论怎么热情，还是盖不过程明的风头。程明出身高干，虽然生长在小城，但打小没少跟着父亲饱览祖国的大好河山，在出国还属小城的天下奇谈时，他已经跟随父亲去过泰国、马来西亚等地游玩。年轻的母亲虽然不受同父异母的姐姐待见，却深受父亲宠爱，所以程明的地位始终如同王子，但他却一直谦和有加，事事处处让着大他十几岁的姐姐。这种种的经历使他早早有了无穷无尽的男人魅力，加上长得有革命英雄"文天祥"的刚毅帅气，所以两个孩子预备好的不去新生接待站那里接受帮助，要让程明带着他们乘坐966路公交车，尽情享受这第一次也是唯一一次这样的报到，充满回忆地走进复旦去。

程明是过来人，两个孩子的心思他也揣摩得八九不离十，所以他不点破，随着他们的心意走。"我真有那么大的魅力吗？"程明心里生出这样的疑问，不知怎么，这问题竟然漫着淡淡的忧伤，他又想起他母亲的猝然离世，和父亲的相继离世。如果他所谓的魅力是悲喜交加着的人生经历叠起来才铸成的，他宁可不要这样的人生沧桑。"程总，我真的很喜欢你……""程总，我爱你……"程明想到那些偷着飞到他办公室的信，娟秀的字体，可人的模样，但程明他把自己把持得很紧很紧。文慧的双亲也离世了，他是她的命根子，他宠女儿是不妨事的，哪怕越过了常理；但若换作另外的女人，一次私会可能就要了妻子的命，所以这么多年，无论多少年轻漂亮有才华的女孩往他生命里赴汤蹈火，他都牢牢禁住了自己。不是他不动心，而是他绷紧了全身的力量抵御着这一切。还有，他总是在透过红酒的晶莹微醉，审视那些对他笑靥如花的女子时，都觉得还是不及他的程小程好，都还是不及他的程小程清雅如玉。是程明放大了的幻觉，也是程小程身上就真有的与众不同的气质在作祟。

上海，也是使人陷入回忆的魔场，极细极细的感情丝线，都会在上海这座城市被放大成天罗地网，死命罩住你，使原本微不足道的你给上海增添金箔样的旖旎，上海的传奇就是这样一点一点的痴情哀怨堆出来的。上海的传奇里往往有着痴男怨女都会找到的影子，上海就是这样地风情万种，上海就是这样的无论怎么改朝换代，都岿然不动地从暗地里掀翻你的今生和来世，剥给你看，剥给世界看，剥给红尘看。

走过了新生接待站，程明带着莫小虎和程小程去乘坐途经复旦大学的966路公交车。莫小虎坚持要过三个人的所有行李，让程明和程小程轻装上车。程小程和他夺要行李拎，他始终霸着不给，并且还振振有词道："小程，你看你已经'负累在身'了，还要怎样？不把我当男子汉看还是准备小造反一下呢？

小心程叔叔离开上海后我'欺负你'哟。"程明看着两个孩子争着拎行李的推挡，后来忍不住开口微笑道："这样吧，你们两个往常不是爱用石头剪刀布裁定争论吗？现在当着我的面，还来用石头剪刀布来裁定好不好？"因为大行李早已被托运到学校，如今所谓的行李不过是几个装着便物的坏保袋子，所以程明调侃他们这不该论那么真的争执。

"石头剪刀布就石头剪刀布！"18岁的成人又怎样？在长辈面前，孩子气的行为从不缺失。两个孩子竟然听了程明的建议，异口同声爽快答道，这让程明一刹那有点啼笑皆非的感觉。"石头剪刀布！"程小程先像模像样迈腿跺脚顿了一下，脚落地时手伸了出去。莫小虎出的是石头，她出的是布，莫小虎输了，但莫小虎输赢都无所谓，他反正是不会让程小程提着环保袋子上车的，跑龙套永远是他的事，程小程只用在光鲜的舞台上一颦一笑即可。所以他依然僵持着不把杂物给程小程拎。在这样的事情上，程明仿佛也做不了他的主，所以虽然是他输了，最后也没按提前立下的规矩办事。

莫小虎稳稳霸着几个杂物袋子，瞅着嘟着嘴嗔他"说话不算话"的程小程只管嘿嘿笑，猛然间程小程道："当我就是寄生虫吗！"莫小虎看有个帆布小包被她斜斜挂在胯那里，赶忙替她洗白道："小程，你不是没有拎行李呀，你看你还挎着那么'大'的一个包子！你哪里那么容易当上寄生虫的？"这一幕发生在上海午后的太阳光里，也真是使人醉了。程明不再搭话，只是闲闲扫视这一切，他想看看传奇是不是就是这样开始的？他微笑沉思着。其实对于女儿的感情，他相当地笃定明了。莫小虎拼尽了全身的力气，目前也拨动不了女儿真正情感上的那一根弦响。十年八年内，女儿绝对是属于他的；十年八年外的人生，他不准备想下去了，到时候他已经是花甲老人了。他想破脑袋也不会料到，十年八年内的人生，也不会是全属于他的了。

风起了，上海不像小城，处处可见花开花落，风里的上海照样地不动声色，我行我素，任悲情上演，任欢歌霸场，任死生有命，任富贵在天。

程明带着莫小虎和程小程坐上了途经复旦大学的966路车，开始感受和小城天壤之别的待遇，车上的他们被变形的人挤得变了形，没有了程总，没有了学霸，没有了清新的口气，你里边混着我，我里边混着你，大家真正成了一家人。这是程小程坚持要来的千里相送，但她稍稍地有点防不胜防。她没想到，她抵住私家车，抵住新生接待站，抵住母亲的哀恳，换来的千里相送是这么地不禁打量，她以为的漫步传奇轻松在这辆被挤得人人变形的966路车上，被理所当然地烙烫了一下，上海，哪里是她这个 18 岁少女想得那样简单；上海里的传奇，也不是她想的那样卿卿我我，恋到最后还梦想着留个处子之身吧？

23

四十分钟近乎窒息的一段时光，不过生命这个大沧海的一粟罢了，但却永远烙印在了程小程的回忆中，永远。二十年后，她才明白，她能听得进莫小虎的话的根芽就是从此次的乘车经历中开始萌发的，不过，那真的是多年后的蓦然回首后的惊醒了。现在，离二十年后的程小程还太遥不可及，她嗅闻不到一丝自己命运的霹雳弦惊。

"下一站，复旦大学，请准备从后门下车……"吴侬软语的提示音响起。

"小程、小虎，要下车了！"程明也赶忙提醒两个孩子道。

然而，当两个孩子真正站在复旦大学的门口时，所有想象中的欢呼与激动都消失了。复旦、北大、清华……永远不会让你为之轻浮狂欢的名校，会让你这个历尽一切艰辛才走近它的学子，看到它真实面目的第一眼，永远不会有欢呼与激动，因为你的情感被深深纳进了滚烫的肺腑中！

程小程如同当年立在北大门口的程明一样，眼泪簌簌而下。这一刻，上海不存在，上海的小资不存在，上海的传奇不存在！存在的只有厚重的文化知识的殿堂，排山倒海压过来。"人类永远在为文明做着无限的攀登！而知识是向前挥着的人类最闪光的宝剑！"程小程心里热血沸腾，有庄严的声音回荡胸中。

复旦大学的正门安着简朴得不能再简朴的大门，呼应着"大美至简"的真理。虽然莫小虎和程小程无数次在电脑上看过复旦大学的图片，但真的身临其境时，还是有天壤之别之感。小篆体的"复旦大学"四个字像是革命者清瘦的脸颊，清瘦中含着凛然又飘逸的气息。字如其人，伟大的毛主席 1951 年题写的校名，一笔一画都有他老人家自己的风骨与影子。

程明也立在校门口一动不动，他是过来人，当年他内心的万千澎湃并没有随着岁月消逝，而是被深深埋藏着，如今他从两个孩子的表情上仿佛看到当年自己脸上的表情，他愿意让孩子们尽情耽搁在这一刹那，因为当孩子们走进校园，哪怕一分钟后立刻回到原地，就不会再有和此时此刻完全吻合的感受了。三个人都没有说话，那些说着话来来往往的学生也没有影响到三个人的思绪。他们都专注地沉浸在自己的世界，忘我地和自己的思想痴缠翻飞。

清水红砖墙消失了，白色额枋消失了，古朴雕花的铁大门消失了，门两端的青松消失了，唯有毛主席的塑像一点一点移到了眼前，霸住了眼睛的区域，又从眼睛的区域开始裂变，裂变到身上的每一个细胞，裂变到灵魂的每一孔之缝，五脏六腑都裂变成毛主席的塑像……

那泥金的伟人，不，那大地一样的伟人，背着手，顶着标志性的大背头，踏在坚固的底座上方，目光像是思古，像是远眺，像是注视天下，像是平视苍生，像是召唤举着思想火炬的莘莘学子来到他的身边，来到他希望的世界，来到这所以"博学而笃志，切问而近思"为核心宗旨的大学，进一步锤炼自己，升华自己，从小我走向大我，从儿女情长到家事国事天下事事事关心……

一步一步，复旦，我来了；复旦，我来了；复旦，我来了……

时间无涯的荒野里，没有了莫小虎，没有了程小程，没有了程明，也没有了刘峰……"多少事，从来急；天地转，光阴迫。一万年太久，只争朝夕。四海翻腾云水怒，五洲震荡风雷激。要扫除一切害人虫，全无敌。"真的"不是一家人，不进一家门"吗？复旦大学门前的刹那，已经是生命里一生一世的奠基。原来，程明早已给程小程做好了生命的底子，在他终生没有抵达的世界，女儿在替他一步步抵达、抵达……她从来不知道，她单薄的身子骨里，需要负载几个人的生命之重，父亲的不曾抵达，莫小虎蓦然回首的契机，沧桑岁月里的自己……

"人活着究竟为什么？为什么？为什么……"尼采的发问振聋发聩，在程小程裂变的生命里，生命裂变得繁花似锦。只是，那得多少年的风雨冲刷后，那得多少年的电闪雷劈后，那得多少年的绝望与挣扎后……

程明静静地看着泪水在脸上蜿蜒的女儿，收住感慨的莫小虎静静地看着侧面如玉一样的程小程，在她忘情的温热肃穆里，他们同时缓缓走过去，程明给她递纸巾拭泪，莫小虎再度牵起她纤细而不失力量的手，三个人并排着朝毛主席的塑像走去……

稍稍地在正面肃立后，三个人自动错成一前一后的小纵队，环着毛主席的塑像在仰望中缓缓行走。这次，程小程有意识让自己走到了小纵队的最后。她的侧面，是她顶礼膜拜的伟人毛主席；她的前面，是护着她陪着她圆梦的两个同样伟大的男人。或许是巧合，或许是命运早做好的安排，18岁的莫小虎竟然和父亲一样，生着不太高的个子，都是一米七多一点的样子。父亲都不必说了，他们那一代的人，这样的个子屡见不鲜，相当正常；只是莫小虎不该是这样的中等身材，他的父母个头都不矮，他母亲也有一米六五的样子，如今的生活条件这么好，按理莫小虎应该长到一米七五以上才属这一代人的正常身高呀。

程小程的思绪比他们早一点过去了刚才的感慨，所以环着毛主席像走的时候，她的眼睛里更多匣住了不时抬头看着毛主席塑像的两个男人。"浓缩的都是精华。你没发现邓小平同志个子比我还矮吗？"她想到曾经纳闷地问莫小虎这个问题时，莫小虎自卫又诙谐的应答。不过莫小虎回答后也紧接着反问了她："你喜欢哪种个子的男生？"她答的是："我喜欢我爸爸那种个子的男生。"她还记得那时候的莫小虎如释重负地笑了，并且像是自言自语道："那就好，这下我就不担心了。"

现在，这"浓缩的精华"的两个男人一前一后走在她的面前，从不同的角度瞻仰着伟大的毛主席，虽然是着装不同、发型不同、年龄段不同，但他们都有挺直的背，都有掷地有声的步伐，都有阳光下的对新中国成立者的真心敬仰。对于18岁的程小程，这一切都已经是生命相当厚的恩赐了吧。

瞻仰完毛主席像后，莫小虎程小程最终还是接受了师姐师哥的帮助，不费周折地迅速办好了入住手续和新生入学的种种手续。

而程明，就在准备去最具实力的上海华山医院做个全面体检的路上，接到了公司打来的紧急电话，要他速回公司，有十万火急的事要他参与处理裁决。程明摇着头无奈笑道："看来，我这'顽固性咽炎'准备和我顽固到底啊！"小城最好的医院给他的咳嗽下的定论就是"顽固性咽炎。"嘱他少抽烟，多吃清淡的食物，而程明自认自己不是烟瘾很大的人，吃东西一向也很清淡，他向医院最有名的专家提出他的疑问时，专家说少抽烟饮食清淡的人也会得顽固性咽炎。总之，他们医生向来都有自己充足的理由说服病人。

不是没去小城外的大些的医院检查过，省城最好的医院也去过，查来查去，也没见肺上有什么阴影，所以后来除了偶尔去小城的医院做个例行检查，再没为这个事和其他的医院打过交道。现在，程明更是深信不疑他这毛病对生命无大碍了。"要是有大碍，上帝不会让我中途返回的，一定会指引着我早做治疗，陪着我的女儿到很多年以后。"这个北大中文系的高才生，一时一刹信起命运来，比没受过教育的人还笃信不疑。

他是举着右手对着党旗铿锵有力宣誓过的共产党员，但他也不反对西方总统把左手按在《圣经》书上宣读誓言。帕斯卡尔说，人是会思想的芦苇；帕斯卡尔还说，人的一半是天使，一半是魔鬼。程明喜欢中国的老庄，也喜欢西方的思想家，所以他对命运有着亦理性亦感性的私人体悟。

程明先乘飞机返回到省城机场，司机早早候在那里等他；接到他后，一刻不耽搁地往小城返。到了小城，似乎不用和他商量似的，直接把他载到了公司的会议室。公司总裁和几个大股东都在一脸严肃等着他，一秒钟的正脸正身后，他坐到了他副总的位置上。

新的国家领导人执政后，加大了反腐力量，从上至下挖出了很多三番五次警钟长鸣还不收手的国家蛀虫。让他火急火燎赶回来，就是他们公司的一个核心人物被调查组圈了进去，在这个人物的事情没有调查清楚之前，公司的任何一个领导都不得离开小城。

出了会议室的门，程明看了看公司上方的天，有淡淡的云影在飘，那淡淡的云影有浅灰的心子。程明心里异常清楚，这个被圈进去调查的人，是真的要进圈子里去了。"人为财死"，灰心子的云影下，有鸟高叫着在天空来回飞，"鸟为食亡"。程明像往常那样，表情肃然地走下楼，向自己的办公室走去。

年轻的秘书替他泡好了普洱茶，交叠着纤长的玉手含情脉脉看着几天不见的程明，等着他接下来的吩咐。程明面无表情道："从明天起，把我的茶换成毛尖，其他没事，你下去吧。""程总，我……"有点类似女儿的恳请，但程明果断挥挥手，取出手机，开始给文慧打电话。"文慧呀，哦，记着做我的午饭，公司有事，我提前回来了。"程明果断地挥手不及这个电话力量的一半，女儿一样清丽的年轻秘书红着眼圈离开了程明的办公室。待在程明身边已经两年有余了，程明连一句多余的问候都没给过她，包括她崴着脚还坚持来上班为他服务时，他都不让自己有一丝一毫表现出来的私人关心，他不是神，所以他不当自己有神的把控能力。

24

中午到家后，程明简单给文慧说了两个孩子一路的情况，也说了自己没去做成检查的原因，文慧担心道："那怎么行呢？不如过几天我陪你再去省城看看。"程明笑着摆摆手，安抚她道："没什么大不了的问题，放心吧，文慧，我命长着呢！"程明去卫生间净手，文慧把饭菜端了上来。

中午也熬了粥，是清火养人的小米绿豆南瓜粥。小米用了香糯型的，南瓜是外地运来的极面极甜的那种，绿豆说是一处深山人家种出来的。熬了很久，熬成了老金色的浓汤，浓汤里浮着一颗一颗肚皮开成白花的绿豆。饼是文慧用玉米和着白面在电饼铛里用下盘的温度慢慢焙熟的；菜一荤一素，清蒸鲈鱼和小白菜烧豆腐。净完手坐到餐桌旁的程明伸手捞过一个饼子，张嘴就咬出了大半个月牙，故意呷着嘴道："我这妻是越来越贤惠了！越来越知道疼先生了！"说着这样的俏皮话，竟然兜着脸不笑，那禁着的表情里突然有了他们蜜月时的情切意绵。文慧脸一热，想到了蜜月里的更多细节。

少了女儿的房间，虽然多了牵挂，但也有说不出的轻松。像是一直抱着的孩子突然离开自己的怀抱朝前奔去；目送着孩子的背影，心里交织着时悲时喜的感情，有点无措，也有点长舒一口气地放下。

程明吃完午饭，文慧脸上的热度还在此起彼伏，她知道是因为什么，所以她更是使出力气禁住自己。"这么亮的白天……"文慧刷碗的时候，哗啦哗啦的清流也没把她的热度冲去，厨房早已火光熄灭，她却觉得还是满灶满怀的火光在霍霍燃烧。

程明躺床上午休的时候，看见文慧已经把席子撤掉，换上了柔软的床单。"真是细致入微的好太太……"

拾掇完碗筷的文慧走了进来，脸上的红晕红得更凌乱，这红晕的传染性极强。女儿不在家，文慧上半身的低胸睡衣里边一览无余，白得晃眼的两只鸽子嗫着嘴，鼓着红色的鸟喙，轻啄着文慧半离半贴的薄如蝉翼的睡衣。程明开始热燥，日式轻薄的白睡衣骤然间棉胎似的使人受压抑，解开腰间的袋子也不顶用，文慧给他买的高弹内裤也成了烙人的贴圈子，不脱下来活不成似的烫人……

没有了监控一样的女儿，两个中年人的中午变成了蜜月里下着帘子的夜。窗外的太阳像是被月亮喂了春药，而月亮，早已裸着奶白的胴体四仰八叉在它的床上睡着了。天地万物沦陷得阴阳相合到无可挑剔，文慧和程明这一刹那的曾经，程明和文慧这曾经的一刹那……

"慧……"

"明……"

摇摆着的一字歌谣，从嗓子里低低飞出，因为不停地喘息，那热烈低沉的呼唤被掐得断续吃力，变成了最吃重的吟唱，一拨一拨冲击着木制的床，人在歌唱，床在歌唱，太阳和月亮轮换交替，乾坤阴阳，持续着人类古老而绵绵不绝的主题……

9月的初秋，初秋的9月，撤掉席子换了柔软床单的床上，一双胶着的夫妻，仿佛当年的热烈。

在程明强健身体的最猛烈一次冲撞里，文慧一口气堵在胸口，窒息得像是晕厥了过去。冲刺到终点的程明俯在她柔软的身躯上，看着她微闭的双眼，没有退去红晕的团白柔软的脸，突然把头埋在她的胸上，孩子似的哭泣起来。

"文慧，对不起，对不起……"文慧睁开眼，伸出手温柔地抚弄着程明湿透根子的短发，叹息道："程明，但愿你能好起来，小程有小虎对不对？你好了，小程才会好，小程才会有真正的幸福是不是……"

像是补偿这几年这上面的一直亏欠似的，这之后的隔三岔五，程明都正常地履行着做丈夫的义务，他想，即便女儿寒假回到他面前，他也不会像以往那样被她痛楚的眼神禁着自己的一切行动，他下了决心要让女儿明白，他和她的母亲相亲相爱才是对她最好的爱。

小区的树上趴着秋蝉，秋蝉在9月天里依然知啦知啦叫着，夏天结束了，夏天的淫威并没有彻底遁逃。谁能做得了谁的主呢？如果人类真的是知错就改的简单，还要那地狱做什么？有人这样想到。

25

莫小虎和程小程报的均是复旦大学中文系，他们顺利快乐地成为复旦大学中文系的高才生，开始过起梦里早已萦回过无数次的大学校园的生活。入了大学校园，身材高挑气质出尘的程小程就成了学哥们瞄着的对象。而莫小虎的篮球在大学校园打得也依然相当漂亮，他中等的身材投起三分篮来还是稳扎稳打，橘色的篮球从他手里抛出，在空中画出漂亮的弧线，"哐"的一声进到球篮里，复旦大学南区的篮球场上方便响起现代女孩大胆的尖叫，更有甚者，两只纤纤玉手捧着或性感或小薄的嘴巴，掬成小屋状，朝天喇叭似的大声吹奏道："莫小虎！你好帅……莫小虎，我爱你……"程小程也是看球赛的女生中的一员，她也使劲地鼓掌、欢呼，替莫小虎矫健的身影骄傲自豪，但她从来没有把手掬成朝天喇叭，向着莫小虎大声吹奏"我爱你"的曲子，一次都没有。

莫小虎是新生训练营被体育老师一眼挑到校篮球队的第一人，所以他也早早霸占了女孩子们的心房，和程小程一样成为异性瞩目的对象。程小程一向不吃莫小虎的醋，她觉得喜欢莫小虎的人越多，她就越一点一点放下负累，她祈祷有各方面都很优秀的女孩出现，让莫小虎一如既往关心自己的同时去和对方相爱。

可莫小虎却坚决不改初衷，所以他倒时不时吃程小程这上面的醋。

有天晚上他们约着去阅览室看书，有个从程小程进学校就瞄上她的同班男生也走了进来看书，他看书的时候隔一会儿就瞄程小程一眼，莫小虎把这一切都收在了眼里，心里早就不自在起来，他小声嘟哝道："看什么看？有什么好看的？"莫小虎心里是有点仗着自己身手矫健这点功夫的，别看他个子中等，人却敦实得很，真要是和人发生些肢体冲突，一般人是抵不过他的力量的。所以他有挑衅意思的嘟哝对方道。这晚阅览室的人并不十分多，进来的人又都有着极高的阅读素养，所以有人跟没人似的静悄悄。翻书页时也不弄出响声，看完一页，拈住轻轻压在翻过的书页上，是无声可循的一处思考着的天地。所以，莫小虎这一声嘟哝就变得显赫嘈杂起来。

埋着头看书的认识不认识的同学都不约而同直起头，寻找嘟哝声的源头，莫小虎并没有回避自己是挑事者，他虎视眈眈迎着追过来的各种目光，手里的书成了摆设。于是，这个知识的小殿堂有点"山雨欲来风满楼"的架势和味道来。

程小程朝瞄着她看的同学歉意地笑笑，又摇摇头示意他不要发作，当是没听到。回过头来，她立刻变作一脸严肃状，连瞪莫小虎几眼，因为他们是并肩在一张桌子上看书的，所以她用眼睛白愣莫小虎的时候格外有冷意的责怪感。莫小虎觉得自尊心受到严重创伤，他第一次朝着程小程使了性子，掂起书桌上的书往阅览室的书架子上一扔，转身出了阅览室，嚓嚓嚓地奔下楼去。

程小程又是歉意地一笑，尽量没有声响地站了起来，放回了书，轻手轻脚往门口走出。那个不住瞄她的男生一直目送着程小程的身影彻底看不见，才收了目光，但他的心已经无法专注在书上了，他觉得程小程刚才向他歉意笑着的眼神太他妈惊鸿一瞥了。

所以他后来和莫小虎的约架也像"太他妈"三个字一样，太他妈的理所当然了。莫小虎像砸刘峰那样把对方砸得缝了针，对方被校方警告，他则是被校方严重警告，差一点受记过处分。后来，复旦的校园开始疯传中文系有个中等个子的男生不仅篮球打得漂亮，还是个为了女朋友连功名利禄都敢抛下不要的人。于是，爱慕程小程的男生越来越多，但明目张胆追求她的人却日渐"门前冷落鞍马稀"了，直到大学毕业前夕，她都像个周敦颐笔下的莲一样，给人"可远观而不可亵玩焉"的不敢触碰感。她也从不生莫小虎的气，因为少了男生追求的四年大学生活，一点没有减少生命里的旖旎，那夜晚的上海外滩，那朗朗大太阳下的东方明珠，那撇开莫小虎和父亲单独相处的上海时光……那才是她最想要的大学回忆。

较之程小程，莫小虎的四年大学生活却活色生香得厉害。他为爱情打了架，得了警告，就像他认为把刘峰打伤是他生命里的珍贵勋章一样，他认为他佩戴上了生命里又一枚珍贵的勋章。他在中文系和程小程选修的都是同样的学科，他在学习上简直要克隆程小程的一切似的，程小程得了奖学金，他也得了奖学金；程小程进了复旦诗社，他也紧跟着迈了进去，好像他在学习上的潜力都要靠程小程激发似的，但他在学习上也从未落后过程小程，系里的同学称他和程小程是中文系的"双璧"。

进了大学，程小程才更深懂了尼采的一句话："修女也疯狂。"比起追求男孩子的女生，追女生的男孩子就显得腼腆斯文得多。许是时代进步的缘故，似乎一夜之间，年轻人都变成了新新人类，女孩子的表现上尤其明显，女孩子在追求莫小虎的架势上彰显了一个新时代女生的个性特点。

莫小虎在中文系庆元旦的联欢会上朗诵了一首自己作的诗歌：

谁知道爱是什么
偶然又事成必然的相遇后
便是今生来世的念念不忘

对你
我从来不敢一转眼
因为我怕一转眼就是看不见

月光如春风拂面
当天边那颗星出现
你可知我又开始想念
……

《神秘园》的曲子伴着他磁性微哑的男中音，伴着他深情的心曲流泻，伴着他才华的横溢，本来就漫着浪漫气息的舞台变成了动着的沧海桑田，而诵诗的莫小虎，成了海枯石烂也会守着他的誓言到地老天荒的那个值得托付三生的人……

女孩一个挨一个的信息刷爆了莫小虎的手机屏幕，但独独没有程小程的只言片语，程小程在诗社发表文章的时候，用的是"天边星"的笔名，莫小虎联欢会上的诵诗说穿了就是爱情的当场告白。那些追求莫小虎的女生根本不理睬他"弱水三千，只取程小程这一瓢饮"的情有独钟，既然宇宙万物永远都在流动，莫小虎的感情也不见得不会从程小程的身上流到别的女生身上去。

所以，大学生涯的四年，女生做着莫小虎的梦，莫小虎做着程小程的梦，程小程做着程明的梦，程明做着谁也不知道的梦。

滚滚的红尘，一世的流光，一生不过爱恨吃穿四个字。

26

既然程明的咳嗽变得有一搭没一搭起来，所以他再来上海的时候想都没想过再去医院做个大检查。不用料理女儿的生活了，文慧就催着他连吃了最长时间的中药，好像起了些作用，没再连着一咳嗽几声，偶尔有一半声，也像是把一个咳嗽切成了两半，是再正常不过的咽炎反应，而咽炎几乎是人人都有的小毛病。

再去上海时，程小程让程明陪着去看张爱玲的故居。程小程说不邀请莫小虎同去，因为莫小虎在高中时代就一直厌恶张爱玲的尖酸刻薄，更厌恶张爱玲爱上大汉奸胡兰成这件事。程小程曾经劝他说，爱是无罪的，可莫小虎压根听不进去。"文以载道"，无论张爱玲的文章有多少可圈可点的价值，莫小虎都认为她的文章没有一点儿的"载道"气度。莫小虎喜欢看中国的《水浒传》和西方的巨著，托尔斯泰的《复活》他也是像看《水浒传》那样百看不厌的。所以他对程小程这次的不邀约没有任何的不愉快，他只是叮嘱她快去快回，别耽搁她父亲休息。他藏着对她的私心，却把理由绾在她父亲身上，程小程想，真是太岂有此理！

"将在外，军令有所不受！"程小程拎过一件米白的小开衫穿在身上，内搭换了豆青的颜色，下身是磨白的微喇长牛仔，脚上穿起了尖尖的中跟的时装鞋子。程明来看她的这次，已经是大二的下半学期了，暮春里的上海，和暮春外的上海，并没有多大区别。最能辨别繁华大都市季节特点的不是季节，而是及时更新的时装，虽然有人在大冬天依然穿裤头上街，但那绝不是夏天裸着修长大腿的薄料裤头。程小程是名牌大学的大学生了，打扮也渐渐变得不那么孩子气起来。她修长的身材并在中等身材的父亲身边时，程明的俊朗英气掩住了自己身高上的略略遗憾。

"爸爸，你对张爱玲到底有着怎样的评价？"立在常德公寓门前时，挽着父亲手的程小程问道。"怎么说呢？"程明微微叹息道，"首先肯定的是，她是个才华横溢的女作家。""那爸爸对她的爱情观怎么看？"程小程道。

"她不该爱上一个让她受折磨，又不给她结果的男人。"程明艰难回答道。"可是爸爸，张爱玲不是说了吗？'我爱你，关你什么事？千怪也怪不到你的身上去。'"程小程故作一脸简单迎着父亲的眼睛道。"反正爸爸是希望你这个女儿不要有她的命运，希望小程将来嫁的男人不辜负小程。"程明把眼睛转到公寓楼上面，缓缓道。

这是座非常女性化的大楼，肉粉的墙面夹着咖啡色的线条，看上去有些暗，是岁月的尘埃染在了里面。楼前虽有宽阔现代的大马路，但也掩不住整栋楼浓重的历史气息。就是在这座公寓，张爱玲和胡兰成写下一纸婚书："胡兰成张爱玲签订终生，结为夫妇，愿使岁月静好，现世安稳。"前两句张爱玲写的，后两句是胡兰成所写。然而，结为夫妇也是瞬间即散，像她在《心经》里写到的：爱不过是短短几年；又像她在《小团圆》里写到的：空气污染使威尼斯的石像患了石癌，现在海枯石烂也很快。

常德公寓如今变成了私人住宅，不再对外开放。想模仿张爱玲那样款款走上楼去，触摸房间里的帘子与电灯的扑落，或者隔着帘子眺望上海这座城，已经是如今慕名来的游客不能圆的梦了。好在，常德公寓一楼的千彩书坊咖啡店开着，那是张爱玲曾经喝过咖啡的地方，就是原来的 80 年前的起士林咖啡馆的位置，程明和程小程挽着手走了进去。

比着家乡小城最高档的咖啡厅，千彩书坊咖啡店更多了层咖啡奢华的味道。家乡最好的咖啡厅临湖而建，坐在大厅敞着的位置上时，一眼可见清澈的湖水里扎着庆国庆时候的各种式样的彩灯，不知怎么有时候会有些不伦不类的感受。而这个张爱玲曾经喝过咖啡的咖啡厅，环境就像是沉到了咖啡的心子里，整个的咖啡厅本身就是一杯加了浓浓奶油和方糖的纯正咖啡。人走进去的一刹那，人也变成了加了浓浓奶油和方糖的一杯一杯的咖啡，有了异国的热情与力量，有了咖啡的奢华，和异国情调保持了和谐的一致。

挽着手的程明和程小程先是环着咖啡厅缓缓走了一遭，他们这举动服务生是见惯了的，因为来这里消费的人几乎百分之九十九是因为张爱玲而来的。咖啡厅暗花纹的墙纸上嵌着张爱玲的照片，嵌着张爱玲作品里女主角的画像，橘黄灯光里的架子上摆着她一本本苍凉魅艳的作品，和老的留声机，旧皮箱。老上海的音乐包着这老旧的风物，使慢慢环着走看的人入了老时光的巷，落到座位上的时候，差不多进入了惘然的梦的状态。这时候的人，才是喝咖啡的最好状态。人喝咖啡，咖啡也喝人，咖啡厅衍生出人与咖啡关系的精髓来。

"小程，其实《心经》里的许小寒和她父亲的关系是不正常的，你懂吗？"程明把杯子里搅拌咖啡的小匙子用手立起来，看着搅拌过的咖啡一圈圈游动，他就这样突然轻轻说道。"爸爸，我们今天不谈这个好吧？"程小程轻快一笑道，"我妈妈怎样？每天打电话总是报喜不报忧，妈妈真的很好吗？"大二的程小程波光灵动，机敏地抹过话题，使人找不到试图说服她的任何切入点。

依然束着马尾辫的程小程眉宇间多了点大上海的气息，以前程明不觉得女儿睫毛有多长，只是感觉到不短而已，哪知道今天在这漫着老上海气息的空气里，女儿的睫毛像是补缀一层上去的，又长又弯，蓬在清澈如湖的眼睛上方，和着自然弯到一侧的大卷刘海，乍一看，倒像是个从旧上海走出来的清丽美人。"爸爸，我在问你话呢？"看见父亲一副愣怔的模样，程小程提醒他道。

"哦，你妈妈呀，你妈妈挺好，你不天天和你妈妈通话吗？"程明回过神后笑着应道。"那爸爸你好不好？"程小程燕掠清水样的闪动一下睫毛道。"爸爸当然好了，不好能来看你吗？"程小程觉出了爸爸的轻松，心里涌起一股难言的滋味来。

"剪不断，理还乱，是离愁，别是一番滋味在心头。"明知是不对的事，明知是该要戛然而止的事，她却还是囿在程明的怀抱里不愿意长大。囿久了，程明就成了她的另一重身份的"父亲"，那个"父亲"和她是没有血缘关系的，她可以痴痴地恋，痴痴地等，痴痴地为了他，任似水流年嘶嘶流去。父亲也往往在女儿这样的眷恋里失去了直觉。他产生了错觉，以为他怀里的女儿真的和他断了血缘关系，真的可以等着他、盼着他，他找到了人生又一种不一样的感觉，他以为是不妨事的，他以为他是能让它戛然而止的，然而，"郎骑竹马来，绕床弄青梅"，哪里知道这一绕，就是弯弯绕绕的几年，十几年，几十年，甚至死不瞑目……

27

这次程明来看女儿，耽搁的时间最长，掐头算尾，有五六天的光景。他们公司说是有年休假，公司领导也不当年休假使用的。是可以耽在家里，遥控观察着公司的大致状况，但几乎每个领导都不敢放心走得太远，像他送女儿报到那时候出的紧急状况，就是要他得飞一样赶回去，无论是在多么辽远的地方，都要使出所有的力量马不停蹄赶到公司。

在公司里一直待着的程明渐渐把公司当成了家一样的地盘，他们这几个元老级的领导都有这样的感觉，所以一年多前出的事还是让他至今有惋惜之感，好像自己家的亲人出了问题那样的使人心痛伤感。女人如衣服，兄弟如手足。在程明心里，女人和兄弟都是情同手足那般的热切温暖。纵然出事的那个人实在贪婪无度，但程明还是为他终将判刑坐牢感受到生命不能承受之重。

不过这几天的上海之行，公司没再出现火急火燎要他立刻返回的电话。虽然公司总共有五个副总，但公司的老总多年来更是最把他当兄弟看。程明就这点好，无论自己的碗里满不满，从不吃着碗里霸着锅里或者霸着别人碗里的东西。许是从来没有被经济磨难过，他在一切都和经济效益直接挂钩的大公司工作，也总像大诗人李白那样有仙家之气。他承认自己在小城，算得上经济和精神上的双重富足者。

莫小虎程小程的大学生涯相对闲散了许多，没有老师再谆谆教导你"吾日三省吾身"。入了大学后，几乎所有的教育都靠自己来完成，是自我教育最适宜的环境。虽然到了大二，程小程已经预备了接下来两年的计划安排，她思虑良久，不打算考研读博了，她想大学毕业就回到父亲身边去，工作单位是不用她操心的，别说有父亲的影响力在，单是"复旦大学"这张硬气的名片，就足以让她拣着挑单位的。她听父亲说，小城目前依然很少入驻真正直接从名牌大学毕业的高才生，大多从故乡飞走就选择了客居他乡，不再叶落归根。而北大毕业的父亲当年之所以没留大城市返回到小城，也是因为家庭出了变故的缘故。不过父亲也告诉她，如果他留在大城市工作，不见得会有这么顺利的升迁。程明说是"福兮祸所伏，祸兮福所倚"的有力验证。

父女俩单独去了莫小虎厌恶至极的张爱玲故居那里走一遭后，许是始终没沾着张爱玲最浓最近的气息，父女俩的常德公寓之约没有达到他们想象中的摧枯拉朽。但朗朗的太阳光下，父女俩约着再去外滩时，说什么也得邀约上莫小虎了。"小虎，要不你这次还选择不去吧？"程小程排着一溜有点不太整齐的瓷白的牙，半调侃半认真道。"哼！程小程，这次你的如意算盘坚决打不成！"当着程明的面，莫小虎好像当程明是他的亲生父亲似的，"仗势欺人"道。但他脸上一直带着朗朗的日头那样朗朗的笑，所以他的横鼻子瞪眼除了惹程小程发笑，是不起半点威慑作用的。

最后，一行三人决意散步样走过去看上海外滩。复旦到外滩，多至七公里的距离，坐地铁也要转乘，不如去的时候先走一截路，再打的；看累了回来的时候再坐地铁。晚餐订到外滩那里吃，总之一切还是以程小程的主意为所有行动的依据。"我是被两个优质男惯着的优质女子。"程小程心里笑意盈盈自恋道。

暮春的小城，该是绿肥红稀的景致了吧。但在繁华的大上海，绿可以一直肥下去，红也可以一直稠下去，大城市的花草植被靠的不是季节交替，是人为的支配。武则天让牡丹违时开放曾经耸人听闻，但现在大城市的绿化带上，处处都是违时开放的花儿。真好的现代化，现代化也真的有很多的好。然而，"小桥流水人家，古道西风瘦马，夕阳西下，断肠人在天涯"的小令是再没有的了。一行三人中的程小程走着走着，脑子里可就又灌进去这么多的多愁善感。好在两个男人一前一后一直护着她，过红绿灯的时候也不用她操心，所以她不久就又自得其乐起来。

莫小虎从不感慨季节的交替，除了为程小程作诗那一刻的心潮澎湃，他这个复旦中文系的年年奖学金获得者真是负了春花负秋月的理性与不解风情。所以他看花是花看草是草地往前行着。他的任务是一刻不停护着程小程的安全，要说他心里有什么春花秋月的话，程小程就是他全部的春花秋月了。

程小程忽然间觉得自己成熟了许多，虽然她依然深深恋着自己的父亲，但她不像以前那样不顾及莫小虎的感受了，一路上她倒是陪着莫小虎有说有笑，让父亲在前边安静走着看着。是枯叶蝶躲在叶子间的狡猾吗？和莫小虎加倍热络的外表下，掩着保护她和父亲隐秘的私心？

一个多小时后，一行三人到了外滩。

黄浦江的水和上次来看时没什么两样，在夕阳的映照下，水波粼粼，比小城的湖泊大，却没有小城湖泊那样的温柔缱绻。如果把黄浦江也比作人的眼睛，它更像探照灯似的凛冽直接。

还不到晚上七点半，所以外滩还没有放灯，它沐在晚春的余晖里，向人们展现着现代化的恢宏与壮丽。莫小虎和程小程是第二次来外滩看景了，上次是白天去白天回，没看夜景，之于善感的人来说，相当于没有看真正的上海滩。但莫小虎却相当喜欢白天里的上海滩。"小程，你快看！"莫小虎把一只臂膀搭在程小程的削肩上，一只手指着对面的高楼大厦让程小程看。

"莫小虎，我看到了你喜欢的高楼林立，我看到了你喜欢的车水马龙，好不好？"程小程慢慢旋过身子，慢条斯理地说着，却陡然眼梢往上一撩，伸出藏在身后的小手使劲拧了一下莫小虎的鼻子道："把你的手拿掉好不好！"她故意夸张了表情，龇牙咧嘴横鼻子瞪眼地看着莫小虎的反应。

莫小虎猛一愣怔，不过旋即就报仇似的加大手劲，稳稳霸住了程小程的削肩，也故意咬牙切齿道："莫小虎，把你的手拿掉好不好！"他重复着程小程咬牙切齿的话，盯着对过林立着的高楼大厦，像是揽到了又一种风月。

程小程曾经探寻过自己这一刻的心理世界，她得出的唯一结论就是女人真他妈虚荣无度。所以，她恨得如此"咬牙切齿"，甚至伸出手去拧莫小虎的肉鼻子，她也没有"啪"的一下打掉他揽在她削肩上的那个结实有力的臂膀。

莫小虎无形受到了鼓舞，他把她揽得更紧了，甚至有点小小的热血沸腾。程小程拿眼梢溜了一眼站得离他们远一点的父亲，他看起来有点不太舒服。程小程略略报复了她上大学后和母亲过于热络的父亲，她父亲此刻的难过使她洋溢着难言的小得意。至此，她才拿掉莫小虎的臂膀，走到父亲身边，把头轻轻偎在他肩头，柔柔问道："爸爸，你累了是不是？"程明把交叠着的一只手抽出来，拍拍她的头，笑道："爸爸不累，你去和小虎玩吧，等下我们先去吃饭。"

说是等下，实际是说完就去吃饭了。程小程提议去吃"东京和食"。"日本鬼子的饭店，我不去！"莫小虎"割袍断义"那般的坚决反对道。"唉！"程小程摇摇头，没办法纠正他提起东京就一定要和日本鬼子联系到一处的固执观念，改去吃"厉家菜"。

在厉家菜外滩会所坐下来翻着菜单子看的时候，程小程忽然问莫小虎道："要是有一天我对日本人歌功颂德，你会怎么待我？"生命诚可贵，爱情价更高。程小程自信莫小虎会为了爱情选择一切退后。然而，她这次的猜想却大错特错了，莫小虎是什么都依着她，但这点的原则是坚决不会依着任何人而改变的，包括他自己的父母，包括他最爱的女人，所以他盯着程小程一字一顿回答道："程小程，你听好了，你杀我剐我我都会原谅你，但是你要敢对日本人歌功颂德，我绝对会和你划地绝交老死不相往来！"

"小虎。"程明突然间喊他道。"叔叔，是真的！"还没弄清程明要说什么，莫小虎就再次表态。程明笑了笑道："小虎，听小程说，今年暑假你准备带女朋友回去见你爸爸妈妈？"

太使人意外的话题，莫小虎有点丈二和尚摸不着头脑，他看看程小程，又看看程明，不知道程明说的自己的"女朋友"指的谁。这话是程小程告诉程明的，程明信以为真，看了莫小虎的反应，现在他知道女儿朝他撒了个谎。程小程的谎言被父亲识破后，脸有点受不住地羞愧，为了和父亲继续相爱，她改变了不说谎的原则，向父亲撒了善意的谎言，然而，它现在被父亲识破了。

莫小虎看出了端倪，他把头靠近程小程转移话题道："想好吃什么菜了吗？"程小程有点感激道："你点吧，点你最喜欢吃的菜。"

厉家菜，人均480元以上的消费，点什么菜都已经变得举重若轻了。她和莫小虎来看外滩的时候，是吃零食当晚餐的。他们是小康家庭里的朴素孩子，其实他们才是天生的一对，地造的一双，然而，他们前世的修行还差了一截子，还要借着今世的修为才能同床共眠，才能"赌书消得泼茶香"。

一番审视后，程小程要了小米茄子配米饭和清汤燕菜。轮到莫小虎点的时候是更加地踌躇犹豫，程明见他一脸窘意，微笑道："小虎，既然来了，就点喜欢吃的，当是叔叔给你和小程庆贺去年拿到了奖学金。"莫小虎试着点了价位最低的两个菜，比起小城的菜价来，也还是贵得惊人。

"上海一定是人类奢华原罪的发源地。"点完菜的莫小虎环顾着四周的金碧辉煌，默叹道。他敦实的臀部把精致雕花的凳子坐得一晃一晃的，程小程看着莫小虎胶原蛋白极厚的国字脸，未尝没有钦佩喜悦之情。

28

外滩的灯七点半准时开放。

实在是受卫慧《上海宝贝》这本半自传体的小说影响过于深刻，并不擅长苟且的程明看着外滩红红黄黄绿绿的说不清的霓虹灯时，也觉得自己的联想和作者一样大胆放荡。

没办法，是鲁迅的"世上本没有路，走的人多了，便成了路"那样的刻骨铭心，卫慧给上海的高楼贴下了三生撕不掉的标签。而程明受亮起来的灯盏的影响，进行了修饰。

"可以想象你是美妙的诗，可以当你是西方的油画，你一盏一盏地泊在外滩的夜，你在寻找和你共舞的星魂。"这是程小程的浮想联翩。

"有什么值得惊呼的！不就是颜色多一些的灯吗！"莫小虎从心眼里对惊呼着的人群睥睨道。

可后来，他们三个感想不同的人竟决定再乘船夜游一下黄浦江，在江水的荡漾和游船的破浪中再感受一下上海外滩的夜景。买了票，上了房子样巍峨的游船，捡了靠窗的位置坐下来，立刻是另一重的感受了。不见了喊喊喳喳着的人群，不见了仿佛直矗到眼前的高楼大厦，一切都变得朦胧又诗意起来。游船慢慢启动了，水声一副嚼嚼簌簌的样子，呼啦一口呼啦一口地吐着漱着。从窗子里往外望出去，外滩的建筑物变成了柔艳之物，含着一口一口万紫千红的灯光，静静地呼着香粉的气息。

"爸爸，我们到甲板上去看好不好？"程小程率先提议道，可她没有叫莫小虎的名字，明摆着不要莫小虎当他们的电灯泡。可处在柔艳水声里的程明不知怎么想起了他来之前妻子文慧交代他的话，就硬起心肠拒绝道："哦，爸爸有些累，你和小虎去甲板看吧，注意安全就是。"程明说完，故意装出疲累的样子伏在面前的桌子上，想要稍作休息的样子。

"程小程，没办法，走吧，我陪你去甲板看景去。"莫小虎撇撇嘴，不无得意地笑对程小程道。程小程白了莫小虎一眼，不接话，自己快步朝三楼的甲板那里走去，莫小虎自然也紧跟了过去。

当真立到高高的甲板上了，程小程刚才不快的感受消减了很多，因为放眼望去，四周的风景真是太美了，美得使人不能过度生气了。程小程学着《泰坦尼克号》里的露丝那样张开双臂，迎着外滩这一世界的风月微笑哼起了《我心永恒》的旋律。莫小虎不敢走得太近，而是隔着离程小程寸把远的光景，也把双臂直直地伸开学着杰克的样子哼起了《我心永恒》的旋律。夜风的甲板上，混合着水腥味和华锦灯光的空气里，这两个为着不同梦想走到复旦大学的高才生，这一刻的动作也和爱情中的男女没有多大的区别吧。

……

就这样，在程小程上海四年的大学生涯中，程明这次来上海做了最长一次时间的逗留，他想要结束什么似的陪着女儿程小程去了她想要去的一切地方，努力帮女儿完成来上海上大学夙愿里的隐秘心结。程明以为，完成就是结束，完成就是转危为安，完成就是如释重负，可他一样都没做到。

而程小程的大学四年，除了继续收获优异的学习成绩，成为年年奖学金的获得者，也并没有完成她想要的，在传奇性的上海缔结一段上海的传奇父女恋的心愿。而莫小虎呢？还是不改初衷地抵制着外围所有女生的追求，不离不弃地关心和陪伴着程小程一个人，所以程小程在她的大学即将结束的时候感叹道："我的四年大学生活不就是一个稍微轻松版本的高中生涯吗？"可莫小虎却不这样认为，虽然在这四年里，他和程小程之间的感情没有实质性的突破，但他能把他们的感情维持现状，他没有交女朋友，程小程没有交男朋友，他认为这就是一种实质性的突破。所以大学毕业的时候，他是兴奋而知足的。"程小程，我莫小虎对你有的是时间和耐心，放心吧，你终归是我的。"莫小虎帮程小程收拾行李的时候，看着越来越清丽的程小程，在心里笑着发誓道。

29

应家人的期望，大学毕业后的程小程和莫小虎双双回到小城工作。两个复旦大学生双双回到小城，小城一时间起了小小的轰动。"是什么情况？""那个叫程小程的父亲当年不也是为了一个女人没有留校吗？""哎，你管人家那么多干吗？回来就回来，小城市咋的了？""听说那个叫莫小虎的跟屁虫似的跟着那个程小程，有这回事不？"……

程明和文慧耳朵里还算清静，但莫亚辉和慧娟在医院工作，人多嘴杂，何况很多病号并不知道莫小虎是莫医生他们的儿子，所以莫亚辉和慧娟耳朵里刮着这些议论时，莫亚辉当它是无聊的闲话，慧娟心里却相当地不受用，频繁听到儿子是程小程跟屁虫的话，她有点希望自己的儿子有天走南闯北地去工作。但她在外观上表现得不动声色。

栖着橘色灯光的精致卧室里，莫亚辉和慧娟夫妇一递一句道："老莫，我可给你丑话在先，要是小虎分配的事上再一意孤行下去，我势必要打散他对那个程小程的情意了！""慧娟啊，感情的事我们是做不得主的，小程那么好的孩子，她愿意去教学，小虎跟着她当个高中老师有什么不好？以为你儿子屈才呀？"莫亚辉无意间犯了"哪里正痛戳到哪儿"的禁忌，一向看似好脾气的慧娟"啪"的一声拍到他的光肩膀上，从床上跳下来指着莫亚辉警告道："莫亚辉，我警告你！这件事上你敢和莫小虎统一战线，我绝对给你们闹得很难堪！别以为两家有这么多年的交情在，那稀松平常得厉害！为我儿子我啥都能制出来！"

栖着橘色灯光的精致卧室里，温馨中卷起了一个家常女人的风暴。"都是爱惹的祸。"肩膀上吃了一巴掌的莫亚辉非但没有生气咆哮，反而有种热辣辣的感动。这热辣呛人的感受是除了家和家里的这个女人，任何地方任何人都不会给他的。橘色灯光里的慧娟，像尊泥金的塑像，发泄后愣愣地站着，等着丈夫的反应，等着接下来的语言的交锋。反正她是铁了心地要在分配的事上和这父子俩抗衡到底的。她要让儿子明白，就是有一天他把程小程娶到他们家做媳妇，也不是程小程全说了算的；她也要程家明白，她不是做不了她儿子的主，她儿子终归是要把她的话放心上才有下一步的。

莫亚辉看着愣愣立着的慧娟，"扑哧"一声笑了。他别着头摸摸起了红迹子的肩膀，仿佛自言自语道："哎，看来女人都真是老虎托生的。"杯酒释兵权似的，慧娟以为绝对会大动干戈的一场家庭战争竟然没动一刀一枪，就轻而易举和平解决了。

莫小虎最终同意去程明的公司上班时，莫亚辉举着酒杯朝坐着的一圈子人动情道："都是因为爱！"

听了这话，程明和文慧面面相觑，有点丈二和尚摸不着头脑，但莫家的人却个个清楚莫亚辉在感慨什么。"为了程小程，儿子可以随时改变志向；为了儿子的前程，妻子随时准备打翻两家人多年的友情；为了儿子和老婆的幸福，我却装聋作哑。"莫亚辉又是一连串的感慨在心。但程明和文慧到走的那一天，也不知道这段两个孩子工作分配上的小插曲，也不知道原来他们两家还有过这样一截子的暗地交锋，为了他们的女儿，莫家曾经一次次地生过这样的"风起云涌"。

就这样，22岁的莫小虎程小程均在大学老师惋惜的目光中放弃了毕业考研或者留在大城市打天下的人生安排，而是选择了在他们的家乡小城开始了他们毕业后的人生：程小程去了小城最优秀的一高教毕业班的语文，同时兼了其中一个班的班主任；莫小虎去了程明所在公司的办公室，一去就被委以重任。

两个人的工作尘埃落定后，莫小虎就开始公开追求起程小程来，这次他追求的架势比以往任何时候都热烈，因为直奔谈婚论嫁的目的。仿佛是顺理成章的事，两家的大人见此，除了程明，也都默允了地不加干涉、任其发展。

　　总觉得还很遥远的事情就一下子迫在眉睫了，程小程淡湖一样的眼睛里开始有不安游离。这么多年就这样拖着，给了莫小虎失望，更多的却是希望。现在出现这样的局面，她有些负罪而不知所措。

　　是个秋天的晚上，她和父亲程明出来散步。她大学毕业回到父亲身边，才发现父亲的咳嗽依然没有彻底止住，总是有一搭儿没一搭儿地慢声咳嗽几下，然后消停一阵子，又会有一搭儿没一搭地咳嗽两声。她和母亲都迫他戒烟也不顶用，好像西方的经济低迷也影响到了中国的经济，他们公司的效益也出现下滑现象，所以公司的领导和股东深感肩上的担子重大，几千号人吃饭活命的公司，他们的身份在工人心中，已经成了父母或者能救赎工人的神。

　　基于此，程明的烟在慢声咳嗽中吸了下去，如同他对程小程复杂的感情，连他自己也断不出个到底该断不该断来。

　　随着年龄的增长，程小程青春期的活泼甜美转变成了沉静，是一只栖息着的蝴蝶，展着美丽的翅子，却很少言语。没有晚自习的时候，她喜欢陪父亲出来散步，在那小巧的广场后边，父女两个看着城市的灯光，久久地沉默着。

　　"小程，"这天晚上，程明主动打破了僵局道，"我想你还是试着和小虎恋爱吧，这么多年的坚持，小虎已经很不容易了。"

　　刚一说完，程明就又止不住地咳嗽了一下，偏分着的头发随着咳嗽动了几动，不知怎么回事，在忽明忽暗的灯光里看着的时候，有种格外的荒凉感。仿佛眼前的他就要远走到另一处地方似的，使人心生慌乱。

　　"爸爸，"程小程环过手，轻轻拍着父亲的后背道，"爸爸，我其实努力试过改变自己，但我还是做不到嫁给小虎，我宁愿守着爸爸一个人到老。"

　　"小程，你对爸爸这一片心意爸爸何尝不知？你妈妈也是一清二楚，爸爸喜欢你你也不是不知道，但小程，这样的感情肯定是不对的是不是？"程明道。可能女儿成人了的缘故，自从程小程毕业回到小城工作，两个人的每次谈话都沉甸甸得像是进行着生命的对话。

　　"可是爸爸，感情的事最是勉强不来的对不对？还请爸爸给我些时间，让我慢慢走出来，好不好爸爸？"程小程哀恳的声音开始充满痛苦，她甚至搞不清楚到底是从哪个根子开始把自己的感情弄成了这样。是小时候父亲带她去乡下农村看戏，她吵着喜欢戏台子上那个长相颇似父亲的拉弦子的人时，父亲打趣她既然那么喜欢那就长大嫁给父亲好了那刻开始吗？还是她十几岁那年意外看见冲完澡的父亲擦着一头湿发穿着日式白睡衣从卫生间走出来的一刹那开始的？抑或是她日渐出落成当年穿着白裙子在火车上楚楚可怜的母亲的模样一刻间锁住父亲心房的缘由？她和父亲如今的感情纠葛是相互纠缠一直不愿下手切割的错，她是错中人，她父亲是错中人，她母亲也是脱不了干系的错中人，因为她和父亲陷入了不正常的泥沼，而正常中的母亲却一直舍不得拿他们中的任何一个人彻底开刀。

程明和程小程一次又一次地谈判，一次又一次地试图冲破枷锁，都在最后的不彻底里一次又一次地束手就擒。慧娟一天比一天清楚地看出了不利于她儿子莫小虎的端倪，她加紧了她的又一重计划，她可不想要儿子一直在这样的滚油锅里煎着。莫小虎毕业前夕，她替儿子留了个心眼，她打听了她同事家里一个在美国留学的孩子状况，那是美国一所相当有名气的私立大学，真到事情闹到僵局的时候，她准备送儿子出国留学渡过这已经耽在生命里七八年的坎儿，给程小程个措手不及，再想挽回她儿子都是不可能的事了。出了国的人，可不像在国内"天涯若比邻"，那可是天涯就是天涯的遥不可及。

<h1 style="text-align:center">30</h1>

不得不佩服慧娟的火眼金睛和料事如神。莫小虎和程小程的事情闹得不可开交是在上班后来年的生日宴上。其实这个晚上莫小虎也是下了最后的决心要程小程当着两家人的面给他一个明确的答复，如果答应嫁给他，他哪怕再等上十年八年都还愿意等下去；如果彻底决定了不嫁给他，也把话当面说清楚。他已经过了23岁的生日，从他15岁见她第一眼一直心无旁骛等着她，即便在莺飞燕舞的大学校园，他也向来不回一次这花那佳丽的信息，都是为了让她受感动，为了让她最后那一刻点头答应。现在，他要给她定最后一刻的时间了。并且，他这次的决定，毫无商量回旋的余地。如今，莫小虎的血性已经火炽着烧到了心房外，原来爱情根本不是无条件会等下去的那样心甘情愿，他如此热切地想要程小程给他一个肯定或否定的答复，送他去天堂或者地狱。

程小程不明就里，以为还可以像以前那样闲闲搪塞着要莫小虎去找对象，但她又可以像个女朋友似的和他一起去 3D 电影院看电影，深夜不睡陪着他微信聊天，或者牵着手去吃那个地方的老三样。

所以，准备过 23 岁生日的程小程依然沉静如初地坐在紧挨着程明的位置，因为是初夏，天气还有暮春的温和；又因为今天是个较为喜庆的日子，她遵了父亲的提议，脱了喜欢穿的白裙子，换作一件藕粉色的薄羊毛连衣裙。

莫小虎是最后一个到的，他特意理了头发，国字脸显得大了一圈，看起来有些使人忍俊不禁的样子。程小程没憋住，捂住嘴"扑哧"笑了一下。虽然她很快收住了笑，装作很郑重的样子去看莫小虎，但慧娟知晓程小程笑的原因，打圆场道："小虎说过这样的话，看男女长什么样其实并不难，男的理平头，女的洗把脸。"

"我老婆的意思是夸我儿子长得帅哈！"听了妻子的话，莫亚辉大笑起来。文慧扭头看看自己的女儿程小程，脂粉未施，一张脸却有着春花秋月的光芒。她也咧着嘴角，微微笑了。

"都看够没有？"理着小平头的莫小虎剑眉星眼一抖，笑问道。莫小虎怀里抱着 99 朵殷红的玫瑰，下班后换了休闲的湖色体恤和牛仔裤，穿的衣服和程小程藕粉色的毛线裙无论从色彩还是款式都像特意定制的情侣装。

他这一发话，大家才意识到一脸朝气的莫小虎还在站着，于是纷纷扭头发话给程小程："小程，快把花接过来，让小虎坐你身边去。"程小程微笑着站起来，她要绕过椅子走到莫小虎身边去接花的时候，莫小虎已经抢步上前，把红艳艳的玫瑰举到她面前，朗声道："小程！生日快乐！永远快乐！99 朵玫瑰送你！"程小程接过像是在噼里啪啦燃烧着的这么大的玫瑰花束，低下头抿了抿嘴，又吸了吸鼻子，复又抬头望着莫小虎轻轻笑道："小虎，谢谢你，真的谢谢你。"莫小虎拍拍她的肩膀，"嗯"着点了点头，示意她坐下说话。程小程坐下后，莫小虎挨着程小程也坐了下去。

"小虎到了，开始让服务生上菜吧？"程明发话道。还没出去叫，服务生已经敲门而入，原来她一直在门外候着听里面的动静。"先生，可以上菜了吗？"她微微一颔首，朝着程明问道。程明朝她点点头，她转身闪出了房间，程明他们开始整理筷子等餐具。

花一直被程小程抱在怀里，现在要吃饭了，她打量着把花放哪里合适。莫小虎眼疾手快找好了合适的位置，他把花从程小程怀里掏出来，倚在房间一角的小柜子上靠着墙，墙上贴了满天星一样的壁纸，这殷红的玫瑰像是开在星空之下了。"抬头的一片天，是男儿的一片天，曾经在满天的星光下，做梦的少年。……星星点灯，照亮我的前程……"看着被自己倚得稳稳的玫瑰，莫小虎的脑袋里意外刮来台湾歌手郑智化的声音。

程小程的生日蛋糕是程明特意去小城最好的蛋糕房挑选定做的。程小程爱吃水果鲜奶麦片，他就订了这类中价钱最高的一种款式。文慧把蛋糕盒子拿掉后，连程小程自己都忍不住低低惊呼道："好漂亮的蛋糕！"莫小虎更是"哇"一声惊叹表示了惊奇与惊喜。

有点像刻意做出来的模型，但鲜奶水果四溢的香气又告诉看着的人，这个蛋糕是真的。蛋糕上栖着的水果，蓝莓居多，垫着雪白的鲜奶底子，有18岁少女穿着紫衣白裤的鲜丽。蛋糕圈子的外围粘着巧克力和麦片的碎屑，还没吃进嘴里就好像听见了沙棱棱的声音，蛋糕心子挑出的小巧红牌子上书着流利的英文：Happybirthdayo英文的下方，是程明吩咐服务生做上去的一行中文：宝贝，生日快乐！

看着这枚父亲精心定制的蛋糕，程小程的眼圈泛红了，她站起来有点哽咽道："爸爸，谢谢你！"她微微摇颤的声音像她微微摇颤的身子，像她会有风雨人生的命运。程明拍拍她的后背，笑道："真是傻孩子。"已经23岁的大姑娘了，在做父母的心里，却还是永远的傻孩子。

莫小虎替程小程点了蜡烛，熄灯许愿的时候他比程小程还紧张严肃，程小程眯蓑着双眼，一脸肃穆许了愿，她只许了一个愿望—愿得一人心，白首不相离，我和我的父亲。许愿后，莫小虎帮着她一起吹熄了闪着火苗的蜡烛，然而，程小程许的生日愿里没有他。

生日蛋糕委托服务生拿走切出六小块，余下的送他们服务生吃。服务生推辞着的时候，文慧插话道："放心吃吧孩子，别不好意思，蛋糕有人分吃，过生日的人会平安长寿的。"服务生惊喜感激着收了余下的蛋糕，或许她们从来没遇上过这样的生日宴会，她们感激这201房间坐着的六个人，个个都像是从画上走下来的。

吃着蛋糕，吃着一道道精致可口的菜肴，享受着意外吃到蛋糕的服务生更为周到得体的服务，这个初夏的夜晚被一种别样的情趣笼罩着。程小程的心也被这美好宁静的夜晚牵得异常缱绻宁静，她沉浸其中不想自拔。莫小虎呢？把即将实施的计划在心里紧锣密鼓一遍遍反复演习着，所以最后几道菜他几乎食不知味，连饭店送的长寿面他也不知怎么挑到自己碗里去的，更搞不清楚自己怎么还像模像样地把荷包蛋准确无误盛给了程小程。也许是惯性使然，也许是他天生有种越是临危越是不乱的能力。

待程小程一根一根吃完了长寿面，大家再过几分钟就要起席离座的时候，莫小虎站起来绕过椅子，走到倚着玫瑰花的墙壁边，伸手把玫瑰花取出来，再一次捧在了自己热腾腾的怀抱里，他面向大家，清了清嗓子，一副有话要说的表情。

只见他以从来没有过的凝重神情看了一圈大家，最后把目光落在程小程的眼睛上。"我儿子摊牌的时刻要来了。"慧娟心里有种强烈的预感，她放下筷子，把凳子往一旁拉了拉，让背对着的身子斜切过来，等着儿子的下文。"小虎，你要干什么？坐下来吃饭，抱着花杵那里干什么？"莫亚辉不及慧娟心细，他仍然夹着一筷子菜边吃边问说道。"小虎，来，还有一个汤没上，先坐下来吃完再说。"文慧团白的脸上浮出慈柔无比的笑，她温和劝道。程明看着莫小虎的表情略略寻思了一下，他知道了接下来要发生的事："莫小虎要向小程求婚了！"他摸出盒子里的一支烟，点上抽着，虽然心里暗吃一惊，但除了静观其变，他不知道他该做些什么。"爸爸，你怎么又抽烟了？！快拿掉好不好？"程小程看见父亲抽烟，赶忙恳请父亲道。"是啊，程明，你忘了你咳嗽医生交代的话？"文慧也加以劝解道。

"抽一根不妨事，听小虎要说什么。"点上烟抽了一口的程明果然咳嗽了两下，但他不忘提醒大家道。门口候着的服务生走进来，有礼貌地提醒程明道："先生，房间开着空调，请您把烟熄掉。"刚才没听亲人劝的程明却异常听从服务员的提醒，他笑笑把燃着的烟头朝烟灰缸里摁去。小小的火光熄灭在晶莹透亮的水晶烟灰缸里，像是多年来的一颗冰心突然窝上了一撮烧焦的心事，火光没了，灰堆还在，也许有一天会死灰复燃、一切都重新燃烧起来，程明心里暗暗想道。

"小程，"聪明的莫小虎给大家留了一分多钟喘息和稳定情绪的时间，现在他开始言归正传，"小程，你看着我。"莫小虎直接点了程小程的名字道。

"该来的终归要来，那就让一切都早一点到来吧。"程小程何尝不知道接下来的事，她将极为被动。但骨子里的沉静使她闭住了气，她不失微笑迎着莫小虎的眼光看去，这是他们认识以来第一次真正的交锋，两个复旦大学的高才生在这一刹那，将运用所有的情商与智商进行一场情感上的较量，败者将要依附于胜者的裁决。程小程认为自己也做好了最后一刻的准备。

"嗯，小虎，你想说什么，当着叔叔阿姨和我爸爸妈妈的面说吧，我会洗耳恭听的。"程小程道。她用了一个相当客气的词，其实已经在第一时间阐明了自己关键时候的态度，她等于率先拉开了他们多年友情的距离。莫小虎的心被小灼了一下，可是，就在他准备充满怒意驳斥她的时候，他看见程小程清澈的杏眼里又闪过这么多年来一直都会突然出现的云影样的轻愁，他软了心，恢复到刚才的语气道："小程，今天是你 23 岁的生日，双方父母也都在场，我正式向你求婚！如果你同意，请再次接受这束玫瑰花；如果你不同意，请不要接受和带走这束玫瑰花！"

似水流年冻住了，满天星一样的壁纸上愣着无数双眼睛在看这一幕，莫亚辉夹着往嘴里送的菜停在了半路，慧娟纵然脸上没有任何表情，心里却乐开了花；文慧痛楚地瞅着眼前她无能为力的这一切，程明把背靠在红木椅子上，双手交叠在脑后，一动不动继续看着莫小虎，等着故事的下文。

程小程缓缓站了起来，流年又变成了水，开始哗哗而响。大家的目光从莫小虎身上转到了程小程身上，等着她的回答。

"小虎，玫瑰你带回去吧，谢谢你这么多年的情意。"平静得像木头里的纹路，然而，却深深嵌在了木头的肉里，和木头融为一体，坚实有力。说完这句话，程小程移开身后的椅子，走了出去。

她把一切留给了身后的人，她让身后的人料理今晚的一切。今天是她的 23 岁生日，她使用了她的权利，毫无转圜余地地任性了一把。

31

莫小虎出国走的那一天，程明带着文慧驱车来到省城的机场送他登机。又是个 9 月初的日子，但此一时彼一时，缺了程小程的场合，以为是少了尴尬，谁知道尴尬却加倍升了级，因为都在怀着不同的心情念叨着她。经过了那个晚上的事，两家的关系淡了很多，也一直刻意保持着适度的距离。偶尔的，莫亚辉会给程明打个电话，两个男人也只能在电话一端干涩地"呵呵"笑上两声，再也不知道说什么好了。慧娟给莫亚辉下了命令，在她儿子莫小虎出国前，不许他和程家有来往；文慧纵然心里乱麻戳着似的，也还是坚持站在了女儿的立场上。

就要登机了，头发长长很多的莫小虎不甘心地四下望着，不知道是不是头发长长的缘故，他看起来瘦了很多。"小虎，你瘦了。"文慧心里其实和莫小虎是有相惜之情的，她再也忍不住真情流露，对着莫小虎轻轻道。"阿姨，那个不妨事的，瘦得不多，也就四五斤吧。"

"儿子，你在那边一定要事事小心啊！"离别在即，慧娟失声痛哭起来。

真是"风水轮流转，明朝到别家"吗？文慧想到五年前的那个送别之夜，丈夫陪着女儿和莫小虎去复旦大学报到的那个夜晚的火车站广场，自己的吞声饮泣。那不过是隔着几千里路的想去就能去到的上海，但离别那一刻，她还是肝肠寸断得难以自己。如今慧娟和儿子的分开，却是隔洋跨海的遥遥万里，即便是想念得厉害，也还是不能说去就去的容易。

文慧抽出几张纸巾，走到慧娟身边，递给了她。

"儿子，可不能留到国外！学成后立刻回国！爸爸需要你！"莫亚辉虽然没有像妻子那样失声痛哭，但他的眼眶一直潮湿着，他走到儿子身边，伸出大手握住了儿子结实的手，低沉嘱托道。

程明也走了过去，拍拍莫小虎的肩膀叹息道："小虎，都是叔叔的错，给小程时间，给自己时间，叔叔等着你回来为你接风洗尘好吗？"

慧娟想不到当初斩钉截铁地帮儿子做的出国决定，到头来竟是这样的状况。她心里自然还是怨恨着程小程，但她接受了文慧递过来的纸巾，认真地揩了揩脸上的泪水，理了理额前垂下来的碎发，停住了哭泣。

半个小时后，大白鸽一样的飞机载着23岁的莫小虎，离开了中原大地上的这座"北国小江南"，离开了自己的祖国，飞向大洋彼岸的美国，去那里开始他的留学生涯。

学校办公室立着的程小程，走到窗子边，看校舍后边的庄稼地。她抱着肩膀，静静看着大地上的一切，她心里很静很静，她觉得她一生的时光都会这样，在岁月静静的流逝中和父亲地老天荒。

"老师。"有学生边唤老师边敲她的办公室门。

"请进！"程小程换作温和的笑脸，转过身微笑道。是个莫小虎样的班长进来向她汇报初开学这几天班上的纪律和学习情况。毕业第二年，学校又给了

她高三的课程和一个班的班主任工作，她没有任何意见接了过来，她年轻没有
负累，工作能力更不用提，学校这样重用她，给她重担挑，也是很正常的安排。
中国在用人机制上自古以来就是"能者多劳"，这个小城最负盛名的高级中学
自然不例外，虽然挨批评受处分的往往是干活最多的人，可真正的荣耀也是属
于她们这样的耕耘者。

　　"小虎，你在他乡会好吗？"程小程忍不住心中的怀念，隔着悠远的时空，
低低问道。"一日夫妻百日恩"，他们纵然没有成为夫妻，但八年的形影不离
不见得不使人柔肠百结。"如果小虎现在回来，我会答应他的求婚吗？"程小
程往内心深处挖去。"不能，不能，还是不能……"父亲的身影移了过来，叠
在了莫小虎的身影上，年轻的莫小虎被55岁的程明压了下去，这土坯一样的
重压，使程小程看起来有了比实际年龄老一些的落寞。

　　程明确诊为肺癌晚期是在莫小虎走的这年深秋。

　　肺部有了致密的阴影，活检病理切片分析后确诊定性的，属中央型肺癌。
病理切片结果出来后，程明很是平静，他甚至拒绝了公司要派人护理他到首都
医院进行治疗的安排，坚决要求留在小城的医院进行保守性治疗。与此同时，
他辞去了公司一切的职务，除了医院和家，哪里都不再去。

　　程小程给校方递交了辞职信，校方了解情况后不允许她辞职，给她调换到
校园图书馆工作，而校园图书馆的工作人员绰绰有余，等于校方变相地给了她
长假。程小程去面谢校方领导的时候，一直看着人外的地方，她说完"谢谢"
的时候，眼角终于落下一滴滚圆的泪珠。

　　"爸爸，你信来生吗？"有天程小程陪着程明在医院输营养液的时候，俯
在病床的边沿抚弄着程明没扎针的那只手，歪着脑袋问程明道。"爸爸信上帝。"
程明微笑着轻声回答道。"嗯，爸爸，爸爸的小程也信上帝呢。"自从程明病
情确诊后，小程好像又回到了孩提时代，除了程明夜晚要睡的时候，她几乎和
父亲形影不离。程明去病室的卫生间想方便的时候，她也守在门外，及时接过
父亲输液的袋子，举得高高的，让回流的血再回到父亲的血管里去。

　　文慧好像也格外地听从女儿的安排，自己在家里负责做好一日三餐，等他
们父女俩从医院回来吃，尽量地不去医院，因为程明连放疗都不要实施，所以
在医院单是每天输两袋营养液根本不需要多人服侍的。生死面前，什么感情的
纠葛都变得云淡风轻，只要程明能活下去，文慧和程小程对所有的纠葛都愿意
放下，都愿意化干戈为玉帛。

　　莫亚辉和慧娟夫妇也常来病房探望程明，陪程明说些玩笑话。大家都不提程明的病，都想给程明营造个"遗忘"的氛围，殊不知这种讳莫如深的表情反而把事情弄得更显而易见。所以往往是程明看不下去打趣自己道："老莫，我现在可真是一只脚踏进了棺材里的人哦，我估计是要比你们都先去咯……"他故意说着生死的俏皮话呵呵而笑，笑着笑着却忍不住笑出了一眼的泪花。

　　慧娟别过脸去拭泪，莫亚辉干咽几口唾沫使劲拍着程明的肩膀道："老程，顶住！"程小程一直保持着静静的微笑等着给父亲擦笑出来的泪花，等着一滴一滴的药水进入父亲的血管内，完成自己的使命。有几次她下电梯去药房拿药的时候，走得起急，头磕在墙棱上起了大包也毫无意识，直到有血丝淋到眼角那里才知道自己受了点伤；笑着擦了擦，又没那事似的守在病床前微笑着看父亲输液。

　　"妈的，你没长眼还是家里死了人，撞老子身上几次了都不知道！"有暴怒的声音在外咆哮道。病床上正输着液的程明"忽"的一下翻身下床，输液的袋子被他猛劲一扯，"啪嗒"一声掉在地上，扎在血管里的针扭了方向，刺穿了手背上的皮肤，程明想都没想就一手拔掉了针头，按着伤口、趿着拖鞋就往病室外奔去。

　　"你看你这病人还有一点口德没有？""马上回自己的病房待着！""你知道不知道她是程总的女儿！"……

　　医生护士人头攒动，病房外围了一圈子的人，程小程被围在了里边，提着暖水瓶的她傻傻地笑看着对方，她仿佛不知道眼前的人为什么骂她似的，她的微笑真诚而憨拙。

　　"小程！"程明哽咽着扒开人群，上前抱住了自己的女儿泪如雨下。"快点把程总吊针挂上，程总，程总，我们送你回房间，快点过来人……"医护人员纷纷上前帮忙道。

　　"爸爸，你为什么要哭？"被重新挂上吊瓶的程明躺在床上拭脸上的泪时，程小程依然保持着多天来再也不会改变的笑脸，把脸俯在洁白的床沿柔柔问父亲道。程明拭着一把一把往外抛撒的泪，这次程小程跟没看见似的不去管他，她有些困，俯在床沿上像是打起瞌睡来，长卷的睫毛一颤一颤，颤着颤着就要合在一起再也分不开的样子。

　　雪白的床单托着她比麦色浅几分的小鹅蛋脸，病床上雪白的被子弓着，像个做好的小窝，程小程像在往雪白的小窝里一点一点钻着，钻到父亲的身边，和父亲在这雪白的小窝里共同睡去。

"小程……"惨得怕人的一声惊叫，再次惊动了护士和医生，他们纷纷奔进来查看状况，小程也被惊醒了，她微笑着告诉关心他们的医生和护士："我爸爸没事，谢谢你们，有事我会去叫你们的，你们出去忙吧。"程明抬起头，猛地向后磕去，后边是病床的铁栏杆，他想一头磕死在上面，让女儿早一点活过来。

32

程小程要过 24 岁生日了，程明给她送了一份莫大的礼，她终于要和她的父亲地老天荒了，她开始打扮自己。"要想俏，不是得一身孝吗？"今天是父亲火葬的日子，她更得要比前几天守灵时的披麻戴孝还要披麻戴孝。长长的乌发散了下来，鬓角边缘别上了一朵清香的白色栀子花，脚上穿着跳舞时穿过的白亮的鞋子，白色的亚麻长裙，"好白好美的自己……"程小程朝着镜子里的自己赞叹道。再过几个小时，父亲就要下葬了，她撇下母亲，从守灵的地方赶了回来打扮自己，现在，她要像只白蝴蝶一样再度飞回到父亲身边了。这次，她再也不会让自己赶回来，她知道，在听见父亲确诊肺癌晚期的一刹那，她的生命就开始羽化成蝶，然后飞到空中自我撕裂，那白色的羽翼一丝丝飘落，覆在她和父亲的墓碑之上，她不管自己的母亲了，既然自己把自己五马分尸到今天，她做好了不管不顾的一切准备……

"请大家向遗体进行最后告别……"一拨一拨的人撒着白花，流着泪，惋惜着程明的英年早逝，甚至偷偷打量着程小程和文慧，程明同父异母的姐姐接到了通知，但她没有到场。所以，在这个隆重的葬礼上，除了文慧和程小程，来送程明的人中，慧娟和莫亚辉算是最亲的人了。

"亚辉，我看小程这孩子自从她父亲确诊后怎么一直怪怪的？可别出什么岔子啊，你看她今天的打扮，跟刻意打扮过似的……"慧娟心里有种特别不详的恐惧感，推推身边的丈夫提醒道。

"唉，可能是伤心过度吧，她和她爸爸感情很深呢，多留意些吧，文慧怪可怜的，身边就剩小程这一个亲人了……"莫亚辉拭着眼角的泪叹息道。

跟在告别人丛里的慧娟夫妇对文慧母女多了些留意。

告别的人走了一个圈子后，开始走向门口，落着的玻璃棺升起，被工作人员向焚尸炉推去。"程明！"文慧一声撕心裂肺的呼唤过后，人往地上倒去，一直注意着母女俩动向，并没有远去的莫亚辉夫妇抢步上前托住了她。"文慧，文慧……"慧娟在热泪簌簌而下中急忙去掐文慧的人中，她是医生，她知道这样的状况怎么去做紧急处理。

待他们意识到注意程小程的动向时，一切都晚了，见众人散后，程小程突然化作敛了翅膀的白蝴蝶，集中生命中每一毫的力气朝玻璃棺材的棱子死命撞去，随着"嘭"的一声响，殷红的鲜血顺额而下，迅速染红了她雪白的孝服，她的人也"啪"的一声倒在了程明的棺材旁。被慧娟刚刚掐醒过来的文慧看见女儿飘向棺材的身姿，她的脸痛楚地扭曲着，想喊却什么都没有喊出来，她又一次晕厥过去。"文慧，文慧，文慧……"慧娟死命掐着文慧的人中，流着泪喊她的名字。莫亚辉丢下文慧，冲到了程小程身旁，一把抱起了他早已梦见无数次做了他儿媳妇的"程小程"，往门外冲去。

不过十几秒钟的光景，火葬场的告别仪式上却留下了永远的悲怆。是女儿对父亲的生死相随，是父亲对女儿的又一场深重亏欠。

程小程因为抢救及时，活了过来，但额角永远留下了一道伤疤，虽然莫亚辉动用了全院最好的医生为程小程缝针，但程小程的额角怎么也恢复不到原来的光洁度。莫亚辉几度想告诉儿子他走后程家发生的一系列变故，但慧娟爱儿心切，她虽然在程家遭遇不幸前，也是深表同情并且在一定程度上甚至是鼎力相助，但她不愿意让儿子再搅进程家的不幸来，她阻止了丈夫的想法，她说不可以的事情莫亚辉一般也就按她的意愿行事，所以程家这一连串的不幸莫小虎算是半个字都不知。莫小虎盼着程小程发邮件给他，只要她心里有回心转意的迹象，他还会从异国他乡回到她身边来，但一年多的时光过去了，程小程连只言片语都没给他发过。此时，立在异国他乡大地上的莫小虎，也只是在心里默默道着一声迟到的"生日快乐"摇着头苦笑了事。

虽然只是一年多的时间，莫小虎竟然渐生不再回国的打算。既然不打算回国了，在国外成家立业也是不错的选择。他忘了刚才对程小程的思念，心情变得豁然开朗起来。美国的华侨越来越多，他还和很多人素不相识，但他只要有扎根国外的打算，总有一天他不会再是一个人待在西方了。自从生了这样的打算，莫小虎的学业更加精进起来。

程明百天祭后，高中比其他学校缩短了暑假，提前开了学，程小程回到学校去上班。她没有改变发型，梳着很少变化的马尾辫，只是分发从四六偏分变成了三七偏分，偏着的刘海更多了些，没有风吹的时候，完全遮住了额角的疤痕。

校方又想把毕业班的担子给她时，她摇摇头推掉了，她让校方给她一年的时间留在学校图书馆修复自身，一年后可以重新接班和接课。"如果老师把个人悲哀带到学生的成长中，那将是学生很大的不幸。"程小程在消沉中保持着一种淡淡的教育警觉，这是她与生俱来的东西，泊在她的生命底子上，她天生有当老师的范儿，她天生是个有范儿的好老师。

学校图书馆人数充裕，所以存着"三个和尚没水喝"的普遍现象。她来了后，算是又多出了一个和尚，但四个和尚正好可以两两协作，每天都按计划去抬水喝。不服气也没有办法，程小程与人为善，荣誉面前不争不抢，更不会为了蝇头小利去斤斤计较，她有的是丰厚的经济支撑与精神贮存，工作之于她，只不过是一种选择后的责任与生命的放恣，所以很少说话的她到来后，图书馆开始真正散发出知识的芬芳来。

一架子一架子的书井然有序排列着，窗明几净的大通间灌着原野的风，房间的角角落落遍布各种绿色植物，间着一小盆一小盆的菊花或者一串红。理完学生借阅归还的书后，程小程就会一句话不多说地坐下来看书，她重温着她和父亲共同看过的书，回想着他们对张爱玲爱情观的争论，对阅读卡夫卡《变形计》时需要走的路径，对《红楼梦》里边菜肴的研究与实践；甚至对《金瓶梅》里西门庆的各个角度的观察与评点……哪里都是回忆，哪里都结着回忆的网，所以程小程是和母亲比赛着形销骨立下去的。

一场秋雨一场寒，深秋的风刮过原野，原野也开始形销骨立下去。是个无月的夜，城市停电了，家里没有蜡烛，但文慧和女儿都没有下去购买的意思。停电前，她们母女守着电视坐着，但她们谁也记不住电视里演的是什么，她们只是相互安慰似的坐在对方眼睛能触及的地方，表明这世上还有对方那样一个亲人，自己还有吃口热饭活下去的理由。现在，房间里变成了漆黑一片，影影绰绰的电视机、家具等摆设幻化成不害人的鬼魅，不知道这里边有没有程明？母亲俩同时想到了这一层，也都同时在黑夜里再一次潜然泪下，开始是无声的，后来渐渐出了声，哽咽着让泪一滴一滴掉下来，掉在看不见对方的黑夜里。

　　"小程，你不能再这样下去，妈妈死也不会瞑目的，答应妈妈，试着处对象好不好？"文慧哽咽道。

　　"嗯，妈妈，我听你的。"程明去世后，程小程在母亲面前好像变得极为柔顺听话，母亲要她怎样都行。

　　慧娟给程小程介绍了她医院妇产科的一位主治医生，程小程一点介意的神情都没有，在母亲还有豫不决的时候，她倒是自作主张答应了慧娟，去和对方见面。和她见面的医生姓李，单名一个辉字。"李医生，请坐吧。"第一次见面，程小程就早早候在了约定的房间，是无意也是天意，李医生定的房间恰恰是父亲活着的时候他们常常坐着的咖啡厅的 6 号房间。慧娟本来要跟去的，但亚辉说牵过线就是他们的事了，他认为在电话上向彼此介绍对方就是牵线，所以慧娟在双方第一次见面的时候，没有参与进去。

　　李辉是早认识程小程的，在她父亲住院一直到病危的时候，医院上上下下的人都知道她陪着她的父亲做保守治疗，来往出入总像一双深情的情侣。他比 24 岁的程小程大四五岁的光景，是部门里的业务精英，说是别人保证不了的生产经过他的手一挤一压，总会让孩子顺利生出来。

　　慧娟告诉文慧，是因为他选择的部门让他得不到女同志的待见，因为他要时时刻刻洞察女人的身体，把手探到女人的子宫去触摸胎儿胎位的状况，所以婚姻大事一直耽搁着，想着终究是会遇见一位有缘人的。

　　"小程，你怎么看我的职业？"干干净净的李辉伸出顾长的白手指，一边给程小程的杯子续咖啡一边温和问道。"嗯，挺好的……"不多的话，淡得白水样的语气，程小程回答道。

　　"那就好，很多女孩对我的职业是很有意见的。"李辉进一步道。也许他平时也是有着太多的职业委屈，得着程小程这句话的他有种"他乡遇故知"的感动，他温柔缠绵地对着程小程说他职业生涯里的故事，说他如何把手探到一个即将生产的孕妇子宫内把胎位扳正使孕妇顺产出胎儿的，他说了许多子宫与胎儿的话，程小程以往的世界里虽然从不与这赤裸的生殖场景接轨，但她给李辉的感觉却像是亲身经历过这一番似的。

　　然而，慧娟铁保着释了他的疑，他们的约会又维持了一些日子。有天，他终于气恼着对着电话那端的程小程发火了，他质问道："你要是不想和我谈你早说呀，你这不死不活的到底是什么意思！""我没有……"程小程没有丝毫的气恼，平淡地告诉他她没有。"你没有为什么从来不主动给我打一个电话发一个信息为什么？！"孕妇前温文尔雅的李辉继续咆哮如雷道。"那我以后给你打电话……"还是死水无澜的语气，哪里像个复旦大学的天之骄子，分明是个"指一堆吃一堆的"蠢货"！恼羞成怒的李辉"哐当"一声挂断了电话，他用的是医院的座机，挂电话的声音有点震人耳膜。程小程木愣着表情把手机放到了枕边，把脸倚了上去，合上了一天天往深处陷去的杏子眼。

程小程的第二个对象是同事帮着介绍的，和第一个对象有着截然相反的职业，是个警校毕业的警官，毕业后分到乡镇派出所工作。连名字都充满擒拿格斗的气息——邢钢。邢钢把首次见面的地点定在了一家可以大口吃肉大口喝酒的特色饭馆，他提前一个小时到了饭店的包间点了牛尾羊排一大桌子菜等着介绍人和程小程的到来。

因为要到父亲的周年祭日了，程小程又早早穿起了白孝布一样的裙子，她今晚来赴约的时候不知怎么心血来潮，把遮着疤痕的刘海卡成了一个小卷的形状窝在了额头上方，整个人肃穆得像是修道院走出来的修女。邢钢看见第一眼就先是起了反感，他喜欢丰满热情的女子，这个据说家世家风都相当使人交口称赞的女子咋跟吊孝似的和传闻里的这么不相符呢？

传闻里的程小程是程明过世前的那个女子，介绍人自然报喜不报忧，他捡了程小程明媚可喜的时候来说的。"吃吧。"既然来了，就先把这顿饭吃完再说吧。邢钢心里这样想着，拿起筷子略微让了让，自己就扯着大肉块津津有味吃起来。程小程也拿起了筷子，但是她没沾一点荤腥的菜肴吃，邢钢统共点了两个素菜，还是凉菜来着，一个香菜拌木耳，一个糖醋莲菜，程小程的筷子只在这两个菜盘间慢慢走着，最后主食也不要，她没有假装淑女，吃到最后，她觉得胃里比另外的两个人塞得都满，她歇了筷子，不言不语盯着桌子上的菜发愣。

吃完饭离开餐厅没走多远，和同事并着往前走的程小程就听见了同事的手机铃声哗啦啦作响，他没有设音乐，所以响的时候像拨动了自行车的铃铛，哗啦啦一阵急促的声响的暴雨。"你他妈的给我介绍的是啥对象！整个一个来吊孝的！我告诉你啊，改天你得请我吃饭给我赔罪压惊！"同事以为邢钢要急不可耐向他汇报见到程小程时的惊喜，所以接电话的时候故意摁开了扬声器，邢钢那暴怒的怨言在他和程小程之间耳光似的搧来搧去。

"小程，我，小程，你……"同事尴尬万分，结巴着舌头越解释越无法解释地束手无措。碗口样的路灯倒扣过来，里边的大白球像阴沟里浮出的月亮，照在程小程脸上的时候，程小程的脸也成了阴沟里浮出的月亮。她还是那种云淡风轻什么都离自己很远的表情，她淡淡道："不妨事的，谢谢你，早点回去吧。"说完话，她也不看同事的脸，独自向前走去。她的白裙子在黑影里很像鬼魂附体，一飘一飘的，拖着三魂渺渺七魄悠悠的调子在阳界的夜晚招摇。

好事不出门，坏事传千里。程小程不正常的传言成了没施过除草剂的庄稼地里疯长着的草，密密集集瞬间布满了小城。

"文慧，你得想想办法，小程不能这样消沉下去，会毁掉自己的。"程明周年祭日那天，下了班的慧娟和莫亚辉直接拐到文慧家里去坐。慧娟刚一落座，就抚着文慧的手叮嘱道。文慧一直垂泪不语，程小程早早上了床，父亲去世后，她把莫小虎一切的联系方式都拉进了黑名单，莫小虎是她唯一想起来能温暖些的人，她不能再继续伤害他。她用她以为对的方式来告慰曾经的友情。

"如果莫小虎现在回来，我会嫁给他吗？"程小程的房间没有开灯，她在黑暗里这样一遍遍追问自己，她虽然还是一动不动，但她知道她最后还是摇了摇头。

爱是能够忘记的，爱又是不能忘记的。或许有一天莫小虎会突然明白这句话的意义，但不是现在。现在的他跌进了一场中西方的恋爱中去了，那个黄头发蓝眼睛的洋妞，涂着浓艳的红唇，已经大胆热烈向他表白和进攻了。"我，喜欢，东方，男人……"她操着好不容易连成的一句汉语，摊着手，对着矮她不止一头的莫小虎摇头晃脑道。

她嘴里像嚼了中国的裹脚布，然而她身体的动作却是娴熟开放的。她当着莫小虎的面把裙子撩起来从头那里褪掉的时候，青春阳光的莫小虎失去了所有的抵抗能力。"你，是，童男……"这个莫小虎为她取名"珍妮"的洋妞从床上跳下来后，笑指着床上羞涩难堪的莫小虎吃力道着汉语。

莫小虎痛苦地闭上了眼睛。"小程，你为什么把我拉黑？为什么？你嫁人了吗？嫁人也用不着把我拉黑是不是？难道我对你八年的爱是假的吗？"然而，这怀念不过是一刹那的事，就像他第一次在珍妮身上并不成功一样，一段时间后一切都会变得习以为常。

时间和新欢是忘掉故人的最好药方。

莫小虎经历一番后，才发现创造这句名言的人，他的名言只适用在普通的感情上。

33

"忧能伤人，无论遇见什么都不要过度悲切。"文慧如今是深刻体悟到当年父母临终前像是统一了口径后交代给她的话。但说着容易做着难，父母从实践换来的经验，传给她时，也要新一轮的实践她才能心服口服。

文慧说什么也不相信，她自己会得癌症。她脖子上长了芋头样的突起，按压的时候稍微有些疼痛，没惊动女儿，她自己去医院做检查。

"夫人，你这种情况要做穿刺才能进行病理分析。""穿刺？为什么要穿刺？"文慧对这样的医学词汇陌生得厉害。长相酷似土地神的那个医生摇摇头，把化验检查的单子递给了文慧。

两天后，她去医院取化验结果。"夫人，你的家人没来吗？"病理室的医生往外探了探头，询问文慧道。"没有。"文慧努力平静答道。"那你看……"欲言又止的表情，"医生，你实话实说吧，我的是不是恶性？"文慧心里一横，直接问道。"夫人，还是要你家来人说吧。"医生进一步提议道。

文慧摇颤了一下身子，扶着墙壁稳了口气，换作坚强的语气再次恳请道："医生，请直话直说我的病情！"医生摸出了兜里的又一张单子，盖在了桌子的一张单子上，桌上的单子上写着良性肿瘤，盖在上面的单子上下着"恶性肿瘤"晚期的定论。

"能活多久？"文慧深深吸了一口气，又给自己攒了一些力量道。"这个说不准，有三五个月的，还有创造了奇迹自然死亡的。"医生见文慧像是要破釜沉舟的样子，也打开天窗说起了亮话。

"好，我知道了。"文慧扶着墙壁的手慢慢离了墙，出门后又去扶门外的墙壁，楼梯口比电梯口离她近，她扶墙摸壁着一步步挨了下去，挨到了大厅的一溜座位那里，踉跄着身子歪了上去。

后来强撑着身子给慧娟打电话，莫亚辉去外地开会去了，得过两天才能回来，慧娟匆匆下了楼，手上还拿着杂七杂八的东西。"结果出来了？看我，这两天忙得也忘打电话问科室了。"慧娟忙着给文慧赔不是。文慧像是没听见她的话，呆呆地自顾自说道："要是我有天走了，帮我照顾下我的女儿……""文慧！"慧娟没拿东西的那只手猛然间卡住了下巴壳子，惊恐万分道。

"慧娟……"号啕的哭声像大海骤然间起的滔天大浪，伴着多年这样那样

的痛楚，齐刷刷席卷过来。挂着号的人扭过头，一脸茫然，不知道这个衣着讲究的夫人身上发生了什么；而窗口里坐着的工作人员，却依然若无其事忙着他们的事。医院这么大，每天都发生着这样那样的生离死别，他们见怪不惊地坐在他们的神龛里，一刻不停念着自己的经。

这天，慧娟暂时把文慧接到了自己家里，反正丈夫这两天不在家，安置文慧过来很方便的。把文慧安置在床上歇息后，她径直去了学校找程小程。程小程正坐在图书馆成筒的日光里看书，又是萧然之季的深秋，她穿着厚厚的黑羊毛裙，用一溜月亮白的短发卡固定着斜向一旁的刘海，脸色有些青黄，但掩不住眉宇间的清丽。只是额角的疤痕还能一眼看出，母亲给她买了最好的疤痕灵抹上好像也不见一点点功效，因为母亲压根都不知道她连疤痕灵的瓶盖都没旋开过。"士为知己者死，女为悦己者容。悦我的人已经去了这么几年了，有疤痕又能怎样呢？"程小程往往这样想着。

程小程翻一页泛黄的书页时，看见了走向她的慧娟。"慧娟阿姨。"程小程站起来低声喊道。这几年，她唯有单独面对慧娟和莫亚辉的时候，才像被渡了口人气，带着些活人的气息。"小程，你跟我出来说话！"慧娟一脸严肃把程小程叫了出来，"小程，你妈妈……"

"慧娟姨……"泛黄的线装书砸到了慧娟脚上，程小程终于发出一声凄厉的长呼朝慧娟身上扑去，她伸出这几年已经细瘦如麻的胳膊死命揽住了慧娟的脖子肝肠寸断哭起来，她的架势像失足跌水后好不容易抓到了一根救命稻草，她的手死死地抓在了那里，哭喊着，摇撼着；摇撼着，哭喊着。

深秋的日头，开始有冬阳的散淡，天上云影飘移，现在有块黑色的云影移到了太阳前面，挡了它的光，太阳成了白天里的一张脸谱，鬼魅着左变右变。

"妈，吃这个行不？！"程小程端着保温饭桶，甩着马尾辫立在顺利做了手术的母亲病床前，爽朗笑问道。

"妈，我推着你去湖边转转吧！"程小程把头歪在母亲面前调皮地眨着眼睛道。

"妈，你快点让慧娟阿姨帮我介绍对象嘛！人家小程都快成老姑娘了，妈不想看着我出嫁呀！"程小程摇撼着母亲的身子撒娇道。

"妈……"

自从文慧得了这样的病，程小程那失神落寞的病一下子全好了，她天天在文慧面前蹦蹦跳跳的，一副没大没小的样子，一天到晚笑声不断，妈长妈短地叫着。

"慧娟,要不给小虎打电话让小虎回来一趟吧?我看小程的状况反常得厉害。"莫亚辉等不及到下班,他趁个没有手术的间隙,去内科找妻子慧娟征求意见道。

"可是小虎不是说找好了对象吗?"慧娟也有点心神不宁道。"那个洋人咱们能强得准吗?要不给小虎说明这几年程家发生的情况,让他自己做决定。"莫亚辉道。慧娟迟疑着最终也还是点了点头,她想儿子也想得厉害,她想让儿子提前结束学业回国了。

"爸爸,上着班打来电话呀,不过我正好想打电话回去呢!"中国的白天,正是美国的夜晚。正搂着珍妮温存的莫小虎一手接着电话,一手还不忘在珍妮身上去摸他摸熟了的地方。"正想打电话呀,打电话说什么?"虽然关了房门,医院的嘈杂声还是锯子锯东西样一波波锯进人的耳朵里来,所以莫亚辉说话的声音大得连自己都惊讶万分。

"爸爸,你告诉我妈妈,我和珍妮准备领证结婚了!"双重的感官刺激下,珍妮"哇啦哇啦"笑着探手去抚弄莫小虎身体起反应的地方,莫小虎说不成了完整的话,手机被他抛在一旁,他闭着眼睛翻过去仰面朝天躺着,双臂伸成一字型,腿也摆出人字的图案。"外国女人真疯狂得使人过瘾!"男欢女爱世界里的莫小虎,和普通的男人也没什么两样。

珍妮逗着莫小虎的身体骑马一样骑在他的身上,故乡一个温热的电话,使他开始了颠鸾倒凤的想象。他把珍妮当成了程小程,他一股脑儿坐起来翻身把珍妮压在身下,珍妮又"呜拉呜拉"着叫起来,好像第一次从莫小虎这里享受到真正的高潮,那是因为莫小虎使出了全身每一个细胞力气与情感的缘故。

34

文慧脖子上的恶性肿瘤是最恼人的葡萄状的,所以第一次手术后不到一年的光景,就得实施第二次手术。医生告诉她,这样的症状最容易加重病人的病情，因为手术次数的频繁会使病人的心情大受影响，但目前也只有这样长一次割一次的治疗方案，已经像朋友样的医生希望她坚强到最后。

时间真是催人老，不过是几年，过完新年的程小程已经迈进了 27 岁大姑娘的行列。如今她是彻底地从学校请了长假，天都不再去学校上班了，她想把对母亲所有的亏欠换作不惜失去一切的陪伴。母亲是这个世界上她唯一真正没有杂质的亲人了，虽然慧娟阿姨亚辉叔叔开始像待亲生女儿那样待她，但她心里清楚，那不过是同情她这些年的遭遇罢了。小虎在大洋彼岸结婚了，娶了一个他父母只在结婚那天见了一次的西方姑娘，他已经忘了他还在小程通讯录的黑名单这档子的事，因为已经不和她联系了，所以再也收不到"你的信息被对方拒收"的刺心提醒。

这天天气很好，程小程陪着母亲在离家不远的一处小广场散步。三月的天，真是"桃之夭夭，灼灼其华"地柔艳旖旎。小广场里遍布着桃树杏树梨树迎春藤等各种各样的植物，小花砖铺出的小径斗折着往前延伸，有波浪形的齿牙护着小径，小径外是又一重燃烧的春天盛景，一大方一大方的花地中间立着一棵高大的花树，花地上开着的花像是从树上落下后被重新洗把脸安置在那里静候的仙子，春天的美与媚只一个小小的广场就让人想象无边了。

"妈妈，我想去爸爸那里看看。"挽着母亲手的程小程轻声道。她的声音又恢复到了原有的沉静，那种故作出来要使母亲放心的活泼轻松，都在时间的重压里又渐变成生命原有的自然模样。"小程，妈妈最放心不下的就是我走了后你的终身大事，又没个真正的亲人。"文慧转过身来站定了，静静地看着女儿道。"妈妈，你放心，我争取今年完成终身大事的任务。"小程道。"傻孩子，终身大事怎么能当任务来完成？我已经又托了你慧娟阿姨，她答应帮你介绍个合适的。"文慧道。"嗯，妈妈，我知道了，我会留意的。"程小程道。

小广场里起了风，是春风，是漫着花瓣与花香的风。"真美的春天。"程小程眯蒌着眼睛朝天空望去，不知道是不是这些年暗自落泪的缘故，她的眼睛现在怕见光得厉害。恍惚间，父亲出现在云朵与云朵的间隙里，遥遥地朝她招着手，微笑呼唤着她。"爸爸，十年河东十年河西就是我们这样的家庭吗？"她想起以前和父亲之间的无话不谈。父亲略通《易经》，他们也往往说着这样并不迷信的人生感言。

"妈妈，待会儿我想一个人去爸爸那里看看。"程小程又重复道。她从来不说成去爸爸的墓地上看看，她回避的东西，恰恰说明她根本没有她表现的那样坚强冷静。"嗯，我陪你一起去吧，我也好久没去看你爸爸了。"文慧提议道。"妈妈，你看这天气，这里都不暖和，爸爸那里温度更低的，你忘了医生交代你千万注意不要感冒的话？"程小程道。

听了女儿的理由后，文慧伸手去抚摸脖子上手术的切口。这是第几次的手术？第三次？第四次？她已经懒得去算了，反正有人一直做到死亡的那一天。不过她自己想了，要是自己脖子上的瘤子再长出来，她是坚决不要动手术了，准备听天由命。这刻，她听从了女儿的建议，她和女儿现在都变成了这样：对方说什么一般都不去反对，都很顺从对方的样子。

程小程带母亲离开广场回到路上时，她伸手要了辆计程车，先把母亲送回到小区，又让计程车载着她去父亲的墓地。母亲已经把所有的家底都一笔一笔给她交代了清清楚楚，她就是一辈子不上班，如果不去挥金如土，也是够衣食富足过一生了。这也是文慧唯一想起来能感到安慰的地方。

"不会开车？"因为不是三五分钟的路，计程车的司机笑着问道。"没有学过。"程小程道。"不想学车吗？"司机又道。"是。"程小程道。司机扭过脸看看坐在副驾驶座上的程小程，他看见了她青瓜样的侧面，虽然薄瘦得厉害，但不知怎么，总像是嗞嗞冒着一般女孩没有的东西。"呵呵，如今不学开车的女孩几乎没有了。"司机又补充道。程小程没有再接话，她把目光投向了车窗外。

"人生是一条通向火葬场的路。"她最近看书看到了这样一句话，她觉得这句话比着"人生是条通向辉煌的路"好多了。许是她这几年经历人生变故的缘故，她现在比较认可"落地即死亡的开始"这样悲凉又真实的句子。

安放程明骨灰盒的墓地到了，车子停了下来，程小程不让计程车司机走远，说她等会还会坐车返回去。"姑娘，那要计算耗时费用哩。"司机有点怀疑程小程是真阔气还是冒充阔气，毕竟他从程小程的衣着打扮上也看不出个所以然来，他不知道程小程身上穿的黑裙子是纯羊绒的，他只觉得这个姑娘怎么把自己打扮得这样的老气横秋，所以他直接提醒她道。"这个我知道，师傅只管计时就是。"程小程略略颔首道。"哦，那我就在山下等着，你随时下来就会看见我的。"一笑，脸就像朵蟹爪兰的司机道。程小程动动嘴角，没再说话，沿着小路朝墓地走去。

是座传闻里小城人去后最佳的埋葬之地，是亡人的风水宝地，所以墓地寸土寸金。父亲的墓地更是处在风水先生说的"头枕山，脚蹬川，左有青龙送财宝，右有白虎进田庄，前有朱雀人丁旺，后有玄武旺儿孙"的位置上。

程小程在墓地外围顿了顿，闭着眼睛双手合掌后又睁开眼睛伸出一只手掌在胸前画了一个十字，才一步一步朝父亲的墓地走去。中国人讲究生要同衾死要同穴，夫妻百年后要同穴而葬，所以父亲的墓碑上除了有他金黄色的名字，还有用红漆涂成的母亲的名字。"早清明，晚十一"，还不到上坟的日子，所以墓地一片空苍，有点像《红楼梦》里《飞鸟各投林》这首词的最末一句："好一似食尽鸟投林，落了片白茫茫大地真干净"。"爸爸，我来看你了；我是小程，爸爸有没有忘记还有过小程这个女儿？"以为再也不会哭，谁知道自言自语着的后半句像拿了钩子猛钩了自己的肠子似的，五脏六腑在猝不及防中断然裂开。血迹斑斑的问与表白，如同高中时代刘峰刺破身体写给她的求爱血书，悲而使人惊悚迷茫，因为双方是在不同的世界待着。

天意。

程小程骤然间想起刘峰来，不是没有迹象的预兆。她从墓地乘着计程车返回到家里的时候，家里多了一个陌生又似曾熟悉的人影，平静的辨了辨，的确是在墓地时意外回忆到的刘峰。

母亲也没有提前打电话告知她刘峰的突然造访，或许母亲也忘了曾经发生的事，或许母亲和她一样，无论生活中再出现什么人什么事，都一概地不会大吃一惊了。"小程，回来了。"倒像是他是家里的主人，从沙发上站起来和她打招呼的时候当她是家里另外的一分子。"嗯，你怎么上我家来了？"像是某种金贵的情感被侵犯了，程小程表情肃穆道。"我回家乡来看看，听说了你家里发生的事，所以顺道过来拜访一下阿姨，看看你。"

快十年不见的人，见了后谈吐突然发生了天翻地覆的变化，程小程有些意外。"哦，你坐吧。"程小程指了指他身后的沙发，面无表情道。卧室里躺着的文慧听见刚才两个人的问答，她的心微微动了一下。这两年，她们家除了慧娟夫妇，常年的没有外人来，那种逢年过节来争相拜访"程总"的盛况也早已成为昔日黄鹤，所以刚才刘峰那句"听说了你家的事，顺道过来拜访一下阿姨，看看你"的话还是使文慧半热了心。她一直禁着的感情有米粒样大地敞开，她没有说话，合着眼听外面的动静。

刘峰重新落座后，程小程去卧室换了家居的衣服出来，她没再多说什么，也没有赶刘峰离开，只是机械性地去厨房准备午饭。她多蒸了一个人的米，菜还是以往那样的两个素菜：麻婆豆腐，西红柿炒鸡蛋。她们家现在很少买肉吃，她也再没有去买过她的"老三样"吃，睹物思人的地方能不去也不再去地禁着自己。

"你走吧，我要午休了。"饭后的程小程似乎有些清醒，她直接赶刘峰道。"哦，我就准备着起身告辞呢，过两天我再过来拜访阿姨，我这次回来，是要在我们家乡开一个分公司的。"刘峰漫不经心说着的时候，用眼梢的余光影了影文慧的表情，文慧的脸稍稍动了一下，想说什么又把住了自己。程小程却像是什么也没听见的样子，站起来示意刘峰离开。

刘峰再来的时候带了不少的营养品过来，因为有过第一次的试探，第二次来的时候说话做事比着第一次得人心，更深入了一层。这一次的来访选择在晚饭即将开始的时候，程小程做了两个人的饭，见刘峰这时候到来，也并不慌着加饭，而是把只有两个人的饭端了上来。母亲让刘峰坐下吃饭，他颔颔首很自然地坐到了餐桌旁，程小程道："妈，你们吃吧，我不饿。"

刘峰和文慧瞅瞅面无表情的程小程，又瞅瞅对方，文慧先开口道："那你把小程的那份饭吃了吧。"这个晚上，刘峰在程小程家坐到很晚，是文慧一直在客厅陪着他，听他说准备在家乡办分公司的具体事宜。程小程在卧室里看不知又翻了多少遍的《百年孤独》，在布恩迪亚七代人的传奇故事里，她觉得作者可以不用考虑马孔多小镇的百年兴衰，直接把题目改成《千年孤独》《万年孤独》比《百年孤独》还要合乎人类的真相。但她的耳朵里也收着片言只语刘峰的话。其实，她只消动些同学关系打听一下刘峰这些年的行踪就不会有接下来的惊魂动魄了，但她连这个最起码的警惕心都懒得再有，所以刘峰说他自己事业上的发展的事，她也随他真作假时假亦真去。

而她曾经密切联系着的高中同学，因为她这几年刻意封闭自己的缘故，也都一一和她失去了联系，他们中打赌"莫小虎和程小程一定会结婚"的人失败了，但也没有同学真逼着打赌打输的人兑现请客吃饭的诺言，毕竟都是逐渐成家立业的人，结交了社会上的人之后，和同学的关系都不那么热络地往来了。所以程小程很容易地让刘峰的计划得了逞。

到了四月的时候，文慧的病情明显出现恶化，刘峰并没有在小城办起他说的分公司，他的理由是陪着程小程度过这些日子再说自己的事，毕竟小程母亲的事是大事。

虽然当年是程小程辜负的莫小虎，但现在毕竟是自己的儿子先结婚娶了别的女人，所以慧娟夫妇倒日渐生出对程小程的亏欠来。所以他们想提醒文慧小程留意刘峰突然出现的用意，但他们总是觉得自己这时候说这样的话是有些不合时宜的，自己的儿子离开了小程，而刘峰当年和儿子发生冲突也是因为小程，如今儿子已经构不成任何的威胁，或许刘峰是真心地想去呵护小程呢。夫妇俩三番五次琢磨后，就打消了提醒程小程和文慧的念头。

"小程，妈有话要给你和刘峰说。"文慧预感到自己时日不多，所以有天她在医院化疗后把分坐病床两旁陪伴她的女儿和刘峰叫到一处，让他们并排站在她的面前。接下来的话还没出唇，泪珠就抛洒了一脸。"妈。"程小程哽咽着喊道。"阿姨。"刘峰半跪在文慧病床前，握住了文慧的手轻唤道。文慧伸出枯枝样的双手，把女儿的手拉过来，塞到刘峰的手下，又用自己的手把它们交握在一处，有气无力道："小程，原谅以前的刘峰，接受他吧。""嗯，妈妈，我听你的，我什么都听你的，你只要坚持下去……"程小程泣不成声答应道。"阿姨，你放心，我会对小程好的。"刘峰热切保证道。母女两个一直在泪眼朦胧中，所以刘峰放大了胆子哼哼一笑，眼睛一眯，排成镰刀样的两个弯。"正好一刀勾死一个，剩下的一切都是我刘峰的了！不对，老的勾死，小的勾个半死，让她在半死不活中供我玩弄一辈子！"刘峰得意地想起来。

看女儿早有准备似的答应了这件事，文慧觉得自己应该死能瞑目了，她合上了眼睛，又去感受死亡时的样子。看母亲睡着后，程小程示意刘峰出来。

"刘峰，我可警告你！我答应我妈妈的事你永远不要以为会是真的！我是为了我妈妈才这样做的，但我答应你我妈妈走后付给你你想要的报酬！"程小程突然变成了莫小虎那样地凛冽，她在医院的茶水房里警告刘峰道。"难道她听说了我什么？"刘峰故意连着咳嗽了几下，借捂嘴的功夫迅速低头算计着下一步的计策。突然地，他仰起脸，一声悲叹后也呜呜着哽咽起来。程小程被弄得莫名其妙，但她比病床上的母亲清醒得多，"老虎挂念珠一假慈悲"，单独对着刘峰的时候，她开始逼迫自己回到理智的判断里去。但刘峰呜咽得无可挑剔，她一时半会看不出他的蛛丝马迹，所以没有再说过狠的话。

最后刘峰提出来的条件是陪程小程演双簧，送文慧放心离去，但他有个条件让程小程答应他。"你说，什么条件？"程小程冷漠道，"别提我母亲说的事！门都没有！"这些天，程小程的感情开始回流，她仿佛又有了爱恨的力量，所以她斩钉截铁表明了自己的立场。刘峰看见程小程这样的表情，看见她塌陷的眼窝包着的杏眼发出的那熟悉的睥睨之光，他恨不得现在就强暴了她，但现在不是时候！他咬牙绷住了自己！

"小程，我唯一的条件是不许你再提给我付酬金的事；如果你再提，我就不配合你演这场双簧戏了，难道你不想要阿姨安心离去吗？"刘峰在社会上这几年不是白待的，"戏子"这个带有侮辱性质的头衔也不是他白白接受的。大学女同学看见他地不待见，以致后来封他"戏子"的绰号，他都是一忍再忍着才等到今天这个千载难逢的时机的，所以他说的这番话很难让人看出破绽。

没有莫小虎在身边，程小程到底势单力薄，她再怎么张牙舞爪武装自己，都抵不过有心机者的一招一式，何况又是有备而来的见桥拆桥，见招拆招的刘峰。

不知道是不是因为女儿的婚姻大事有了着落，文慧的迹象竟然好转起来，医生预计的危险日子也挺了过来，她甚至有为女儿筹划婚事的打算。"这个老不死的，这要这样拖下去，程小程断是不会嫁给我的，不是把我的计划毁了吗？时间长了，万一我在毕业后待的公司手脚不干净被开除的事传出来，那可就全盘计划彻底落空了，那么多的高利贷不按时还上是一定要断胳膊断腿的！"刘峰一边喂文慧喝粥一边心急如焚盘算着。"有了！"他猛一兴奋，匙子咔哒一声磕到文慧牙上，刘峰正往文慧嘴里送着的一匙子粥泼泼洒洒流在了她的嘴外面。

"刘峰，你以后做事要小心一点，这样下去，我怎么会放心你呢？"文慧不吃了，仰脸躺在病床上，在刘峰拿着纸巾帮她擦拭的时候，有点嫌恶道。其实文慧的话相当的有气无力，但刘峰从她的话里听出他们这样人家谦和下一直存在着的一贯骄傲，他立刻想到自己丢人现眼的家庭，想到自己毕业后累累的不光彩，想到追一个女生被一个女生羞辱的经历，想到文慧没有按期死去自己计划的延期，新仇旧恨叠加后，他起了更深的歹意。

"阿姨，你知道你女儿是假装答应结婚的吗？"

"阿姨，我给你说我爹当年坐牢的事。"

"阿姨，其实我是欠了一屁股债才回到这里来的。"

"阿姨，你放心，我会让小程和我结婚的。"

刘峰没有那么幼稚，他不会这么直接着表白自己的意思，更不会给文慧报警的举动，他让文慧做梦，分不清他说的话是她的梦还是梦醒后的现实，她警惕他的时候，他又无限真诚地服侍着她；她相信他的时候，他又化作会变脸的女鬼，一会儿一张人脸一会儿一张鬼脸地吓唬她。

"刘峰，你，你，来人啊 ....."晚了，晚了，一切都晚了，脖子上又动了手术的文慧情急之下更是喊不出了声。"小程，小程，小程……"小程被她支使着提前去买结婚的配套戴的镯子项链，一时半会儿根本不会回到医院来的。文慧使出一切力气扒着床沿想去按床头的呼叫铃，刘峰轻轻握住她的手，把脸一点一点移到她的脸上，摇头冷笑道："没用了，程夫人，你家的一切都会属于我的，程小程马上就会变成我的女人！！！哈哈哈！"最后三声笑没用嗓子，而是用嗓子哈出来的强大的气流完成的，哈了文慧一脸的带着腥臭气的唾沫星子，文慧终于闭上了眼，她没有死不瞑目，而是紧紧地闭上了双眼，留给女儿一张惊骇万状的面孔，走了。

"妈妈，妈妈，妈妈，你告诉我，到底发生了什么？妈妈，妈妈……"撕心裂肺的哭喊与摇撼，也无法改变"人死不能复生"的生命残酷真相。"小程，节哀。"小城对小程的传言又多了一重：克亲人。所以，慧娟劝她的时候，已经没有了初听她母亲生病时对她的怜惜，传言多了，传言就成了真相，真相反而会成为传言。

莫亚辉是个男人，也不便对这么大一个女孩多表示什么关切，他尽心尽力帮着程小程把文慧下葬和程明同穴后，也不再过多地关注她什么。倒是催着大洋彼岸的儿子早点让他抱上个混血的孙子，但莫小虎在那头无奈解释说珍妮坚决不要孩子，她要像中国的丁克家庭那样，不让孩子禁锢她的自由。莫亚辉想发作骂娘，但鞭长莫及的事情，他骂娘有什么用呢？想到这一层后，他连电话都懒得给儿子打了。"养儿防老。我这辈子弄得是有儿也防不了老，这是啥跟啥呢？""难道也是过上了程小程的晦气？"近花甲之年的莫亚辉竟然也迷信起来，所以他越发让自己有理由疏远程小程了。

35

是年6月，程小程成了真正意义上的孤家寡人，不，她的生活中多了一个斩不断的人——刘峰。

　　"刘峰是人是鬼是兽呢？"没有了父母的四室两厅的房屋，程小程觉得生命孤清得厉害，但这孤清里已经没有了任何对外界的恐惧，连同这么多日刘峰的威逼利诱，她都觉得自己能够兵来将挡水来土掩地独当一面处理此事。经历使人成长和壮大，程小程怎么也料不到，她的成长和壮大需要付出这么大的代价。但时间是一条往前流动着的河，她回不去，也无法为曾经的过去重新洗牌，所以当全世界的人都在从她的身边纷纷逆转离开的时候，她倒是什么都不怕了，死亡也不怕。既然如此，她又何必让自己不敢直面刘峰的夜晚来访呢？

　　她略略想了想自己提出的"刘峰是人是鬼是兽"的疑问后，直接按了墙壁上挂着的门铃感应器上面的数字按钮，让按她家门铃的刘峰进了第一道关卡。这时候，程小程打开了房间里所有的灯，使她们家的四室两厅骤然间被灯光催生出兴旺的气息，像一个个小太阳代替了人，发出的光芒变成了人温热有力的呼吸。

　　程小程没有候在门口等着刘峰过她们家的最后一道关卡，她转身回到了厨房，从刀具架上抽出最锋利又最轻便的一把切冻肉的刀，掖在了沙发的靠垫后面。刘峰已经等不及地啪啪啪啪拍起门来，程小程面无表情打开了她们家这最后一道关卡，迅速转身回到掖着刀具的那个沙发的位置上，坐了下来。

　　刘峰阴阴笑着，一只手背过去把防盗门带上，又熟门熟路地"咔吧"一声上了防盗门的保险锁，反锁上了房门。程小程看着他做这一切，看着他阴阴笑着向自己走来，内心竟然出奇地平静。"原来，刘峰还是那个刘峰啊！"程小程忽然自嘲地笑了，那阴郁的眼神，那永远像肚子里生着虫的暗黄肤色夹着一个个白块的一张脸，那生在一个罪恶家庭里被带出来的罪恶，都在这一刻恢复到一毫不差的原状。

　　程小程不动声色用目光迎着一步步往她身边走来的刘峰，但一只手已经背在身后摸到了靠垫后面那把藏着的最锋利的刀。她做好了血染客厅的准备，让鲜血像朵大花似的怒放一次多好啊！程小程没有意识到自己的思想出现了另一种极端，面对刘峰撕破脸的威胁，她从来没有想过报警。她只想让鲜红染红她家的客厅一次，她家的装修太典雅肃静了，她现在觉得她家需要大朵大朵鲜红的玫瑰来簇拥，那玫瑰就得用刘峰的鲜血来浇灌。她已经隐隐意识到，母亲那种惊骇万状的神情与刘峰有着直接的关系。

　　然而，期望的悲壮并没有发生，刘峰快走到她跟前时竟然双膝一软，突然像摊扶不上墙壁的稀泥样瘫跪在她面前。随即是一声哀号："小程，嫁给我好吗？我想你了这么多年，我终于盼到了这一天！嫁给我好吗？"他软着的身子倒没有瘫下去，伸出软着的手臂摇撼程小程的双膝反复哀号道。

可恨之人也有可怜之处吗？程小程松开握着锋利刀具的那只手，慢慢移到了自己的膝盖上，和另外的一只手并排垂放着。"你起来吧。"程小程道。"小程，你答应了？"把自己逼出一脸泪水的刘峰听声音立刻仰脸看着程小程的眼睛问道。程小程冷笑了一下，没有说话，又是那种刺人心的睥睨，刘峰刚才泪水中多多少少包着的一点对程小程的真情立刻荡然无存，他心里漫起北极一样冰天雪地的寒光，还在含着泪的双眼又是习惯性地一眯，上下嘴唇一叠一撇，又成了弯刀的形状。他先把一只膝盖支撑着使另一只膝盖离地，又使了些许力量让两只膝盖都腾空，架起瘫着的身子站了起来。

他刚想往程小程的身边坐去，程小程命令道："你坐凳子上去！我有话给你说！""妈的！父母双亡了还牛得像个女王！"刘峰越发对程小程恨意丛生，他简直后悔刚才哀号中的那点真情流露了。

"开口吧，多少钱？"看刘峰坐定，程小程把目光直直射进他的眼中，问道。

"小程，给我一丝机会，好不好？"刘峰立刻又深藏不露哀恳道。

"他太会演戏了。"程小程不禁又多了一层悲哀，在心里叹息道。

"刘峰！永远都不可能！你连一丝机会都不会有！"程小程的声音转成了悲愤，她又想到母亲离世时那张惊骇万状的脸，但她没有接着再说心里起疑的话，毕竟是夜晚，面对的也毕竟是个不好应付的男人。

说完这简短的话，程小程站了起来，眼睛成了两坨寒冰，随时准备利成无数的刀片迎接侵犯她的人。

"小程，我不逼你，我走，但我每天都会来，我相信你终究会被感动的。"刘峰见今晚已无缝可入，装作很识趣的样子站起来，半垂着头道。

程小程寒冰样的眼睛起了暖雾，雾化的开始？她不想让刘峰看见她的眼泪，误以为是她为他动情，她把眼睛移到厨房的方向，命令道："请你马上离开！"

"放长线钓大鱼！"刘峰心里气哼着，但面色依然一副哀恳的表情，他小声道："那我明天再来看你，你把门锁好。"

说走就走，刘峰认为自己绝对有能耐放长线钓大鱼。他替程小程带上了房门，出门后没有乘电梯，而是"咚咚咚"从楼梯走了下去。程小程听见他的脚步声消失在较远的地方，身子一软，差点没倒下。她赶紧去扶墙摸壁，没扶稳就有大把的眼泪簌簌而下，她一步步跟跄着去反锁门，仿佛反锁门用尽了全身的力量，她的身子一点一点向下滑去，最后整个人蹲在了门内的垫脚垫上，失声痛哭起来。

"小程，我不逼你，我走，但我每天都会来，我相信你终究会被感动的。"言犹在耳的话，"小虎，你在哪里？你在哪里？刚才的话是你说的吗？是你说的吗？"程小程的内心一阵阵呐喊着，梦与现实的交界处，什么都变得模糊不清了，有月光的明亮，也有云遮月时的鬼魅，是地狱与天堂交集的地方，程小程四面无靠立在那里，她的世界成了半人半妖的变化无常。

刘峰？黑无常？程小程极度伤心中，把这一人一鬼并在了一处。这时，她又有了清醒些的意志，她强迫自己撑起身子，去洗脸休息。"我每天都会来。"刘峰的话追了过来，"我不能让自己就这样被一个阴郁之人操纵。"程小程一手扶着墙，一手按着前胸，向卫生间走去。她的手稍稍靠上了些，脖子下方的锁骨硌了她的手，她的手也硌了脖子下方的锁骨。

长夜漫漫，那是冬天的夜；现在是夏天，然而时光在程小程的世界变得颠倒错乱了，夏天的夜，竟然也是长夜漫漫。程小程躺在床上的时候，没有关掉房间里亮着的每一盏灯，她睁着一双杏眼，一双时而像被匣进标本盒子里风干、时而又像被水泡胀的杏眼，就这样大睁着，让夜航船从她的生命里驶过。

刘峰没有"食言"，此后的一段日子，他果然每天都来"拜访"程小程。他拣着夜的大幕完全拉开的时候来，说着一成不变的话，低着身子一遍一遍哀恳程小程给他一线机会。程小程搞不清楚自己为什么会一次一次地替他打开房门，一次又一次放他进来，一次又一次使自己置于危险的边缘……

是深深的孤寂与落寞中想闻见一丝人气？哪怕他是个罪恶的人？还是想弄明白母亲那张惊骇万状的面孔背后藏着的真相？等个"君子报仇十年不晚"？还是？程小程无法深究自己处理这件事上的真实原因，她好像一只被剁了头依然会在地上乱扑腾一阵子的鹅一样，由着这件事这样一日日顺延着。

可是，等不及的人终于等不及了。

是6月将尽的一个晚上，刘峰来得比以往的每一次都要晚。第一道门铃哗啦啦作响的时候，程小程的右眼皮猛然间乱雨跳珠似的连跳了十几下。"左眼财，右眼灾？"她想到书上看到的老话，却又不自觉苦笑着自言自语道："看来，我这是灾迷心窍了。"说也奇怪，第二道门被"咚咚咚"连敲的时候，程小程的右眼皮又乱雨跳珠似的跳了几下，她开门的手有些抖，抖着抖着鬼使神差般打开了房门。

"你喝酒了？"程小程闻见了一股浓浓的酒精气息，立刻警觉地把刘峰一手往外推着一手试图关闭房门。然而，来不及了，刘峰早已料到她会有此举动，用两只手把她的一只手轻轻往一旁一扳，趁着程小程身子趔趄的刹那就进了房间。程小程见情况不妙，顾不得换鞋就往楼道里的电梯那里冲，不过也来不及了，刘峰计划好的事情是一寸一寸扼住了她的咽喉才正式实施的。刘峰并没有转身，一只手像伸向麦穗的被磨得锋利的镰刀一般，从程小程的腰部一把把她勾拦到了室内、贴着他脊背的地方，钢箍样的手指往她心窝那里猛劲按去。又趁程小程一口气喘不上来逃不出去时翻转身，抢到离门最近的位置，从里面反锁上了房门，并紧紧地靠了上去。

"你要干什么！"程小程惊悚的声音抖到空洞的房间里，好像出现了诡异的回音，"你要干什么你要干什么你要干什么"声声不息抖动着、回放着，房间成了深幽的空谷，她迷了路，又被一只饿狼拦了道。

绵延的回音波到了对门，然而对门是更深的空谷，已经人去楼空多年的一套房，等着自己叶落再归根的有钱就任性的房主，或许已经不大记得小城里的这套房了吧。

"刘峰！放我出去！"程小程有种天旋地转般的头晕，她努力让抖着的声音聚出严厉的气息，想为自己杀出一条生路。她扑向刘峰身子没有挡完的门边，想用手从刘峰的背后探过去，把他身子压着的门把扳开。至此，刘峰才发出一声冷笑，但依然不说话，只是用眼睛一道光一道光地杀着程小程的上上下下。刘峰下放着的两只手仿佛注了兴奋剂，扬起来没费一招一式，就擒死了程小程挣扎着的身手。

"刘峰，我求求你放过我，让我出去……"是电影里的镜头吗？程小程塌陷的杏子眼里往外滚着一颗又一颗的泪，她不再强硬着挣扎，她和刘峰掉了个，今夜的她，是那个哀恳无限的人。她只想保住自己，无论付出多大的代价。

"白裙子，真好看的白裙子，待会儿可以见红了。程小程，你不是喜欢艺术吗？有件艺术品叫作'白雪地上红梅点点'听说过吗？你肯定听说过，但你一定没听说过它的作者是谁？待会儿我就会让你明白，它的作者到底是谁？！"

"刘峰，求求你放过我，求求你放过我，你要多少钱都可以"瘦成薄纸的27岁的程小程，穿着一袭白色裙子的程小程，恋父的程小程，父母双亡的程小程，在这个6月将近的夜晚，仿佛要践行"左眼跳财，右眼跳灾"的"真知灼见"，她落入了即将吞噬她苦难中仅有的那丝残留美好的黑暗。

"爸爸妈妈，来救你们的女儿啊……"

可是，这撕心裂肺的呼救经了声道，在哭哑的声音里依然变成"刘峰，求求你放过我，让我出去"的哀恳。是陷入沼泽地的人，终于在苦苦挣扎里耗尽了所有的力气，开始往沼泽里徐徐陷落。

黑夜大睁着一双炯炯的眼，程小程的身子在黑夜炯炯的大眼里，软得可以随意揉捏了。刘峰不用再使出擒拿格斗的招数了，他只用了"不松手"这一招儿，就顺顺当当把神志开始出现幻觉的程小程拖到了她家那可以在上面蹦跳，又可以在上面行男女之事的价值不菲的真皮长沙发上。反正他有的是经验，虽然那些女人是他付了费才享受的，但不管怎样，他积下了这方面的不少经验。十年后的他站在程小程面前时，一眼断定了程小程这方面的空白，所以他要让自己的计划升级到变本加厉，连同过去与未来的一切，他都要掌控到自己的名下，想怎样就怎样地去玩自己这一生……

36

支在沙发背上的靠垫蹭到了程小程的脸，往一旁稍微歪了歪，但没有倒下。刘峰想在这个程小程一家坐过无数次的"软卧"样的"床上"完成心愿，所以他继续拖着程小程的身子往沙发头起那里放。继脸颊后，程小程一只绵软无力的臂膀也跟着蹭到了沙发的垫子。突然，黑夜露出了天光，幻化成刀光，

"刺啦"一下刺破了程小程的肌肤，疼痛的一刹那鲜血喷流，假死状态被激活，徐徐陷落的身躯下面意外横亘出千年万代前没有腐烂的一块板子，救援的声响从远处传来。程小程想起了那把一直藏在靠垫后的刀具！

程小程继续让自己"绵软无力"下去，她有意配合了一下把她往沙发一端继续拖去的刘峰，刘峰也在第一时间感觉到了手腕那里一刹那的轻松，诧异中竟然看见程小程泪水披挂的脸上出现一抹奇异的微笑。"梨花带雨一枝春！"刘峰止不住一阵心旌摇荡，兽欲里多了些人的火热。

程小程把刀从沙发垫后悄悄摸出并藏在了身子下面，活过来的她有了新而顽强的主意。

刘峰把她的身子完全拖到沙发上时，程小程脸上那抹奇异的笑仍旧没有消失，她咬碎银牙也不会让它消失的一抹微笑。"难道她顺从了？"刘峰见程小程眼睛微闭，又这样笑着，白裙下修长的腿听话并着，简直是要迎合他的使人销魂蚀骨。总不能这样扑上去吧？待会儿还要再费一番周折。刘峰又仔细审视了一遍程小程的全身，还是那副使人销魂蚀骨的模样一动不动在那里，奇异地微笑着。"唉，可惜一只手被我拖得压在了身子下。不过嘛，等会儿就会蛇一样缠到我的腰上，放不放平都是一样的。"刘峰想。

刘峰开始拉裤子前面的拉链，但又立刻换了主意。"既然她已经摆出了顺从的模样，我何不彻底痛快一场呢？"这一转念，整个人差点酥软到程小程的脚下。他把拉至一半的拉链重新拉上去，手移到上方给自己宽衣解带。

皮带的扣环发出了声响，刘峰把目光暂时放到了腰间。程小程也听见了这熟悉的声响，她少不更事的时候就记住了父亲更衣时也会发出的这种声响。她记得那时候的父亲往往垂着头，猫着腰，什么都抛在一旁的模样。刹那的回忆过后，程小程把眼睛开出一线，查看了一下眼前的状况。她从刘峰勾着的脸上看出了他的"已经得了天下"的恣意妄为，她深吸一口气，再次稳了稳情绪，等着最后一刻的到来。

刘峰的上身光了，下身不知怎么给自己保留了内裤。程小程起了一阵干呕，她又是拼出全身力气抑住了自己。

是恶狼那样地猛然一扑，程小程瞅准时机，在刘峰的身子离她的身子大约一尺多远的地方从沙发上一跃而起，闪在一旁，趁刘峰的身子扑空扑在沙发上的一瞬间，程小程攥紧刀柄朝刘峰的背上刺去。到底是第一次"行凶"，刀没刺到深处，只是偏着扎了一下刘峰的肩胛骨。然而，这已经足够。刘峰吃了皮肉和精神上的双重惊吓，惊恐不安中不能即刻翻身再复仇施暴。于是，趁刘峰短暂慌恐之际，程小程迅速扭转身奔到门口处，扳过锁钮，冲出房门，三脚并作一脚，踏着楼梯的台阶奔到了小区门卫那里暂时避了起来。

"这么晚了，你？"今晚值班的是最瘦最老的那个门卫，他认识程小程，但还是一脸骇然地想问个究竟。程小程喘着气，朝他摆摆手，示意他先不要说一句话。果然，不过十几秒钟的工夫，刘峰就从门卫处速速经过，离开了他们的小区，朝黑夜里逃去。

"爷爷，麻烦你陪我上楼一趟好吗？"程小程见刘峰走掉，这才喘着气发话道。她光着的脚在奔着下楼时受了皮外伤，现在她急需一双鞋子穿。"哦哦哦……"程小程喊作爷爷的瘦老头狐疑地把程小程从上看到下，但想到她这几年一连串的遭遇时，同情心占了上风。"要快点啊。"他仿佛还是有点不大乐意这样做，虽然程小程没少给他带好吃好喝的，但比着"这个姑娘会给人带来晦气"的传言，他宁愿记住后边的话。但他又非彻头彻尾的冷漠，所以他陪着程小程上去走了一趟。

刘峰逃的时候没有带上门，程小程顺利进了房间，灯也到处亮着，刀被刘峰撂在了沙发前的地面上，程小程不想外人多猜想什么，所以她没让跟着她上来的门卫老头过于往里走，她用身子影住了一些狼狈的迹象，换了鞋，把钱和手机塞到常背的一个包里，就作势要锁门外出的样子。"你不住家了？"瘦老的门卫一脸不解道。"是的爷爷，我有事就不住家了。"程小程回答道。"哦。"时代的冷漠裹住了曾经热情的人，瘦老头也不多问什么，随着程小程又下楼回到了自己的小神龛里打瞌睡。

出了小区大门，程小程给慧娟打了电话，直接说今晚要住他们家，并马上挂了电话。然后又打电话叫计程车。小城不繁华，但计程车一天24小时从不间断，很快就有辆闪着"空车"字样的车驶到了她面前。"师傅，到佳田小区。"程小程简短道。

到了慧娟家，见了慧娟夫妇，程小程没有再落泪，经过了今晚的惊心动魄，她真的有种把生命豁出去的感觉。"阿姨，我今晚要住你们家！"她像电话上那样简短道，然后在慧娟夫妇的一脸迷茫里把今晚的事情简单叙述了一遍。

是自保还是自尊得打落牙齿也要和血吞的本性使然？程小程没有把刘峰的不堪说彻底，也没有说自己拿刀去刺刘峰这最后一幕，她表达出的唯一意思就是刘峰已经对她构成了人身威胁，所以她要借宿一晚，次日无论怎样，她都要去外县的从不往来的姑姑那里一趟。

"可恶！看来小虎当年揍他是对的！"莫亚辉气得脱口而出道。听见莫小虎的名字，程小程的心不自主被扯变形了一下，不过很快就恢复了原状。"什么都时过境迁了，难过还有什么用？再说真是一直在身边，就能铁定会在沧桑后嫁给他吗？"程小程微微一笑道："叔叔，这么晚了打扰你们，现在你们赶紧休息吧。"慧娟心里有点五味杂陈，她内心深处是同情程小程的，不知怎么这同情一放在真实的生活中就变得别别扭扭起来，她道："那我和你叔叔就休息了，今天病号多，你打电话时我们都已经睡下了。"说罢就进了夫妇双方的卧室，掩上了卧室的门。

"你说这个小程怎么这么多事？是不是人不载福，受不住这么大的家业？还是人家说的红颜薄命？"慧娟没了睡意，想和丈夫探讨几句程小程的问题，但莫亚辉心里相当不是滋味，他想起他和程明的莫逆之交，想起他们两家曾经美好的往来，甚至差点成亲家的渊源，陷入了一种男人的感怀里不愿意被打扰。

"但小程这个孩子怎么这么伤亲呢？"莫亚辉感怀到最后，又回到了四邻八方对程小程的断言上来。

别看程小程没有去过姑姑家，她也是早把这个传说中的姑姑熟悉了千万遍，包括姑姑嫁的城市，姑姑家的位置，姑姑的电话，姑姑的一切，她都在大人无意的描述中秘密记在了日记本和脑海里。"疏不间亲。"虽然父亲走的时候通知了姑姑，姑姑也并不到场，程小程还是愿意在她父母都过世后，恩怨应该淡化的时候去续这份亲情，她相信没了父亲，姑姑也不大会再像以前那样狭隘了吧。

程小程给姑姑打电话，是立在姑姑家别墅门外时。她仰着脸看着阳光里这阔气的大别墅上爬满一墙青绿的叶子，料定姑姑的生活不比她们家差。既然都不差钱，总不会像父亲说的那样绝情寡义吧？面对和她有血缘关系的人，程小程还是愿意多往好处想。

姑姑接了电话，问清她是谁后，说了句"不认识"就挂了电话。程小程颔首而立，想了一会儿，又昂起头，步履坚定走到大别墅门口，固执地按起门铃来。门内有狗大声叫起来，"别叫了！''随着一声吆喝，程小程听到了近门的脚步声。来人竟然没有询问她是谁，就开了大门。是个50多岁的保姆模样的中老年妇女，胖胖的一张布施笑脸，朝她笑了笑，直接送她进了一楼的大客厅。"肯定是姑姑交代过的。"大太阳照到了程小程的心里，热簌簌暖心暖肺。刚才她打电话时的冷遇可以完全忽略不计了。

大客厅里坐着的人，程小程一眼认出那就是父亲的同父异母姐姐，是她的姑姑。一样孤高气傲的眉峰，只不过比父亲多了些横眉竖目的霸气。过了花甲之年的姑姑，像琼瑶剧里那种大富豪家死了男人的阔太太。程小程这样联想姑姑的时候，已经在心里拧了自己的嘴巴，她教训自己不该这样胡乱想姑姑，特别还想到死了丈夫的人身上。"姑姑．"可能是血亲的缘故，程小程这一声喊，自是饱含深情，连带着多日来的无助痛楚，她把姑姑当成了再生之母。

"姑母舅爹"，本来世上就有这一说。

程小程以为自己经历了人生所有最大的风浪，再没有更大的风浪让她吃惊了，可当程明同父异母的姐姐、她名正言顺的姑姑像堵城墙应对着她的热情亲情时，程小程真正是求告无门地孤苦无依又惊又心酸了。她撑着身子，失魂落魄出了姑姑家的大门。太阳还是那个太阳，日影等着暖她似的并没有西去多少，可程小程却是满身的寒风刺骨了。

姑姑家的大红墙砖成了电视上看到的古时候粗糙的青砖，在日头炽白的淫光里，竟然变化出槁木死灰的颜色。是姑姑的化身，是姑姑的化身……程小程逃命似的夺路而走。

她失去了最后一道热切。刘峰是她生命里的魔，魔比亲人念叨她。程小程的脑袋里又出现隐隐约约的幻觉，再也不见了大红墙砖的别墅，火车到来的声音如同无数人的呜咽，齐齐地奏着别离的哀乐，与亲人的别离，与家园的别离，与爱的别离。软软的别离中，程小程坐上了回城的列车。

37

从他乡外县回来后，程小程生命的亲人单上，再没有一个活生生的人。她吃一堑长一智，回来的那个下午就去了趟附近的派出所，把她遭曾经是高中同学威胁的事情备了案。民警认出她是过世几年的程明的女儿，还算有耐心，指了指隔着办公桌的椅子让她坐下来慢慢说。但程小程仍旧不想说最不堪的一个细节，她心里有着不堪深究的原因。

"那暂时只能这样了，目前是无法把这样的人缉拿归案的，你这些日子提高警惕，可随时向我们反映你那个高中同学的动向。"生着一字眉的一个瘦民警站起来向她解释道，其实已经过了下班时间，是相当有情怀地耽搁了。程小程不便再坐下去，也压根不想再坐下去，她取出包里的便携纸笔，记下了这里的几个电话，向准备下班的几个民警勉强笑了笑，轻声说了"谢谢，再见"就走出了派出所的门。

接下来的几个晚上，程小程把门一道一道反锁彻底，也牢牢地听着第一道防盗门外的动静，她想好了一旦有人在第一道门外震响她家的门铃，她就按照民警给她的夜间值班室的电话拨过去。慧娟阿姨多是指靠一半次，长时间的安全还是要指靠自己的机警和法制上的震慑。程小程决定从此以后安全上要多依靠派出所的力量，毕竟她成了真正的孤家寡人。

但是一连几个晚上都没有任何的动静，白天也不见刘峰有任何出现的端倪。难道他被我吓到了？或者他吃了吓，良心发现，改过自新了？程小程顺着刘峰高中三年和最近出现后的一系列举动来来回回想着，也想不出一个认为可以准确无误的答案，她只管还是机警防备着，也尽量地足不出户。每天吃一顿自己煲的杂粮粥，也没什么非要吃菜的胃口。母亲去世后。她的饮食变成了能简即简，母亲生前爱存这样那样的杂粮，说是最养人的身体，所以像她那样的胃口，再吃个三五十天是没有任何问题的。

刘峰这里，自是另一番天地。他现在才知道，同学四年，他对程小程的了解连皮毛都谈不上，也难怪自己在她面前会连吃败仗，连她手无缚鸡之力的时候，都会凭空把手无寸铁变成手握利器，他若想不让计划落空，看来再用这样的招式是不行的了。

"不过，她为什么没有去派出所报案呢？家丑不可外扬？还是知道这事目前在法律上也没有构成什么犯罪？"刘峰因为涉嫌毕业后所就业的公司的一些经济犯罪，所以对法律的实处和空当比程小程多出很多见识，他在公司惹的事之所以没被继续追究刑事责任，除了他借高利贷补上漏洞这一补救性的措施外，还有就是钻了法律上暂时的空当。

"反正，眼看到手的肥肉势必是不能丢掉的，也只有打程小程这一块肥肉的主意了。别的人家？一群亲人虎视眈眈地守着待分成的财富，绝对会偷鸡不成蚀把米的！"

但刘峰改了再度闯进程小程家的主意，而是像模像样地打扮起自己，再迈着像模像样的步子徘徊在程小程家的小区附近，他要么腋下夹着一只很上档次的公文包一只手在手机屏幕上仿佛工作，不停手写比画着；要么握着几只火红的玫瑰或新品种蓝色妖姬在程小程经过的时候颔首而笑。

虽然学校到了放暑假的时候，程小程还是决定返校去上班，哪怕明天放假，她今天都要去走一遭。毕业五年，除了第一年的工作业绩是她的骄傲，工作上再没有可供骄傲的回忆了。耽在骨子里平着的事业心被逐渐理性的回忆挑了起来，弯成了弓的形状，开始事业上的拉弓射箭？

保住了自己的那个晚上，她对她那晚穿的白裙子增了异样的感情。她今天返校的时候，又穿了它，脚上是双半高跟的紫水晶尖嘴时装鞋，人从青春年少打了转身，再面人时一下子有了熟女的气质与风韵。

经历使人疼痛，也使人不再疼痛。程小程边下楼边寻思。

刚刚出了小区门口，在鱼贯而出的小汽车金属冷光里，有影子在她视线里一闪，那熟得不能再熟的阴郁气息扑面而来。程小程蓦然转身，死盯着一侧的刘峰严厉警告道："派出所有你的备案了！你趁早浪子回头！"刘峰的脸在蓝色妖姬的上方往下一错、下巴又一顿道："浪子回头金不换，派出所备案也不算，程小程，我爱你，我要天天看见你！"有男司机伸出头，好心道："小程，去哪里？捎你一截吧？"坐在副驾驶座上的男司机的妻赶忙扯扯丈夫的衣襟，瞄着程小程小声道："就你多管闲事，没听说谁沾上她就会过上晦气呀！哎，那个是不是她男朋友？追上门来了，看样子也不怎么地，到底成了没人管的孩子！"这些话，程小程和刘峰的耳朵都收了个八九不离十，因为他们都在回头寻找声音的来源。

程小程的肠子都要悔青了，她为什么要理睬刘峰，让人更加误会，让自己更加自取其辱？但今天从楼下走来的程小程，灵魂好像过了铁，心突然变得异常强大坚硬，所以她耳朵里收的话并没有使她委顿失态，她有礼貌地朝熟悉却叫不出名字的面孔摆摆手，微笑着让他们的车子离开。

她也要继续向前走了，所以她再次掉转身，拿目光刀子似的剐了刘峰几眼后，抿着一张紧闭的嘴巴昂首挺胸走掉了！"妈的！看老子不弄死你！"刘峰残留的尊严在这个大早上又被伤害了，他作茧自缚，但他把错全部怪罪到别人身上。

好像人自己硬气了，邪气就会自动往一边缩去。是弹簧？我弱你就强？还是潮水的涨落规律？程小程觉得这么几年的肝肠寸断的憋屈后，总算等来了让生命成长的扬眉吐气。所以当她执意剩一天也要返校上班的倔强使出来时，校方没有任何一个领导说出谴责她的话，有的是发自内心同情她这几年的家庭状况，有的是看她在人生的风浪里突然站直了身子感到敬畏惧怕，有的则是多一事不如少一事的不管闲事，所以学校放暑假前的这十几天，程小程又成了高中一个准时上下班的老师。她为暑期开学的工作做着铺垫和打算，从此后，她要做个事业上的先锋者和领路人，她没有想到自己感情的归宿问题，她只觉得自己急需要在事业上站住脚！

可是，刘峰也像是做了长期在她世界里阴魂不散的准备，他除了会抱着火红的玫瑰或者蓝色妖姬在她家小区附近出现，等她，趁人多的时候亲热叫她"程程"，还会在她上班的学校大门那里重复这一番表演。原来的校长早已被撤换成年轻的新校长，很多老师也不大记得有刘峰这样一个学生在这里上过学，即便偶尔有仿佛的记忆，也是有意撮合无依无靠的程小程最好允了这个痴情等待多年的同学。这些年的舆论除了坏的向她这里一面墙似的倒，好的刚冒个尖，就被半路杀出来的刘峰一指头按压了下去。这不，又有舆论刮着她瘦削的脸颊："听说这个男的很晚还在她家出现！""说是看不上这个男的家穷，农村的，爹还坐过牢。""听说同学时就为她争风吃醋，大打出手过……"

"万箭穿心，习惯就好！"程小程拿一个明星的话激励自己道。可是，她到底是个女儿身，每一个大夜来临，她的身心都要沐一次逃不掉的痛苦之浴。每个夜晚，她都大开着房间所有的灯，连厨房卫生间都不放过。她知道这样做不对，但她原谅自己痊愈前的不对，让一盏一盏这样那样形状的灯流下的光暖热自己，让生命彻底复活！

暑假终于到了，她又得一个人待在大房子里一个多月不见天日。不！我要重见天日！哪怕天光如刀，我也要重见天日！程小程下了雷打不动的决心，要让自己的生命重见天日，要让自己的生命重新如花绽放！在"做了决定不更改"这点上，他们程家的人如此相像，比如她父亲同父异母的姐姐，她唤作姑姑的那个程家人，程小程惊讶地发现，自己竟然又不再把姑姑当成不相干的人，反而从心里又热切了一层。"总有一天，姑姑会有需要我的地方，总有一天会有需要我的地方的！"程小程三下两下一掂量，生命里自是又多出一层力量，不管怎样，多一分力量对于这个失去双亲的女孩来说，都不是一件坏事。

38

程小程把自己重见天日的地点选到了离自己家小区有七八公里远的一处风景地——山水园。她在山水园里办的有年卡，可以一天一去，还可以一天去无数次，还可以一卡带着三个朋友一同去。

暑假第一天，她就按计划开始行动。她把自己简单地梳洗打扮一番，从衣物柜里取过一套白色底子的夏季运动汗衫，穿了玫红色的带有时装性质的运动鞋，挎上父亲在世时送她的最大的一个麻质休闲包，里边装了杜拉斯的小说和杜威的《民主与教育》，握着冲满茶水的杯子出发了。

出了小区的门，就招上一辆蓝白相间的计程车坐了上去。抱着蓝色妖姬的刘峰还没来得及出现在小区附近，程小程整个人就已经轻倩地掠过阴郁的那张生着白点的赤黄脸，活脱脱飘往了另一个天地。她对刘峰松了戒心，不过这次的松懈带来的灾难算是歪打正着让刘峰自掘了坟墓，所以刘峰栽进去的时候她是一点愧疚都没有地荡气回肠。

因为不到周末，山水园里的游客寥寥无几。程小程驶进来的时候满目的绿意盎然，槐树柳树杉树大白杨树满山坡的松柏都在吐着清气，程小程吸着满口天然的氧气，所到的每一处都像在一层一层染绿她的身心。她付了计程车费，要了司机的名片，摆摆纤长的手，微笑着和计程车司机说再见。计程车司机一大早拉上这么一个青春靓丽又大方洋气的女孩，自然也是真心感恩着一天好的开始，所以他往回驶的时候希望天天能载到这样的乘客，接下来的一段日子，他小小地圆了自己的梦，果真天天载着程小程来山水园，再候着她的电话把她载回到小区的住处，是默契而融合的一对主顾，像夏风中一个枝条上生着的两枚绿叶子，虽然不会牵连，但因为同属于一个季节，所以愿意微笑相伴。

程小程在去山水园的第一天傍晚，就碰见了开着一辆白色的普通轿车进来静心的楚明。不知怎么，程小程总觉得这个人和父亲长得有很多相似之处，都是中等模样的身材，略显瘦削，像是也喜欢穿蓝白装的习惯，把白短袖衬衫松松掖进细纹理的深蓝薄料裤子里，额角饱满光亮，生着不长的剑眉，但眉宇间有不能彻底敞开胸怀的秘密和禁忌，所以总是微微皱缩着，程小程约略一打量，就猜出他不像是个一般人的身份来。

52岁的楚明也注意到了程小程的存在。他环顾了一下四周，想找朵白色的栀子花看，因为不远处的这个打量他的女孩给他的第一眼感觉太像一朵白栀子花了。可山水园里除了一片青绿，就是颜色很艳的花儿。楚明摇着头无奈笑了一笑，没有迎着程小程的视线走去，而是向水天一色的湖岸走去。

是人工圈出来的一湾湖水，架了桥，人可以倚着桥上的栏杆看湖光山色。楚明踏了上去，脚板很厚大的样子，走在桥上铿锵有力。

但这天的湖光山色没有往常那样吸引人了。大日头其实还是沙棱棱红蛋黄似的往山下面掉着，水面也一如既往的清澈而微光粼粼，眼下最近的湖面上的青莲圆叶子也并没有消失不见，连水鸟都仿佛是昨日的那只在飞旋，但楚明总觉得今天哪里都有些不太对劲，他朝每一个方向望去的时候都感觉有动乱的心绪在四面埋伏着。

"不念于心，不困于情。"原来，只是没有遇见真正想要的遇见。52岁的楚明禁得住觥筹交错里的莺声燕语，但却没能禁住一枝栀子花的淡香袭来。

都有些恍然如梦的熟悉和亲切感，但都没有慌着进一步地冒失和唐突。程小程看着杜拉斯的《爱》，看三个人变幻着不同形状的三角图案走来走去，心里却生出对父亲深深的怀念。是父亲知道她在这里，魂灵附了这个人的肉体？还是要借尸还魂地在山水园和女儿重温曾经温润如玉的故事？还是父亲知道她这几年受尽折磨，要赐给她苦尽甘来的幸福？都不是，是楚明和程明有太多相像的地方，程小程内心从未消失的恋父情结被再度唤醒和发作了。

52岁的楚明，丧妻半年的楚明，在这个栀子花样的女孩身上，看到了心井里那个真正的自己在影影绰绰往外浮现。"不！那会忍不住拿掉脸上罩着的面具，会在正常运行的轨道里出现意外！"楚明默念了一下倒背如流的《心经》的前几句：观自在菩萨，行深般若波罗蜜多时，照见五蕴皆空……命令自己下桥离开山水园，山水园的别处也不能待了，会到处都是这个栀子花女孩的影子。

楚明开着私人的车，回到了领导们住的公寓楼。他想洗个凉水澡，但天太热了，管子里流出的凉水也像是有几十度的水温，根本不顶用。他迅速擦了身上的水，把空调调到二十度，泡上一杯茶，打开电视坐了下来。

电视里播着全世界的新闻大事，但全世界都抵不上那个栀子花样的女孩了，他的世界注定是要接纳程小程一段时光的到来，注定是要这样的。

像是无声的约定，他们每天都要在下午下班后的这段时光里碰个面，一连七八天都是这样。程小程不知道，单为了这个无声的约定，楚明费劲九牛二虎之力才推掉了几乎天天都会有的应酬。程小程却以为楚明和她一样，上班忙碌，下了班就可以想怎样就怎样的惬意和自由了。她的纯真也是她使人最发急的地方。而楚明，不消几日，已经猜出了程小程的职业是教师，因为他存了心，从侧面打听了管理员几句话，知道了这个栀子花样的女孩是一大早就来山水园看书的，中午就在山水园的餐馆里吃些便饭，要个钟点房歇过午时的热燥后继续出来看书看园子里的山水风光。

"可是？"毕竟程小程的行为实在让人心生怪异，楚明的内心还是有太多不解的地方。其实以楚明的身份，要想打听出程小程到底是何方神圣，那简直是轻而易举的事情。比如他可以从山水园的大门那里探听出程小程的名字和工作单位，因为持卡进来的游客，卡上都登记着实名实姓真实的一切。得了她的姓名工作单位后，她的家世什么都会在他想知道的情况下全部透明化。但楚明没有采取这样的措施，他不能用社会学的方式来对待这个栀子花样的姑娘，这是他初开始就抱定的宗旨。

该来的总会来。

楚明去外地开会几天，回到小城当天，几处的朋友电话来约请晚上喝茶吃饭，说是要听楚明在外地学习的新思想，楚明当即就决定推掉。他是越来越高兴新的社会规矩，所以他当时是这样笑着婉辞道："多谢兄弟们情意，咱们还是多响应上级号召吧！"说完朗朗一笑，挂了电话。但随后自己也感觉这婉辞的理由是不是过于旗帜鲜明了。三点多钟的午后，他才进了自己的办公室，工作人员已经把茶泡好给他搁在了棕乌色的檀木办公桌面上，他端起来，轻轻呷了一口，头泡茶的青涩微微刺激着他的神经。他一口一口吃着青涩的茶，眼睛向窗外看去。他办公室的楼层也在全楼最好的观景位置，所以一眼就能望见外面碧蓝的天，大片暂时空着没有任何建筑物的土地上生着这样那样绿色的庄稼和野生的植物，他的大眼睛里溢着笑，和出现在社交场合时不一样的笑。

下午四点钟有个会要参加，楚明看了看腕上的表，还要半个多小时才能开这倏然而过的半个小时，在今天简直有使人度日如年的缓慢。楚明搁下茶想去里间写会儿字，但他的身子却还一动不动站着，眼睛也并没有从窗子外的景致上收回来，所以开会前的半个小时，他其实是这样站着度过的，但他以为他站在了山水园的小桥上。

三个小时后，他倒是的的确确立在山水园的小桥上了，因为他从远处一步步走来的时候，就已经发现这个栀子花样的姑娘今天把看书的位置也挪移到了湖上面的小桥上，她持着一本书，面着光洁的湖水，不知是为什么而发呆着。

楚明更加放缓放轻了脚步，他平视着前方的路，平视着程小程的侧影，一步一个拥抱似的走到了她的侧面，立住了脚。

程小程听见了轻缓的脚步声，但脚步声一直到跟前她才慢镜头似的转过脸来，这个栀子花样的姑娘终于结结实实在楚明的眼前了。"相由心生。"楚明心里轻轻赞叹着。

看见是楚明，程小程也并不多意外，因为见他第一眼就当他是父亲的亲切。所以她有礼貌地温婉一笑，轻言轻语道："您也又来看水？"楚明点点头，见惯世面的他竟然有些红头涨脸的羞赧。程小程又转过身去看远处落日中的水天一色，但她手里握着的敞开的书页楚明是熟悉的。程小程最近看完了杜拉斯的《爱》，接着看的是《诗词讲稿》。她看书往往有这样的习惯，把专业书籍和其他书籍按1：2的时间同时看下去。《诗词讲稿》算专业还是非专业书籍呢？程小程没有过于纠结，反正上午在园子里把杜威的《民主与教育》看完了第三遍，她下午小睡后就一直看《诗词讲稿》。看到作者讲解杜甫的《茅屋为秋风所破歌》时停到了这里，楚明看见的这一页是这首诗最吃重的内容，作者正满怀深情讲着"安得广厦千万间，大庇天下寒士俱欢颜"的句子。楚明心里又多出一层叹服，因为如今看书的人本就已经寥寥无几，能静下心来看古诗词的人更是越来越罕见，而这个栀子花样的姑娘不仅能静心看书，还能吃下杜甫

这样忧国忧民的思想情怀。"是个难得的奇女子。"物以类聚，一直保持看书习惯的楚明自是对喜欢看书的程小程又多出另一番的情怀。

他想，总这样沉默站着终究是很令人尴尬的事情，好像他并不在意她似的，而她又不像再接着说话的样子转过身后一直看着远方。所以楚明决定从这一刻起他要主动一些，他是男人，熟稔后可以不要他承担说话的义务，但熟稔之前他不能把一些担子撂给眼前的这个栀子花样的女孩，他对他生病去世的妻半辈子都是这样地尽职尽责，他也决定这样对待眼前的这个栀子花样的女孩。

"喜欢看古诗词吧？"楚明一番小小的寻思后，还是决定从看书上打开话题，他微笑着问道。听见问话，程小程长舒了一口气，这几天她绷得疲累的神经有点松了下来。"嗯！"笑着转过明倩的一张脸，比刚才多了很多轻快的活泼，她重重点头道。

楚明又往前走近了一些，和程小程一样让身子并在小桥的栏杆上，两个人再度陷入了短暂的沉默，然而，这沉默里没有任何低沉哀伤的东西，有的只是静静的喜悦，像眼下青玉样的湖面上生着的小圆莲叶。"水面清圆，一一风荷

举。"两个人怕是同时想到了宋人周邦彦《苏幕遮》里的这两句词。

楚明为什么而喜悦呢？

他想起已经离世半年有余的共甘共苦过的妻，想起千里之外的已经成为律师的儿子，想起觥筹交错喧嚣往来却并不真能陪同自己深夜走回家中的"朋友"，这一刹那，他有种视面相善良的程小程为亲人样的心门洞开。在社会上一直不敢摘下的面具这一刻被程小程轻轻摘了下来，他迎着亮汪汪的心思往程小程的生命里走去，但他却始终没有敢彻底丢掉它，因为他要随时地再度戴上迎接别人，保住自己，也保住这个社会隐藏着的运行规则不被自己割裂。

程小程心里也生着细细的喜悦，因为她认定除了比父亲白皙而其他方面都和父亲有相仿之处的这个长者是父亲"借尸还魂"来再度和她拥抱的。她的生命经历了这一系列的变故，她又回到了她恋着的"父亲"身边，所以她的情感沿着熟门熟路走了回去，但她告诉自己一定要弄清一件事：眼前的这个人究竟是个什么样的身份。

日头先是缓慢着，最后一刻却是"扑通"一下掉进了山背后的无底洞里，天色开始像水域一样迷迷茫茫起来，再一起这样候着终究不是办法，坐又没有坐的地方，站着说话也不是长事。"去那里坐吧。"楚明扭脸望着程小程征求意见道。程小程微微一笑，算是默许了他的提议。

穿着厚牛筋底休闲鞋的楚明引路往前走去，起了习习的夏风，他掖在腰里的白衬衣被从前往后吹着的习习夏风轻轻撑着，背后微微鼓了起来，有点像吹到某种程度的口香糖的泡泡，程小程有种想伸手按几下的冲动。

但她目前并不太迷糊，她想要调皮的时候，又及时转念想到这个人不是自己的父亲，于是，她又在终于等到楚明出现的惊喜里交织着对父亲痛楚的思念，她忽而明倩忽而哀伤的神情没有躲过阅人无数的楚明的眼睛。

楚明引着程小程往山水园里的"情人谷"走去。

一处清幽的景致却起了使传统中人不待见的名字，专门运过去当风景的一块大石上刻着"情人谷"名字的由来，说是一对夫妻一同来这里赏湖光山色，丈夫不幸落水遇难，妻子也紧跟着跳水而去，所以要把他们感人肺腑的爱情记录在此，使后人能在感动中受到真爱的启发和教育。自然是为了吸引游人地完全杜撰，不然这样一所单有山水的大园子其实是不能引起游人多大兴趣在这里逗留的。若是蜻蜓点水似的走马观花，景区里的其他生意就很难被带动起来。所以楚明引着程小程往"情人谷"走时心里是坦坦荡荡的毫无顾虑。

对于山水园里的“情人谷”，程小程也不陌生。父亲活着的时候，她们父女也常常来这里攀山看景，但那时候这里的开发比着现在短了很多，有很多好的地方没有被合理挖掘利用起来，现在几乎达到了山水园开发的顶峰，所以现在的山水园几乎处处曲径通幽。那时候，还没有“情人谷”这个名字的诞生，但地段还是那块地段，只不过设了这样那样的奇景，地上也捋出几条铺着鹅卵石又纵横交错着的小径，还挖断了一截路专意架上去一座小木桥，使人摇摇晃晃走到另一处设着其他名字的地段继续观光旅游。

楚明和程小程没用几分钟的光景就一前一后走到了山水园的“情人谷”处，这个时段，没有一个人到这里来，空空的场子里只有轻音乐回响着，这也是山水园一个吸引游人的创新处，在这样那样的角落埋着小喇叭那样的音响装置，晚上很晚了还音乐不断，但多半是轻柔没有歌词的调子，能迎合多数人的心情。现在放的是理查德克莱德曼的经典钢琴曲《秋日私语》，是揉碎的铃铛落了一路，一疙瘩一疙瘩被人捡起后又抛在了银质的管子上，发出“当当当当，，快慢不一的轻快悦耳的碰触声。

楚明引着程小程来到这里，最重要的一个目的就是想让程小程自己说出些什么来。他指了指“情人谷”里最平整的一块大石头，示意程小程坐下来。程小程垂着头坐下来后，楚明坐到了离她有丈把远的另一块石头上，平视着程小程的眼睛等着程小程调整心绪。

程小程咬了咬下嘴唇，低眉顺眼地不说话，只是用手不停把卷着的书抚平再卷起来，卷起来再抚平。“闺女，你不信任我吗？”楚明不知道程小程的名字，他用“闺女”两个字代替。然而，这两个字却像大炮轰着似的，把程小程的五脏六腑瞬间轰得热痛万分。“宝贝，你不信任我吗？”那是父亲习惯在她犹豫不决地思考着要不要说的时候鼓励她的话，虽然眼前的男人没有喊她“宝贝”，但“闺女”和“宝贝”又何尝不是一样地暖着人的情怀？

程小程吸了吸鼻子，从包里抽出一张纸巾，拭掉了滚到眼睛外面的泪珠，但眼泪却跟书上描述的古时候的泉眼似的，汩汩地不停歇，她也就不再擦拭，只是把头转向楚明不能看到她全部表情的一侧，从她父亲确诊绝症那里微微说起来。但不知为什么她避开了莫小虎和刘峰两个人，只是说她父亲去世后母亲紧跟着也去世了，还有她姑姑不认她这个侄女这些使她痛苦的家庭变故。

“那你的爱人呢？”明知是多此一举的发问，楚明还是忍不住问了。“没有成家，就我一个人自己。”沉浸在痛楚回忆里的程小程啜泣着说颠倒了话，把"就我自己一个人"说成了"就我一个人自己"。但楚明没有听出来这个明显的语病，他早已处变不惊的心被忽上忽下地抛着、撕着、拽着、揉着、扯着、割着，不知道比他送妻走的那一天还要疼痛多少万倍。

他使劲按着双膝才勉强站了起来，使劲迈着脚才迈动了步子，丈把远的距离，他却感觉用了千年万代的跋涉才走到了程小程身边，他伸出一双坚实有力的大手，把程小程牵了起来。他兜里没有纸巾，但他像个父亲那样用手把程小程脸上的泪水抹了抹，程小程微微别过脸，用闲着的一只手把脸上的泪痕抹在了手背上。"没有浓妆艳抹的一张脸，也不用担心被自己揉成花豆娘一样的狼狈。"这是楚明心里的声音。因为程小程自己虽然不浓脂艳粉，但她从不鄙夷化浓妆装戴假睫毛的女人，这点性格上她和她的父母很像，从《易经》上来断，这也是程小程以后能载福气的其中一项原因，慈悲的人往往最终载福。这是相书上和一些过来人的说法。

"饿不饿？要不去吃些东西吧？"楚明看程小程不再哭，松开了程小程的手，轻柔问道。"我不饿，现在晚上几乎不吃饭。"程小程摇摇头道。"嗯，过午不食是有道理，不过你这样的情况得多少吃些晚饭。"楚明道。但这个晚上程小程执意什么都不吃，楚明也就没再勉强她，而是提议让她坐在他的车子上平息一会儿，早点送她回去休息。

程小程因为刚才又沐了一次痛苦之浴，人有点虚脱，所以她听话地坐进了楚明车子里的后排座上，歪在车座的靠垫上休息。楚明坐在司机的位置，望着车窗外混沌暗沉在一处的天和水，脸上有种说不出的沉重严肃，像他会议上定夺重要事件时的表情。

程小程竟然睡着了，因为车内异常地静，楚明听见了微微呼吸着的鼻息声。没敢扭亮车灯，而是借着手机的屏幕光小心翼翼影了影，看到程小程的头像一朵托不住的花样歪垂着，眼睛微合，长长的一排上睫毛盖住了下眼睑。楚明没有女儿，他以前当妻子为女儿，但土生土长的妻总觉得他这样的爱意有些不合规矩，所以他也再没有过这样浪漫些的念头举动。现在，这时机却千回百转着来到了他 52 岁的生命里，所以他觉得自己要把程小程当女儿看。然而，这念头却又使他可笑得厉害，因为他出差在外的几天，想到程小程的时候，父亲对女儿那样的思念少得可怜，若有若无的几丝也是源于年龄差别的缘故。

楚明的世界也和这混沌一处的水天一样，分不清是和非了，他也不想分那么清了，反正从今晚起，他对程小程的感情又多出了父亲对女儿的怜惜，他知道他的感情已经像胶着的东西那样凝厚了。于是，他耐心守着睡梦里的程小程，等她自然醒来，因为这样的睡姿不可能睡长久。

有车子从身后呜呜着驶过来，是辆旁若无人的出租车，风驰电掣从他们车旁驶过的时候，有刺鼻的浓香从楚明开一线的车窗那里钻进来，还杂着凌乱爆裂刺耳的几个女孩的笑声。楚明赶紧小心去升窗玻璃，可程小程还是被刚才的车声人声震醒了，她揉揉流泪后微僵的眼皮，睁开的眼睛微微张望了一下左右，看着又扭转身望着她的楚明，不好意思地把头往下埋去。

"睡醒了？"楚明递给她一小瓶纯净水，让她喝点润润口。"下次来要在车里备些吃的。"楚明心里提醒自己道。程小程不好意思着接过来，她不口渴，但她还是扭开瓶盖喝了几下，因为她不知道除了喝水，她这会儿还能用什么掩住竟然在他车里小睡一阵的羞赧和尴尬。

楚明发动车子，带着程小程离开了景区。他今晚知道了程小程家的位置，也知道了程小程父母的名字，但上级把他从外地拨到小城来主持一项工作也只是近两年的事，所以他并不太了解程小程的家庭背景。"明天我要想个法子过问一下。"

车子缓缓在路上驶着，树缝里漏着不多的星光，一切都像浮着似的还没有和大地融为一体。"我要好好保护这个孩子。"楚明也许没有意识到，他心里那种失去妻子的疼痛开始快速消散。

39

在程小程家的小区附近，楚明把车子停了下来。"要不要我送你上楼？"楚明扭过脸轻声问道。程小程摇摇头，抱起怀里的包，准备开门下车。"小程，我的几个电话你都记下了吧？"程明把公私电话都在"情人谷"那里一一告知了她。"记下了。"程小程用极细微的声音回答道。"那好，你自己一个人实在不安全，不过我看你们小区位置还算可以，记得一有情况就打电话给我，好吧？"楚明万分怜惜叮嘱道。"嗯，我知道了。"又是细微的声音轻颤，像风中的一朵火苗花儿。遇上楚明，程小程面对刘峰时的犀利自然萎缩。她下了车，向小区内走去。

小区的夜晚，荷叶大的灯盏开出黄白的大灯花，有了楚明的到来，程小程对刘峰的胁迫看得更为轻淡，她相信经过她那天拼死一搏，刘峰绝对是不敢再轻举妄动做威胁到她人身安全的傻事来。

已经几天没见刘峰抱着蓝色妖姬的身影，莫非他知难而退？或者改邪归正？程小程寻思道。

但程小程不是刘峰，她永远不知道刘峰的葫芦里会变幻出什么样的毒药来。

离开程小程回到公寓的楚明一夜无眠。他没开电视，而是泡上很浓很大的一杯茶，取出手机，先是给儿子高原打了电话，然后静静坐到了茶几茶桌那里的沙发上沉思着今天傍晚到现在所发生在他和程小程身上的一切。

"是个纯真得使人手足无措的孩子。"掐指算来，儿子比程小程还大上三岁，但迈步到律师行业已经几年有余了，年纪轻轻就能看出是前途无量的年轻人。不是楚明自水不臭的心理在作祟，而是高原真的从小就是很有志气的孩子，一路走来，几乎没让大人费过一点心，毕业后的工作也是靠自己的努力考进去的。"儿子有拼爹的小资格，但儿子从不靠这个。"想到这点，楚明心里就有止不住的骄傲。"细论起来，高原和小程还是校友啊。"这个静得能听见自己心跳的夜晚，楚明发现自己年轻人似的相信起缘分来。

楚明一只手端着杯子，一口一口啜着涩苦的头泡茶；一只手却忍不住滑开了手机屏幕，输进去几个数字，一道屏障被打开了。是手机上的设置的秘密相册，相册里存放着过世的妻从年轻到去世前的一些照片，有的是翻拍的老照片，有的是他用手机给妻照下的。朴实贤惠吃苦耐劳的一个女人，和楚明一样出身农村，在一个村子长大，但她没有工作。后来，她嫁给大学毕业的楚明；再后来，楚明把她安排在市区里的一家新华书店工作。而她，却在该好好安享荣华富贵等着儿子娶媳妇抱孙子的时候，等不及似的去了另一个世界。

她一张又一张的照片在楚明的指间翻过，翻到最末一张时，她成了楚明过去的人。楚明以后的世界里，唯一有的，是将变得极淡极淡的回忆，像十三四岁女孩惯用的一种仿古日记簿，白纸上嵌着不细看就看不出来的缥缈的图案，淡水墨也不淡水墨地淡到无色的浅了。

楚明从有关妻的记忆中退了出来，他的眼前总像有一波一波的潮样，每一次到来的潮水中都立着程小程的身影。"凌波仙子？"楚明虽然不是毕业于大学的中文系，但这并不妨碍他与文学的渊源，很少有人知道，除了喜欢读书，他其实还会吟诗作赋，但他的工作性质使他不能感性外露，所以他本质的东西很少有人发现，他是个在社会上把自己包裹得很严实的一个人，但他在程小程面前，他愿意把生命还原到最初的柔软。

"如果小程明天问起我的名字，我该怎么回答呢？"楚明思虑着次日见面会有的可能，"暂时还是不让她知道我的名字好。"楚明不担心程小程认识知道他的真实身份，但楚明有点担心会吓到她。

"还是先了解下小程的家庭背景吧，怎么成了这么孤单的一个孩子？"楚明觉得程小程是真的连体到了自己身上，她不幸的遭遇牵着他的心。次日，虽是一夜的不曾合眼，但楚明照样六点起床去公寓附近的一座小山那里爬山。多年养成的习惯，在哪里工作都要先去找个锻炼身体的清幽环境。他出身农村，不喜欢华丽的健身房，不改往昔地喜欢着自然生成的环境。夏天的山，自有夏天的味道。鸟鸣山更幽，他常来的这座山在小城连绵的群山中名不见经传，所以保住了山的山味，清幽无人为的污染。

一只画眉落在山间小径上，迈着稚拙的小步子，一顿一顿向楚明走过来，楚明忙立脚而站，结果它也立住脚步不往前跳了。它来回啄啄左右的地面，又想起什么似的瞪着小圆的滚着白边的眼睛瞅起近在咫尺的楚明来，这一瞅不打紧，它像吃了惊人的一吓，疾速张开敛着的翅子，拼命扇动着向高处飞去，并且发出"恶人先告状"般的叽喳声来。楚明呵呵笑起来，他看着树丛里露出的天光，想起山水园里湖水的颜色，又想起程小程的眼睛，他觉得这才是真正的山水风光。

"原来是这样，怪不得这女孩看起来那么非同寻常。"

几个小时后，坐在办公室里的楚明一清二楚了程小程的家世背景，心里翻来覆去想着他从第一眼看见程小程到昨晚的全部印象。"总之是个苦命的孩子。"楚明虽然知道了程小程可能有一辈子都花不完的钱，但他认为人的幸福不全是钱能决定的，他连连叹息道。但不知怎么，楚明还是有种感觉，程小程身上还有一些什么没人告诉他，他回忆刚才调查情况给他的工作人员，不像是有隐瞒的样子，连一下欲言又止的表情都没有。所以他把心里的疑惑渐渐锁到程小程这里，他再次仔细回忆昨晚程小程哭着说的一切，也没发现有什么欲说还休的蛛丝马迹。

但楚明坚持自己的疑惑，因为按常理，一个 27 岁的女孩不可能没有过一次恋爱，他想挑个时机单刀直入问问她。楚明存了这个心，他不知道自己能不能得到更为明晰的答案，反正程小程已经让他难以抛舍地牵挂了，说长辈的关心也好，说男人生来的英雄惜美心也罢，总之程小程和他连在了一处，没有人能把他们割裂开了。

这天晚上，他有个怎么也推不掉的应酬，所以赶去应酬前，他给程小程打电话道："小程，我十分钟时间到门口接你回来，我晚上有应酬，你也不要在那里待了，不安全的，你现在开始往门口这里走。"不待程小程答复，楚明就挂了电话。他看了看表，接完程小程再去应酬不算晚，反正他是主角，主角是可以晚一些到场的。

程小程接到楚明的电话时，正立在昨天桥上的位置一动不动看着远方。因为没有楚明在身边，她看远方看得很投入。远方有多远？程小程想到一首现代诗里的这句话时，竟然想到了很少再想起过的莫小虎。她和莫小虎几年没有过联系了？她低头想了想，四五年了吧，不知为什么慧娟阿姨那里也再没有听到他的消息。想他吗？程小程问自己道。

她想起被刘峰威胁到人身安全时内心深处对莫小虎撕心裂肺的呼唤和求救，他想起莫小虎为了他和刘峰打的第一场架，他鼻子上粘着白色创可贴像戏曲里那种丑角的滑稽，想起大学四年莫小虎故意和女生保持很远距离的苦心，想起毕业后她生日那天他下定决心的求婚……

是，就是从那个求婚开始的骤然断裂，他决绝地去了大洋彼岸，她也硬起心肠把他拉进了黑名单，然后，再没有过只言片语的联系和交集。

"小虎会不会也在寂寞的时候想起过我的存在？"程小程觉得自己似乎除了不能嫁给莫小虎做妻子，她其实是可以成为和莫小虎走得再无间隙的一对亲人。但莫小虎却不要这种瓜清水白的亲情，他一开始就是冲着和她同床共枕生儿育女来的，所以他等了她整整八年，在第八年头的无望里，他终于走到了她遥不可及的一个国度。

但现在楚明的电话来了，她"借尸还魂"的父亲回来了，这浓重的一笔迅速封住了程小程对莫小虎的回忆。对父亲的依恋大于对一般青年的依恋，这是程小程莫小虎两个人之间35岁前最大的鸿沟，且靠两个人的努力也无法逾越的一道鸿沟，他们之间的问题只有岁月能帮他们解决掉。

程小程今天也多了个心眼，她想问问楚明的名字和工作单位，因为昨天楚明为了打消她的其他顾虑，很认真告诉她他不是小城本地人，他的妻子半年前因病去世，有个儿子已经在南方参加了工作，他自己目前是一个人，要她放心他的身份。

许是咋天哭过的缘故，今天心里像是卸掉了压着自己的沉沉的那一块石坯，心里漏进些许明亮的湖光山色来，明亮而轻松，所以程小程今天穿了浅粉的裙子，换上了一双时装款的镶钻平底鞋，她个子高，穿平底鞋也不嫌腿短，这银色的鞋子和这浅粉的裙子搭配在一处，自是又一种风情来。所以她见到来接她的楚明时，楚明开口道："今天这颜色的衣服好，以后可多买些暖色系列的衣服穿。"程小程咧嘴笑笑，今天的笑也比以往的放松，是越来越胖的月牙，往满月的生命奔去。

"我想问问你的名字和工作."小而怯的声音随着关上的车窗在车内飘动。"好，今晚你好好休息，明天我告诉你好不好？"因为楚明刚刚被电话催请过，他决定了今晚不告诉程小程他身份的计划，他想他的一切都要慢慢流进程小程的心田才好，不能很突兀很贸然地告诉她一切，像洪水猛兽样惊着她。其实楚明一直把不说的理由耽到程小程的身上是有些小小的冤枉的，他这不竹筒倒豆子般说个明白的缘由里有一部分实在是源于他从政多年养成的习惯。

政界之人，最忌讳的就是让别人知根知底。虽然楚明一开始就用了不一般的心对待程小程，但习惯使然，他比程小程能沉得住气，但楚明没料到自己次日就让自己的世界大翻了天。

40

世间的巧合偏偏不偏不倚地撞在了一处。

刘峰失去了所有的耐心，已经有话传给他，还不上高利贷立刻就是断胳膊断腿等着他。刘峰信这话不是危言耸听，因为凡是放高利贷的人，都有着很深的黑道背景，高利贷之所以能违法着也没被根除干净，靠的就是社会上这些黑道背景在撑腰。

他要铤而走险了，他做出了要么鱼死要么网破的最后计划。"上次输给了一把背后的刀子，这次我就先拿把刀子架程小程的脖子上，看是她犀利还是刀锋犀利！"

刘峰去刀具店买了把藏刀，他知晓藏刀的来历，不就是纪念藏人折勒干布吗？刘峰对所有的英雄都仿佛有种天生的仇视，他觉得自己之所以没有成为英雄，完全是生不逢时和没有个好家庭造成的。所以，他对他今晚即将实施的犯罪行为有种颇为洋洋自得的兴奋。他白天借故又去程小程家的楼道勘探了一番，借机把楼道里的声控灯电源做了手脚，虽说这里当年是个高档小区，但由于小城又鳞次栉比起了更现代化的楼房，所以这楼上的一些住户开始往另外的小区搬去。但又不卖掉这里的房子，因为他们不在乎一套两套房子的钱。于是这楼上空着的房子越来越多，人与人之间的感情也越来越像空着的房子那样空空荡荡，毫不相干的事看见也当没看见，这种漠然单从心理上就给了犯罪分子更多的可乘之机。

刘峰决定埋伏在程小程家门口的黑影里，趁她取钥匙开门的时候拿刀从背后拦住她的脖子，迫她就范。他其实对程小程也是有着多年不能除掉的感情的，从他坚持要人财两得这点上就能略知一二。但他的感情却是畸形生长在暗无天日的阴沟里的白月亮，放出的光芒总是含着这样那样的杀机。所以他走不进除他母亲外任何女人的心里，他试图接触的女人，除了厌恶他，还时时防备他，从这点上就可以断定他是不讨女人欢心的。

刘峰越想越恼羞成怒，想想自己这么大的男人连次像样的恋爱都没人愿意和他谈，想想每次拿着票子去嫖时被坐台小姐都不待见的神色，他作势今晚要彻底从程小程的身上得到要多恣肆就多恣肆的补偿。占有了她的身体，她还不乖乖就范？虽然是相当现代的社会风气了，但刘峰猜着程小程一旦被他得了逞，是会在哭闹撕打后跟了他的那种传统性格。不然为什么上次的事她怒目圆睁说她报了案，可却不见派出所有一点的动静吹到他那里呢？可见她是很要面子的那种人。

刘峰又越想越激动起来，好像程小程已经被他尽了兴，正衣衫不整缩在床的一角嘤嘤哭泣。他虽然被她抓挠得面目全非，但终究让她做了他的女人。刘峰手摸着藏刀的外壳子，他的身体有地方也硬得藏刀子样亟待发挥作用。

程小程这天却是毫无预兆地一早出了门，因为楚明昨天说今天会告诉她他的名字和工作单位。她出小区后给楚明打电话，楚明正往山的一处高地登去，这么早接到程小程的电话，立刻作势要回来送她去山水园的迫切。程小程不让，说她还要去吃早餐，吃完早餐自己坐计程车去。"那你当心点啊，把早饭吃好，中午去山水园最西边的那家就餐，把账记那里，我过去时再结。"已经完全不一样的感情了，楚明忽略了程小程其实比他有经济实力的实情。他不是百分百的清官，但他知道自己绝对不是个贪官。所以为官这些年，他并没有多少私人的积蓄。但他有些工作上的便利，比如吃饭结账这样的小事。不方便时，他自己掏腰包也不足惜。何况是为程小程做事？

程小程没有吃早餐，她撒了善意的谎言，因为她也不想让楚明一早上陪着她急急惶惶。"一见如故？还是一见倾心？又或是一见生情？"程小程懒得寻出个里表分明的答案，反正她觉得她又可以像以前那样在"父亲"身边撒娇依偎了，并且再也不用担心嫁给他是乱伦的关系。

她让计程车在山水园的门口停住了，她下了车，变成了展着翅膀的鸟儿，进门后的程小程只差没放声高歌了。

今天，她又换上了白裙子，崭新的一条白裙子，大牌的衣服，洋气却不怪里怪气，大方得体又托得人气度更为不凡。程小程天生的好气质，哪里再禁得住挑眼的衣服略一上身，难怪后来楚明会说"他在她面前其实很自卑"的傻话。

连今天要看的书都换成了小资情调十足的书，把专业的书暂时抛到了床头柜上，她今天甚至连看书的心也没有了。"静能生慧。"她的心根本静不下来，因为她今天就要清楚楚明的真实身份了，她不担心他是个穷人，她有的是经济实力；她也不担心他有使她尴尬的地方，她相信他说的妻子去世的话，因为他虽然只是一句带过着说的，也还是声音中有抖动的哽咽。那么，她还有不快乐的理由吗？程小程想遍了千山万水，也没想到楚明是小城政界中数得着的人物。

一大早来到山水园的程小程循着山水园的山路图，像宋朝的辛弃疾那样把栏杆拍了个遍，不过她遭遇的不是无人领会的尴尬。她登着山的时候，山收住了她的喜悦；她撩着水的时候，水收住了她的喜悦；她过着桥的时候，桥收住了她的喜悦；她赏着花的时候，花收住了她的喜悦，所以今天的程小程有满山满水的喜悦，满山满水都是程小程的喜悦。又所以，楚明下班赶来和她相会，有点世故地告诉她拣个好日子再说自己姓甚名谁哪里高就的话时，她也没有生气的表情，而是调皮地用食指点着他面前的空气命令他道："再宽限你一日，否则要重重罚你！""罚我什么？罚我请客吃饭？"楚明越发高看程小程来，程小程中午吃饭的账自己结得干干净净，楚明觉得这并非完全是有经济实力的原因。"这姑娘就是和现在抱着手机不松手的小姑娘有区别。"关系的进一步亲近，使楚明看小他 25 岁的程小程时，更加"情人眼里出西施"。

都有点不能不够尽兴似的逗留得比以往都要晚。他们晚上也不吃饭，不知怎么山水园这段日子冷清得厉害，他们不晓得周六周日的情况，反正周一到周五的时候，这几周都是游人寥寥，楚明断定还是今年的夏天格外炎热的缘故，全国各地到处高温，估计大家都愿意待在空调间里不出来。所以现在人的适应能力其实越来越差，他庆幸自己 50 多岁了还这么地热爱运动、身强体壮。

从山水园里开车出去的时候已经晚上十一点的光景了，由于楚明把工作做得十分保密，所以管理员并不知道他的车子里坐着这段时间一大早就会来的那个女孩。山水园的主人是和楚明相熟的，但普通的管理人员对他的身份并不十分了解，只是估摸出他不是个简单的人物，但楚明开的却是普通的私家车，他们有时候又误以为他是那种闲来没事喜欢下班在这里溜达的那类人，就像建园子时被迫拆迁出去的老住户，对习惯的环境总有种恋恋不舍。或许这个四五十岁的人就有这样的情结，管理处有个小媳妇年龄的人看楚明肤白鬓高，认为他是处在最有魅力时段的成功男人，看他的时候自然把他的实际年龄轻看了几岁。

说也可笑，有时候楚明进来逢着这个少妇值班的时候，也还以微笑；每当那时，那少妇的眼神就像发赤发艳的晚霞，要烧到楚明身上来似的热烈。楚明赶忙扶正方向盘，向园子深处驶去。里边有更平坦的停车场，楚明总愿意把车停在里边的停车场里。

但今晚，他带着程小程出来的时间晚得实在有点过分。园子的大门已经落了锁，他是把管理员叫醒才顺利出来的。

41

"小程，今晚我送你上楼吧？"因为比较晚了，楚明怕不安全，发动车后就立即提议道。到底是个经历了娶妻生子的男人，他既有真实的社会经验，又攒了些体贴女人心思的经验。但怕程小程有额外的想法，他一早提议道，目的是让程小程有个缓冲和思考的时间。

"不呢！我自己可以的！"程小程拒绝得干脆利落，她太快乐了，而快乐的人就容易大脑短路。她没听出楚明几层的话意，天不怕地不怕地还处在一天的兴奋中不够清醒。楚明不忍打击她的快乐，这是他认识程小程以来第一次看见她开心得像个孩子，他反而更加痛楚和怜惜他。但楚明知道这时候让一个女孩子自己上楼真是很不安全的时段了，他不动声色有了自己的小主意。

应程小程的要求，车子在路上驶得很慢。今晚有月光，楚明看不到自己开着的车子车轮碾过月光时的样子，但他心里仿佛看见了那一地的月光被他的车轮碾成了一明一暗的样子。也是一种命运吧？楚明想到人起起落落的命运。

这次，楚明把车子一直开到了程小程家的小区门口，并且在程小程下车的时候叮嘱道："安全进房间后给我打电话，我再离开。""知道了，老先生……"程小程拖着长音逗他道。还在快乐中不能自拔的人。不过有什么理由怪她呢？几年没有一天的不幸不缠着的一个孩子，纵然有她自身的原因，但这几年命运待她也实在过于残忍了呀……

是预感？还是心有灵犀后的心灵感应？总之楚明今晚说不出的心生烦乱和不安。他把车子往一旁靠了靠，就着小区剩下不多的稀淡的灯光，他认准程小程的楼层一动不动盯看着。他要亲自看见她家亮灯，亲耳听到她打电话和他开心道晚安时再驱车离开。

他计算着程小程匀速步行到屋子里的时间，他嘱托她不要乘电梯，楼层又不高，上去比乘电梯要安全，程小程也一一答应了他呀。可屋子里的灯怎么还不亮？心里像是突然生出一股热浪往嗓子里冲着，楚明有种不祥的预感。他立刻下车往里快步走去，他庆幸他刚才下车交代门卫暂时不要锁大门，也感恩程小程这里的小区设施已日渐幕落，不严谨的门卫设施既给了犯罪分子可乘之机，也给了他果断长驱直入的不过多拦阻盘问的麻烦！

此时的程小程已经被刘峰用刀架着脖子开了门，但不允许程小程打开一盏灯。除了一把锋利的藏刀，刘峰还备下了指头粗的尼龙绳子和他以前穿过的几双厚袜子，他把尼龙绳子做了套，把厚袜子打了一个结结实实的小捆，所以他把绳子冷不防从黑影里往程小程身上套牢反绑住她的双手，把袜子塞进程小程的小嘴巴，然后用刀架在她脖子上命令她开门时，程小程没能做出任何声响的反抗。刘峰这次有点孤注一掷，所以架在她脖子上的刀在她第一次试图反抗时就毫不留情向内用了一点力，她脆弱的脖颈直接出了血丝，被刘峰的臭袜子封得死死的嘴巴早已喘不过气来。马上，他真的就要实现要怎样就怎样的放恣了！

他不去计较那么多了，也暂时不要看程小程的身子和会杀死他的眼神了，让一切的厌恶、不平等、记忆、债务都他妈消失一秒钟吧！他把程小程抵在进门后右侧的一堵墙壁上，让她的身子背对着他；一只手按紧架在她脖子上的藏刀，一只手从裤子的前开缝处去拽另一把"刀"！他的前开缝根本没有拉链！他处处吸取上次失败的经验！程小程绝望闭上了眼睛！"小虎，你到底在哪里，你来救我啊……"原来，程小程真正情感的归宿还是在这个剑眉星目年龄相仿志趣相同的热血男儿身上，可这惊醒来得也太晚了些，今晚她的生死再不是大洋彼岸的莫小虎能出手相救得了。

反正，她今晚的生命彻底走到了尽头！她竟然没有想到送她回来的楚明，她在绝望中开始往另一个世界认命飞升。可她命不该绝！刘峰计划了百分之九十九点九的严密，却在"东风"也刮来的得意里忘了哪怕脚尖轻轻一勾就能带牢的房门。

是她透露给楚明进她家第一道门的密码救了她吗？是刘峰的大意失荆州救了她吗？是楚明的怜惜救了她吗？是她的命救了她吗？不！是她对莫小虎的亏欠救了她！是她命中注定会到来的幸福救了她！是她最终要与莫小虎相濡以沫的半生缘三生恩爱救了她！

当楚明发现这个楼道里没有声控灯亮起时，他已经知道程小程百分百处在了危险中，但见惯大风大浪的楚明没有丝毫慌乱，更没有一个字的声张，虽然他的身体开始像倒计时的定时炸弹那样即刻要发出震天动地的爆响，但楚明除了向程小程家的楼层房门奔去，什么都在悄无声张进行着。他知道犯罪分子意识到危险时的穷凶极恶和残忍，年轻时的办案经验以及这些年执政时过问的案宗，都不是让他白与这个行业结缘的，更不是让他白来这个世上一遭的！今天，又是一处用武之地，且可列为英雄的用武之地！大事临头，楚明依然有着这样把问题思考一大圈子的本事！

楚明的指头早已牢牢按在手机的电灯开关上，奔到程小程家门前，一看房门大开，他使劲一按，漆黑中一道亮光如同他如炬的目光，穿透一切！与此同时，"啪"的一声像扭亮他自己家的灯那样熟悉地扭亮门口的一盏灯，他一腿横扫过去却在一声断喝中痛苦地闭上了眼睛，但又迅速猛睁开已经爆裂的眼睛准备先把罪犯彻底制服。正把程小程的内衣褪至一半拽着"刀具"准备入巷的刘峰被楚明专业的一脚扫趴在了地上，架在程小程脖子上的弯刀被他一抖手松掉在地，但刘峰立刻鲤鱼打挺似的爬起来，往门外逃窜而去。楚明没有去追，而是迅速带上房门把头还死抵住墙的程小程拦腰抱起来，伸手让程小程长白的裙摆盖住了一切要盖住的伤害，先送她到床上去。

楚明知道，这个夜晚后的一切惊雷风雨，他都必须以责任来作答了。他站在程小程的床边先给120打了电话，又给公安局打了电话，并均报上了自己的名字，迅速就有呜呜着不同声音的车速速到了这个日渐幕落的小区。

是深夜里又开出的一朵大盏的灯花，在劫难这把剪刀锋利的又戳又剪里，生命生出了又一重未曾历经过的天地，这个天地是属于楚明和程小程共同的岁月的。也许是很窄很快就消失的一处天地，但楚明觉得他今生已经是十分的富足了。

因为是政法书记打的电话，120车来的时候，同时跟了医护人员，给程小程细细检查后，简短给楚明汇报了程小程的脖子上只是皮外伤，其他没受到伤害，但情绪十分糟糕的状况。"楚书记，我看我们还是先把她送医院为好，到时会安排专门的医护人员照顾她。"跟来的一个主任向楚明征求意见道，楚明点点头，"那就按你们的意见去做，这姑娘除我外，没有一个亲人了。"楚明毫无顾忌道却又相当严肃道。"是，楚书记，我们知道了，请您放心，我们一定会照顾好她的。"

几个医护人员小心翼翼把程小程从床上扶起来，她的内衣也被一个年龄可以做阿姨的护士提得平平整整，脖子上的一道外伤也已经消过毒，张上了纱布。程小程被扶下床，泥偶样被人握住细瘦的脚丫穿上鞋子，被一小群人乘着电梯半拥半扶下了楼去，车子上有小床一样的担架，她躺了上去，合上了眼睛。

"明天上午等我通知后再去医院问这姑娘事发情况，其他先暂时保密。"楚明对站在他面前的公安局长严肃交代道。"对了，你去过问一下，这里的治安防范怎么这么不到位？"楚明又补充道。"是，楚书记，我回去马上召开会议，会议后立即向你汇报。"新上任不到半年的公安局长非常认真向楚明保证道。

楚明用这样的方式向程小程汇报了他的名字和工作性质。楚明，52岁，小城政法委书记，市委常委。

"楚书记，要不我们先回去开会？"公安局长额首征求楚明的意见道。楚明朝他摆摆手，他就带着几个办案人员先行告退了，并且体贴地帮楚明带好了程小程家的房门。楚明疲惫万分又愧疚痛楚着坐进了程小程家银灰色的绵羊皮沙发里，手臂支着沙发肘，大手却使劲压在了已经生了几条大粗皱纹的宽大额头上，紧闭双目像是思考着什么苦涩难耐的事情。

刘峰很快被缉拿归案，连同程小程一直未说给楚明听的上次的威胁，都交代了出来。单项就已经构成了无法抹去的犯罪事实，等待他的也是又一重天地的人生。楚明希望监狱能教育好刘峰，使他彻底地改邪归正，走到人生的正路上去。但这也只是楚明那一代人的美好愿望，总愿意相信监狱能使人百分百地洗心革面，重新做人。刘峰的问题究竟不是他单个人造成的，所以他的犯罪特质就像戒不掉的毒一样，总是会那么卷土重来，只是发作的时间很难确定，所以他想实施犯罪的对象，总是防不胜防。

42

宁静的小城沸腾了，小城相比着周边城市而言一直较为纯朴的人性变成了火辣辣的暴烈鲜明，普通的诗人变成了荷马，家庭主妇变成了诗人，人人都变成了想象能力极为丰富的小说家，但兴奋来兴奋去无非就是 52 岁的政法书记和一个小他 25 岁的女孩好上了，并且还为这个女孩动用了手中的权力。楚明知道外面舆论上的惊天动地，他依然不动声色保持着他的谦和与平静，处理着他该处理的一切。自然，他也及时向他的上级领导说明了事情的来龙去脉，他没有受到过度的批评，但自然也得不到一丝的表扬。从政之人，最忌讳被老百姓齐股脑儿诟病，何况感情上的事，更会是风起云涌的久久不散，除非有更奇闻的事发生，原先的事才会被逐渐替代。

楚明也清楚自己并没有做错什么，他和程小程之间虽然互有好感，但也是清白可证的纯洁关系。但楚明也同样清楚，无论他和程小程之间目前再怎么清白，他们都是一辈子跳进黄河也洗不清了。

两个人都选择了沉默不做任何的解释，任小城的风言风语从他们的身上刮来刮去。程小程在医院恢复得很快，本来也没受到真正不可挽回的伤害，加上楚明身份暴露后大家都极力地表示出关心，她就及时地从医院回到了家。她知道三五年内她是再不用担心刘峰会祸害她了，她决定从此后好好地生活工作，让大家看到，没有亲人的她活得并不比任何人糟糕。

但使她稍微意外的是，她从医院回到家后，楚明除了每天按时打电话问她情况怎么样，再没有来看过她。程小程没了去山水园的兴致，她一点儿也不怕走到外面去时被人指指戳戳，她只是想好好在舒适的床上休息一阵子，等秋期开学的时候还像刚毕业那阵子捡个重担子挑起来，实现她另外的人生价值。

慧娟统共过来了两趟，象征性地来看看她。程小程也不生气，并且觉得自己相当地感激他们夫妇。自己拒绝了他们的儿子，害得他们的儿子走到了大洋彼岸，在他们一日日老去的时候不能跟前尽孝，他们还能这样"不离不弃"着偶尔出现在她的身边，程小程觉得自己除了对他们夫妇有亏欠之情，是再不能有什么抱怨心了。

"人走茶凉。"有能力的父亲走了，大家闺秀样的母亲也走了，单剩下了握着不少遗产的她，她有什么理由使不觊觎她财产不觊觎她感情的人像父母那样关注她的身心！

躺在床上的程小程想着生命里的一切，一波一波的经历过后，她想不变得心如止水都难！看来天要下暴雨了，因为外面起了较大的风，把她卧室里的软帘子吹得一鼓一鼓的，变成无数只张帆远航的小船。果然，不多时就有噼里啪啦的雨点子砸到地面上，发出"啪啪"热恋的人亲着脸颊时的声响。可是风并没有随着雨点子的出现而停下来，而是继续大剌剌刮着，于是就有被风刮斜被扫帚扫着似的雨点子打到窗玻璃上，也是"啪啪啪"的像一个个响亮的吻。

程小程听着风雨交加的声响，想着慧娟阿姨上一趟来时的叹息，还竟然主动提到了莫小虎，眼圈红着说"儿大不由娘"，说他在美国娶了洋媳妇，他的美国媳妇对中国不感兴趣，什么准备定居西方不再回国的乱七八糟锥人心的计划和打算。

一直等着她上车的一辆火车呜呜着启动了车身，哐当哐当着终于离她远去；而她，竟然一动不动地停在原地。火车上伸出一张剑眉星目的面孔，张着嘴巴大声喊着她的名字，"小程，留我下来呀……小程，留我下来呀……"她张了张嘴，但听见了身后有父亲熟悉的脚步声传来，她惊喜地回过头去，扑进她梦的怀抱。她的世界里，不见了白肤浓眉的莫小虎，有的只是父亲程明，有的只是父亲样的楚明。可她为什么在生死关头在心里声泪俱下呼唤莫小虎来救她呢？为什么呢？大白的雨珠子砸向这里砸向那里，就是不砸她的心扉，所以她的心门还不能洞开，还不能洞开。

楚明来电话道："小程，晚上叔叔请你喝茶，地点你看是定在闹市那家还是临湖那里？"正拨弄着手机又时不时抬头看一下窗外的程小程听出楚明比往常多出的两个字："叔叔。"她仿佛一点儿都不意外道："临湖那里吧。"不出一分钟，楚明就把房间号发给了她，巧合的是，楚明订下的房间恰是她和莫小虎去的次数最多的那一间房。楚明没说来接她，程小程也不问，而是在差不多的时间点上坐了计程车过到了那里。

她到的时候楚明还没下班，她就一个人静静坐着，翻看伍尔夫的一本小说。她问服务生先要了一份薯条，一根根蘸了番茄酱吃着，看着小说里的悲欢离合，又看着窗子外的漫漫湖水，她想要个家了，要个有父爱的家。"只有楚明是合适我的，只有楚明是，再没有别的人能帮我圆梦了……"程小程谈不上自己的情感有多么地热烈难舍，但她的这份说不清道不明的感情是足够撑起她结婚的热情和决心了。

可是，当她看到楚明进门的那一刻，她的情感却又变得异常热烈起来，楚明直挺挺的鼻子和去世的父亲简直一个模子套出来的都是那样的孤峰突起，还有那睿智饱满的前额，又加上一直保持着看书习惯，所以不管从事什么行业的工作都根除不掉的儒雅之气，都是脱化成一个人的神似。若说非要有什么不同之处，那就是楚明的肤色是白皙的，而自己过世的父亲皮肤颜色是茶褐色的样子，自己的浅小麦色就是仿了他和母亲的中和色。

"楚……"程小程一下子想到了楚明救她死里逃生的大恩大德，热切地站起来，有点泪洒洒地开口唤他。可是，她又像蝎子蜇了一下似的有种一刹那的窒息，她猛叫了一个"楚"字就难过地垂下了头。她不知道自己该叫他什么好。楚叔叔？楚书记？还是楚明？

楚明看她委屈万状不知所措着，硬起来的心肠又开始节节溃败，但他又觉得把事情按感情的热度发展下去究竟是不合适的事，且不说他的职位，单是年龄上的差别就足以使人贻笑大方了。加上他半夜出现在程小程的家里把她营救出来造成的轩然大波，已经影响到了他这么多年来一直维持的良好声誉，种种顾虑交错中，楚明认为自己还是当个长辈的好。但楚明高估了自己的把持力。

他奔着自己目的来的这个晚上，他竟然只字未提让程小程以后把他当叔叔看的话，不仅如此，他还一再叮嘱她注意这样那样事项的话。是个失败的晚上，因为让自己的目的泡了汤；同时又是个成功的晚上，因为恢复了人的真性情。

所以，这个晚上，变相演变成程小程出事后他们的首次约会。但毕竟受"叔叔"两个字的影响，两个人都没有像在桥上看水那样自然热切。是檐前风铃被隐隐约约的风吹了，细细的调子藏在大环境下的风浪里，需要慢慢的步伐才能一点一点地演变成歌剧样大的动静。

使人不解的是，程小程遇上这么大遭人误解又自毁声誉的坎坷后，竟然开始有人给她做媒提亲，且还真是听起来不错而优秀的人选。"到底还有公道人！"程小程心里热辣辣一阵感动。那些说她"克人、不识好歹、勾引领导"的话都被她全部原谅掉了，她喜滋滋地把给她介绍对象的事说给楚明听。

"喂。"她还是什么都不喊，打着含糊和楚明说话。"小程，有好事啊？，，楚明办公室除他自己外，目前还没有别的人，他笑着问道。"喂喂，知道吗？今天又有人介绍对象给我呢！"程小程当楚明是父亲，根渣不剩地向他做着汇报。也不是故作炫耀，或者刺激楚明吃醋，程小程没有那样多余的心思，她的直白就是一点暗花都不嵌的直白，她开心地说着对方的一切情况。

楚明心里却有点不是滋味，他觉得自己十分可笑，他晚上又约了程小程去吃西餐，反正小城已经认定了他也是那种喜欢老牛吃嫩草的人，他也就顺水推舟下去了，他不是有婚之夫，他也不是要喜新厌旧地笼络新人，他是正儿八经有资格再婚的人，但他逃不掉"老牛吃嫩草"的舆论；逃不掉"得了新欢就忘旧"的断定，他是个声誉受损的领导了。他有过苦恼，但那苦恼压不住他热烈的心跳，他有种重新回到青春的压不住的狂热和迫切。

"小程，说说对方的情况吧。"又一起面对面坐到咖啡厅里的时候，楚明故作轻松率先开口问道。吃着冰淇淋的程小程忧然道："还问呢？人家不是一大早就告诉你了个清清楚楚吗？"又笑着一小勺一小勺剜杯子里的冰淇淋吃。奶黄的冰淇淋滚成了圆球状，像台球掉进了圆圆的洞眼里，堵得洞很难再进去什么，洞成了楚明的心房，被穿着奶黄裙子，裙子上面撒着奶黄圆点子的程小程完全侵占了。

43

他们是在这年腊月领的证结的婚，因为程小程怀孕了，她是坚决不拿掉这个孩子的。楚明犹豫着给儿子高原打电话说明了情况，当律师当得越来越风生水起的高原极为开放极为开通却调皮地谴责他道："老爸，我早说让你和我小妈领证结婚，你就是拖着，现在可好了，双喜临门，你有了小妈的陪伴，我以后有了当哥哥的牵挂！就听小妈的吧！"

楚明知道儿子懂事，却没想到儿子如此懂事，他竟然不怕有人分他本可以独享的一切。楚明不懂了现代人的心思。其实高原对这件事的开明有两点不可忽略的实情，一是他毕业就几乎接了日进斗金的工作；二是他的工作之地在全国风气最开放的南方，当然，他如今正谈着恋爱，而恋爱中的女方除了品性合他的意，也是个经济十分富足的殷实家庭里的独生女，女方父母早已传话给他：只要待他们的闺女一百成的好，家里的一切都是他们两个孩子的了！

高原不担心自己的感情会出问题，他从小受着良好的传统教育，有着很强的家庭观念，即便是处在灯红酒绿的大城市，他也有着理性的把控，不做过分的事。并且，他也不认为父亲做了出格的事，因为是母亲离世在先，他是儿子，他没有闺女那样对已故亡人的，非要陪伴到底不能再娶或再嫁的寻死觅活得有点胡搅蛮缠的感性心理，他是律师，他不是吟风弄月的人。

何况，父亲有了伴，自己这个独生儿子会省掉多少的担心啊。所以，高原不是支持父亲听程小程的话，而是不允许父亲有丝毫违逆程小程意愿的举动。

楚明带着程小程去领证的时候还是有些不好意思，毕竟一个是花一样的年纪，一个却在年龄和事业上迅速走着滑坡路。过了年自己就是53周岁的一大把年纪了，而从政时间也会越来越短了，小程真会像她说的那样一辈子都不嫌弃他吗？唉，不考虑那么多了，这不是喜滋滋地非要生下他们的孩子吗？

楚明不允许自己再歪想程小程，他开着依程小程描摹的，颜色款式像以前她父亲开着的新买的银灰色车子，载着她向民政局驶去。他们是从十月一那天决定要结婚那刻的盟誓起，就立刻在小城买下了另一个小区里的房子。是程小程出了一半多的钱，楚明阻止她的时候，她笑着嗔他道："留那么多钱干什么？钱不过是纸罢了。"楚明在她的娇嗔里销魂蚀骨又敬重有加，他没想到上天对他的后半生有这样优越的厚待，所以他努力地使年轻的程小程满意他的一切。

程小程住的老房子依然保留着，那所房子有太多重重叠叠的记忆，她希望楚明没事的时候陪她走进去，走进如梦又如悲欢离合总无情的过往，轻轻拥住她，像父亲那样使她有无穷无尽的温暖。

如果程小程不能断奶的恋父情结本身就是种很难治愈的顽疾，她的浪漫感性情怀又加重了这种顽疾的顽固，所以她的康复之路比一般人都要漫长，她服用的苦药也得比一般人多出无数袋子，她一口一口喝着人生的苦药，久病成医，所以她后来成了医治莫小虎疾病的最贴心贴肺的，被莫小虎认真封下的"最美的医生老师最美的妻"。

但这都是为时过早的后话，现在车里坐着的程小程，幸福成为准母亲的程小程，正被政法委书记位置上坐着的、还不太显老的、像父亲样的、立刻就要成为她名正言顺的丈夫的楚明，用银色的舒适车子载着，向那个神圣的局委驶去。

"楚书记来了，先请坐先请坐。"见风言风语里的两个当事人最终走向了喜结良缘，婚姻登记处的多数人还是真心祝福羡慕他们的。有人羡慕着楚明娶了栀子花样的小娇妻，也有人羡慕程小程的婚姻简直一步登天，直接嫁给了市委常委。不管怎样，以后都得对他们夫妻敬重有礼了。

"啪啪啪"地替他们盖着公章，大红的印子像程小程第一次在楚明脸上留下的口红唇印，又像程小程成为他女人时的那抹女儿红，楚明心里热辣得厉害，不及程小程大大方方发了喜糖，栀子花样立在那里，提示在结婚证书上流利签上自己的名字。

因为不提倡领导办酒席，又夹杂着一些复杂的心理，举行仪式的计划。当然，他是真心歉疚的，他喃喃说话，清楚，从未有过的思路不明谈吐不清就充分证明了他的愧意万分。程小程又是笑着嗔他道："仪式不重要的，你像我父亲那样疼我就好。"做了准母亲的人，还亟待着深浓的父爱，所以程小程忽略了她作为一个女人其实应该计较的事情。楚明心里的愧意越发变成了实心子的铅球，重重地落到了自己的心上。

就这样，程小程在离28岁还有几天的时候，正式做了即将53岁的楚明的妻子，她终于实现了嫁给"父亲"的梦，而楚明是误打误撞着来到了她栀子花样的年轻生命里，享受着她年轻的身心带给他的又一个春天。过春节的时候，楚明的儿子高原带着女朋友回来过年，一进门就大声喊着"小妈，我们回来看你了"的话来热情拥抱她，高原热恋中的女朋友也开心地追着她"小妈长小妈短"地叫个不停，程小程在楚明儿子准儿媳的笑闹喊声里有点心绪茫然起来。

"这就是我想要的婚姻吗？这就是我想要的父亲永远的疼爱吗？这就是我拒绝莫小虎拼命也要完成的恋父的夙愿吗？这就是真正的爱情吗？"

她揑着脖子下的锁骨"咳"了一下，人有点摇摇晃晃站不稳。"小妈你怎么了？"高原和他的女朋友慌着过来搀扶她，"是孕期正常的反应。"楚明没过来扶她，而是笑着替她解释道。程小程真被楚明的话引出了怀孕初期的反应，她对着卫生间雪白的马桶一口一口吐起来，高原和她的女朋友过来帮她轻轻捶着背，楚明在客厅打电话安排吃饭的房间。

程小程直起头的时候一眼泪花，高原把他父亲喊了进来，自己给女朋友使使眼色，两个人悄悄把位置让给了父亲，楚明拿毛巾替程小程擦拭憋出一眼的泪花和嘴角的几丝涎液。程小程的目光逐渐清晰了起来，卫生间的大镜子里映出她栀子花样年轻的身姿，乌黑微卷的长发，而年末工作事项特别多的楚明却忘了及时染发，他鬓角那里显出了星星点点的白，但这星星点点的白却在镜子里和程小程乌长的卷发形成了鲜明的对比。

高原和他的女朋友一直在卫生间的门口并排立着等候动静，他们的身影也映在了又长又宽的落地镜子里，他们是相配的，都是和她一样的年轻有朝气，又像她高中时代大学时代的同学莫小虎和她并肩而立。

程小程用对年龄相当的莫小虎的抵死抗拒终于换来了她念念于心的"父女绝世倾城恋"的实现，然而，梦想着的一切却开始和现实扞格不入，又成了被大风吹着的大白雨珠子，啪啪啪地拍打着，但它们如今拍打的不是她家的窗子，而是她内心深处的那块园子。"每个人都有一个死角，自己走不出来，别人也闯不进去。我把我最深沉的秘密放在那里。你不懂我，我不怪你。"这是大学四年级的一个晚上，喝了酒的莫小虎非要问她个究竟时，她的全部回答！

原来，父亲样的楚明并不懂她，他把她心情的难过说成孕期的反应，用湿了水而不是干燥温软的毛巾替她擦冬天的面孔。而莫小虎，从来都是把冬天的毛巾烘热把夏天的毛巾用冰块冰成凉凉的帮她一点点擦拭的！程小程望着这不过两分钟内发生的一切，她不知道莫小虎是不是正在大洋彼岸眯起双眼，吊起浓浓的剑眉，夹着烟，睥睨地看着她这两分钟内发生的一切一切……

真的再也回不去了吗？程小程又是一声呛咳，又是一眼泪花充盈，她被楚明扶着走向了他们的卧室，卧室的床头柜上搁着楚明新买的，准备带到理发店里的染发剂……

　　大程小程三岁的高原，这个稍有风吹草动就能敏感嗅闻出事态发展的年轻又资深的律师，也埋下了头，牵着女朋友的手去到了另外一个卧室。只有回到客厅的父亲还在快乐地打着酒店房间的电话，他们要去吃饭了，他开始点儿子儿媳和程小程爱吃的饭菜，程小程爱吃鱼，他就点了两种鱼的两种做法，他忘了程小程反应后的见鱼就呕吐，还开玩笑解释说是以前太爱吃肯定被伤了的缘故，他的年龄或许也开始了生理上的健忘。而兴兴轰轰打着电话的楚明根本没意识到，上苍赐给他的第二春的回光返照终究是一场生命的回光返照，昙花一样的美，也烟花一样的易烟消云散。不过，他不是个为富不仁的从政者，所以他也得到了他未曾享有过的又一重还算值得的人生。

<h1 style="text-align:center">44</h1>

　　来年的十月，28 岁的程小程为 53 岁的楚明生下一个粉琢玉砌的女孩，程小程为她取名为"楚安安"，寓意"平平安安"。楚安安生下来就不像真人，像画里画着的娃娃，有着楚明白皙的肤色和程小程工笔样精细的五官。楚明老年得女，也是欢喜得像个捡了宝贝的孩子。在医院里，他双手托起楚安安柔软的小身子，看不够似的不转眼看着。

　　两天过去了，程小程却没有一滴奶汁滴落，医生不让喂奶粉，让程小程只管把孩子抱在胸前吮吸刺激着乳房。嗑着程小程乳头的楚安安小嘴使劲裹着，却裹不出丁点食粮，她饿得哇哇哭闹起来。

　　楚明着急地在看护房不知所措，他是年过半百的男人，实在记不起儿子高原这时候是怎么过来的。他来回踱着步子，急得两鬓简直要全白了。去问护士，护士还是只说要继续刺激母乳出来，除了可以稍喂些温开水，还是不让喂人工的奶粉。过罢年的人事调整上，53 岁的楚明从政法委书记调到了清闲的政协部门主持工作，等于变相宣布了他政治生涯的大势已去。楚明也不怎么失落，因为他的生命新添了重要的角色，美妻娇女，他生命的又一个春天，比起那需要时时戴面具说话的政治生涯，不知要大多少倍的美妙无穷。

程小程的一只乳头被饿极哭闹着的楚安安吸裹得烂了皮，还是没有奶水下来，楚明简直要疯掉的不知所措。程小程因为从小没干过掏力气的活，所以生孩子的时候受了很大的罪，费了九牛二虎之力才把孩子自然顺产下来，身子现在还流着比普通产妇要多的恶露。

楚明因为是从外地拨过来做官的，这样的事项上他实在没有方便细细问着的人。无奈之下，又给儿子高原打电话求助，要高原的女朋友问问她的母亲可有什么好的办法。得了一个妹妹，高原虽然还没顾得上回来探看，但看了父亲发给他的照片，他吃晚饭的时候一连喝下三罐青岛啤酒，若不是女朋友阻止他，他估计还要再连喝两罐下去。他实在是太高兴了，他想起小妈程小程那天的表情，现在小妈和父亲有了共同的孩子，总会少一些后悔吧？高原虽然还没有走进真正的围城里，但他却及早知道了围城里的人不再出来多半是因为孩子，被孩子的左右手牵着的夫妻，很难有掰开孩子的小手独自掉头而去的狠心，除非做父母的一方十分地心肠冷漠。

高原女朋友的母亲自然对即将成为亲家的楚明夫妇十分热情，不消一分钟就把电话拨到了楚明的手机上，道："要去给她做鲫鱼汤吃，搁两枝荆芥，下奶下得很快；或者去找母猪的蹄子煲给她喝。"楚明一字不漏听着，"嗯嗯"点着头，挂断电话立刻问询程小程道："是吃鲫鱼汤还是猪脚汤？""什么也不想吃，再没有别的方子了吗？"程小程道。楚明着急道："暂时吃这个吧，孩子已经饿两天了，不敢再饿下去了。"程小程道："那就吃鲫鱼汤吧……"虚弱无助的声音，"要是母亲在该有多好……"养儿报娘恩，她生了孩子，知道做母亲的那一刻是一只脚迈在鬼门关上的。想到自己的母亲，程小程就生出更多的愧疚来。

楚明开着车去集市上买鲫鱼，他一方托人物色着保姆，一方把单位里的工作暂时安排给了另外的人，他这几天只负责听汇报，和程小程楚安安比起来，工作变得越来越不足道。他是个年过半百的人，从手里渐渐滑去的东西变得可有可无，而拥住的一切却是不想有丝毫的闪失。所以，一向在工作上极为认真的楚明变得视工作的政绩可有可无起来。

第一次干剖鲫鱼的活，楚明简直不知道自己该从哪里下手。对买菜做饭并不熟悉的他自然也不很清楚卖鱼的人往往担负着给顾客刮鱼鳞的任务，反正他是不讲价，让卖鱼的人称了就拎着走掉的。回来后，楚明把一兜的鲫鱼全撒在一个盆子里，那鲫鱼就欢蹦乱跳起来，生命力不弱，所以楚明刮的时候几次差点被活蹦乱跳着的鲫鱼弄翻的刀子割破手指头。

楚明小心地刮干净了五条鲫鱼的鳞，又开膛破肚掏出鱼肠鱼肚扔掉，对着水龙头哗哗冲着，冲得胖嘟嘟的鲫鱼瘦了很多。煲了汤，搁了花椒麻椒，出锅的时候又放了两朵荆芥的绿叶子，闻起来鲜香扑鼻。"小程一定会喜欢喝的，喝完也一定会下奶的。"楚明闻着鲫鱼汤的香味，在鱼汤冒着的哈气里变成了家庭主妇的样子。

程小程喝下第一口就被呛得止不住，她的身子已经十分弱不禁风，哪里再经得起花椒麻椒的刺激？楚明忙拿纸巾帮她擦拭，问她怎么了，但程小程摇摇头没说责怪他的话，她知道他去世的妻子活着的时候，是什么都不让他插手的，服侍他到不舍得他去扶倒下的油瓶。

慧娟来看程小程，见程小程吃花椒麻椒的鱼汤，立刻惊讶地阻止道："没听说月子的人不敢乱吃东西吗？怎么这样不当心自己？弄不好奶水就会再下不来的！"程小程上次遇险和这次生孩子都不在她的医院，小城这两年有个后起之秀的医院，技术和环境都比慧娟在的老牌子医院先进。

"可是慧娟阿姨，我已经沾过嘴了，怎么办？"程小程虽然只吃了几口鱼汤，已经是一脸的虚汗淋漓，她担心问道。"那看情况再说吧。"慧娟也不知道接下来该怎么办，她只能回答程小程等着看看。

程小程的奶水没缩着不来，吃完鱼汤不到一天，她的乳房就有了悄然的鼓胀感，后来落下来一滴奶粉样的乳汁来，楚安安饿极而吃，自是又一番的猛吸狠吮，程小程乳头上没有愈合的伤口又被吸裂了，她痛得缩住了眉头。

程小程住了一星期的院，是楚明强行坚持要她住着延挨一周才出院的。在她住院第五天的时候，楚明托人物色的保姆终于有了着落，是小城周边村子里的一个农妇，比楚明大了两岁，和楚明一样，前两年里失了另一半，儿子闺女也都成了家另立了门户。生活上不短经济来源，但一个人赋闲在家，总有说不出的苦闷，所以对来到程小程家做保姆是十分的愿意而高兴。

程小程见了她，一眼就对她黝黑薄瘦但不寡骨的相貌倍感亲切。她像个娘样一进病房就很家常地来到程小程跟前，未开口就先朝程小程笑了一阵子。她仿佛一点都不惊诧程小程和楚明的年龄差，有种见怪不惊的大家风范，这让程小程意外而佩服，要知道她可是个乡下的人。

见程小程也是一刹那不说话看着自己，翠花终于笑道："以后你就喊我翠花阿姨，我呢，当你是闺女看待。"说着就动手拾掇起程小程身边的零碎来。

程小程真有种阔别多年后的母亲又在眼前的生死重逢感，她心里陡然生出无限的感动和感恩来。

翠花的确不是个一般的农家妇女，她的人生本来可以有更大的作为，但因为她在家里是老大，父母双亡后，为了底下的弟弟妹妹能把学业顺利完成，成绩优异的她就主动辍了学，一心一意地把弟弟妹妹供养到了大学毕业，又帮他们成了家。至于她的一生，她是不愿再提及地服从了命运的安排。

翠花利利落落立刻投入状态拾掇房间的时候，楚明站不住脚了，因为刚才翠花要程小程喊她阿姨的话。他有点尴尬地走到程小程这一边的床前，俯身去看婴儿床里睡着的楚安安，不知道这小姑娘怎么这么不像人间的人，楚明觉得他和相差25岁的妻共同生下的女儿过于美了。

看楚明红着脸低头看女儿的样子，程小程"扑哧"一声笑了，她现在对楚明的感情有点说不清道不明。承受着命运这么多磨难实现了的一个梦，真的走进来了，也和正常恋爱结婚的人没有多少感情上的区别吧？甚至有不及的地方？程小程没经历过和同龄人的恋爱与婚姻，所以她只是自我猜测着。她努力地不去想楚明使她失望的地方，因为楚明不是有意的，她努力提醒自己不能对自选的人生有后悔的举措，心里也尽量地不要朝这个方向滑，因为她和楚明有了共同的孩子，她失去了双亲，她是绝不允许女儿成为单亲家庭里的孩子的，所以这一刻程小程的决心是吃了铁一样的坚牢。

"笑什么？"听见程小程嫩脆的笑声，楚明别过脸看着自己的小妻子问道。他的脸还是有点红红的样子，程小程想："其实男人有时候也像个孩子。"于是，她笑着小声道："不要不好意思，不是说好了'名称各叫'吗？"是程小程事先和他沟通过的，不找太年轻的保姆，找个年龄大点有经验的来帮她。程小程想到了称呼上的尴尬，也是事先和楚明商量过"她喊阿姨，楚明看着称呼"的事项，可真正落到实处的时候，楚明的尴尬还是让程小程觉得有义务再安慰他一番。

尽管程小程的声音很小很轻，好耳朵的翠花还是听在了耳朵里，她"咯咯"着笑起来道："我说楚主席啊，你就直呼我'翠花'好了，小程说的对，'名称各叫'好，'名称各叫'好。"翠花也意识到她刚才说给程小程的话实在使和她差不多同龄的楚明尴尬无措，她顺着程小程的话又替楚明打了圆场，楚明脸上的神色这才自然了些。

但他想着还是礼貌些为好，他决定以后喊翠花为"大姐"。他也想要个这样的"大姐",因为他是越来越走着下坡路的人。

睡在婴儿床里的楚安安被大人的说笑声惊醒了,她没有哭闹,而是半睁着双眼皮很明显的大眼睛,把小手蜷成团往嘴巴里塞去,两只小脚丫轻轻踢动着。翠花看见楚安安醒了,立刻自赔不是道:"看我这笑声,把小家伙惊醒了,以后可不能再这么粗糙了。"说着她就放下手里的东西过去照看楚安安。"阿姨,去洗一洗吧。"程小程小声提醒道。翠花笑着去净手,心里却一点儿都不计较程小程刚才的提醒,本来她在家也是个干净惯了的农村人。

翠花从洗手间出来的时候,程小程告诉她小孩的名字叫安安,翠花把楚安安从婴儿床里托出来,揽在自己胸口笑眯眯瞅着楚安安那张长得过于仙气洋溢的脸道:"安安好,平平安安好,安安长得真像画。"然后,她把安安抱到程小程胸前嘱咐道:"给安安喂奶吧。"程小程道:"医生说要打顿吃。""这个就不要太听医生的,小孩要不断吃才能长得快的。"翠花道。

翠花是过来人,所以楚明也跟着道:"小程,就听你翠花阿姨的吧。"于是,程小程低头去解上衣的扣子,浅粉保暖的睡衣映着她日渐有肉的蛋形脸,现在是她脸上红讪讪地了。楚明别过脸,这样的时刻总是有点使人不好意思的,特别有外人在的时候,特别他娶的是比他儿子还要小 3 岁的女人。

翠花当是什么都没发现的样子,她只管尽心尽力帮程小程扶牢安安,任楚安安花瓣似的嘴巴一包一包地使劲吮吸着奶水。"小程的奶水养孩子。"翠花见程小程的乳汁不是喷涌型的那种清汤清水,有经验地下了论断。

程小程心里又是一阵满足和感恩,因为姨娘姨娘,虽然翠花不是嫡亲的姨妈,但对于她这样身世的人来说,已经是如娘亲的体悟了。

45

楚安安 5 岁这年,楚明算是彻底告别了自己的政治生涯,虽然新上任的一届领导一再谦虚着要他继续留在单位发光发热,他还是识趣而坚决地加入到了退休老干部的队伍中去了。他已经是 56 岁的人了,四十不惑五十知天命六十耳顺，他到了耳顺的年龄边缘，自己是再无一点政治生涯上的兴趣了。他问妻子愿意不愿意回到他曾经居住过的城市去工作，说如果她愿意，他们可以把以后的生活安置在比小城繁华出许多的大城市来。程小程不假犹豫地拒绝了，她大学毕业那么年轻有为的时候都要坚决地回到小城，现在人到中年，更是不会再离开自己的家园。况且，她这几年事业上也正处于关键的时候，她成了学校不可多得的教学上的顶梁柱，年年带毕业班，年年就她带的毕业班学生最稳定，升学率也最高，清华北大的没少给学校争光。

楚明也不假犹豫地依了她的决定，他们现在有时候的关系是他越来越像孩子，而小他25岁的程小程却越来越像他的长辈，总是她主宰了他的思想。楚明的事业和年龄都处在失势的状态，但程小程也没有多嫌他的样子，照样的和他同床共枕，只是说的话没有翠花和他说的话多。翠花这五年来，已经和他们一家三口心连心地成了亲人外的亲人，程小程定下了永远留住翠花阿姨的计划，她想要楚明有个说话的伴儿。而视她如女儿的翠花阿姨，是她心中最合适的人选。翠花也乐呵呵地一直待着他们家里，替他们一家三口操持着生活上的一切。

楚明的儿子高原也顺利地结了婚，因为对方是独生女，所以高原在南方的事业和生活几乎没让楚明操丁点的心。高原也有了孩子，是个男孩，等于他添了孙子，升级为名副其实的爷爷。他的孙子比自己的女儿楚安安小三岁，这使他想起来的时候是避不开的尴尬。因为他们上次一家三口去南方参加儿子的婚礼时，有人以为程小程是高原的妹妹，他们楚家是妹妹先结婚生孩子的。

但翠花安慰他道："老楚啊，你不用为这些事情闹心的，这大千里的世界，只要感情好，什么都不要当桩事的，比你们家离奇的事情多着哩，你们家这根本算不得什么的？"

"哦？"早已习惯翠花喊他为"老楚"的楚明好奇地哦了一声，看着翠花等她往下说。安安在幼儿园是日托制，小程打电话说中午学校加班不想再赶回来吃饭，只有他和翠花在的家，他们把唠嗑看得比吃饭重要。翠花站起来先去拎着电水壶给楚明泡了一杯普洱茶，这才又坐在楚明的身边，和楚明接着唠起来。她道："我们村上有个当婆婆的，因为自己没有女儿，一心想要媳妇帮她生个孙女来。可她媳妇也像她那样的只结果不开花，连着给她生了两个胖孙子。她一着急，就上大医院找医生治了一段时间身体，后来自己怀孕生了一个女儿，结果比自己的孙子还小几岁，但孙子天天得赶着这个小姑娘叫姑姑。她只要领着孙子和女儿出去，就有人打趣她说，看孙子孙女哦？但她还是高兴得逢人就笑。这不比你尴尬？"

翠花哪里知道，她的举例并没有使楚明减少尴尬，因为她说的也是别人把自己的孩子和自己的孙子统统误认成儿孙的故事，所以呷着茶水的楚明除了呵呵笑着，并没有变得一点没感觉起来。

这尴尬有点往他和程小程别的地方一点一点延伸开去。

这天傍晚程小程从学校回来后，说是白天的工作使她有点疲累，她不吃晚饭了，要直接去睡觉休息。被楚明从幼儿园刚刚接回来的楚安安却不依不饶缠在她怀里不撒手，她哄安安道："安安乖，乖安安，去找爸爸玩，妈妈有点累了，想早点睡觉觉，好不好安安？""不好，妈妈。"楚安安奶声奶气摇头道，"我不想找爸爸玩。"楚安安又补充道。

"哦？安安，可是爸爸去接你的哦？你忘了你坐爸爸的车上听嘟嘟叫的声音了？"楚明在一旁逗她道。楚安安又摇摇头道："还是不要和爸爸玩。"不待楚明再问，她又奶声奶气道："爸爸没有妈妈好看。"不过是句孩子口里的无意之言，他们夫妇却在刹那间都有点不能做到"童言无忌"的释然。见大人都不再和她说话，楚安安瞪着过于漆黑的大圆眼睛也呆愣愣地不说话了。楚安安的皮肤过于清亮白皙了，毛发也有点过于黑了，所以她的美像是不能长久生长在烟火尘世里似的，使楚明夫妇有时会有莫名其妙就不约而同地惊悚感，因为历史上真正的美人大多"红颜薄命"，说是被天早早收了回到仙界上去的。

厨房里忙着做晚餐的翠花也听见了外边的对话，她立刻解下围裙走出来抱起安安道："安安乖，安安让妈妈早点睡觉觉去，晚上奶奶讲故事给安安听好不好？"被抱起来的楚安安终于滚动了眸子，道："妈妈去睡觉觉，奶奶给安安讲故事听。"程小程从走神里走回来，赶紧站起来轻轻刮了翠花怀里安安的悬梁高鼻温柔笑道："安安好棒哦，来，亲妈妈一下。"见妈妈开心而笑，楚安安就噘着小嘴巴亲了妈妈程小程的脸颊。程小程想化解一下他们夫妻间刚才那一刹都意识到的问题，就从翠花怀里接过安安，主动亲着安安的脸蛋和她商量道："来，亲爸爸一下，看爸爸天天开着车叭叭叭去接安安，还给安安买棒棒糖是不是？"可这晚的安安有点鬼使神差地和楚明疏远，她花骨朵一样的小嘴巴包得严严地不朝楚明的脸颊张开，一直咕噜着小嘴，一副不乐意的样子待着楚明。

"差别就是这样的明显吗？"楚明搔搔鬓角的碎发，他知道那鬓角的头发乌黑一片，因为他昨天才染过的头发。"爸爸没有妈妈好看。"又回到翠花怀里的楚安安开始吃哥哥高原出国时给她买回来的高级奶片，"咯蹦咯蹦"地用糯米小牙嚼着，她已经忘了刚才的事，但楚明却是一切如在眼前。

他没有程小程好看吗？自然不是相貌上的区别，他知道自己也是个美男子的长相，但那是他年轻时代的辉煌，现在的他往往被程小程打趣道："走样的'文天祥'走到我们家来了。"他们夫妇都比较喜欢文天祥的相貌，因为是民族英雄，那横眉竖目使人看着也是和谐柔软的。楚明清楚女儿楚安安说的话的意思，她说得不好看是他像个爷爷似的老了，而妈妈却是妈妈的模样。楚明又去摸自己的国字脸，连他自己都摸出了皮肤松弛地往下垂着。再去看清洗完从卫生间走出来的妻，那不是他的女儿是什么？可是，她偏偏不是他的女儿，是他可以搂着亲着抚摸着她健康胴体上每一寸肌肤每一处部位的真实的女人。

46

这晚楚安安耽搁到夜里十一点多才睡去，她嫌翠花奶奶讲的故事不好听，缠着她一遍遍去讲更多的故事听。后来还是楚明亲自上阵，用较为标准的普通话讲了故事才哄睡了她。翠花也有些累，但她睡之前又去安安的卧室查看了一番后才带上了自己的房门，不一会儿也就沉沉睡着了。

楚明打着呵欠去清洗，清洗完轻轻推开卧室也准备睡去的时候发现程小程醒着在被子里看手机。楚明扭亮床头垂着一圈浅粉穗子的台灯小声道："是没睡着还是醒了？"程小程把手机搁一旁，伸着腰一副慵懒的样子回答道："是人家睡醒了好不好？"旖旎光线里只穿着低胸睡衣的程小程成了朱粉里的壁画，她忽闪着一双杏子眼笑不嗤嗤看着程明宽衣解带。

程小程33岁。

楚明也时常为这个歉疚着，所以今晚他不想使她失望。

他努力去想他使程小程变成他女人的那个夜晚，以前他也是用这样的臆想刺激自己的，可这种臆想好像也越来越不怎么顶用了，真是越着急越不行的使人发烦不中用。

楚明以前并没有穿睡衣睡觉的习惯，他和以前的妻都是从农村土生土长起来的人，都习惯了光着膀子穿一条内裤钻被窝睡觉的习惯。即便他后来带着妻一步步走到了城市中来，他们也最多穿那种上衣是上衣裤子是裤子的睡衣来。楚明相貌五官是天生的美男子，但农村里长大的他在条件越来越好后也不惯着自己，这也是他能一直和糟糠之妻同床共枕到她因病去世的一个缘由。

可娶了相反身世长大的程小程就是另一番的大不相同。他难忘他使程小程变成他女人那一刻的销魂蚀骨。洗澡后的程小程穿着一袭抹胸款却长至脚踝的白绸子睡衣，立在他跟前像只春天原野里的小白鹿，他流出了激动难耐的泪，抱着她颀长柔软的身子，在她家她那宽厚柔软的单人床上，他走进了她的身体和灵魂，走进了她的世界和命运。

后来，程小程梨花带雨缩在他怀里，他去吻她的时候又流了一脸的泪，他低泣道："小程，老天待我这么好，我怎么也想不到我还有这样的后半生。"

那时候的他52岁，还担在重要的位置上，和六年后退回到家庭中的，已经58岁的他，无论生理和心理都已经大相径庭。老是很快的事情，特别从重要岗位退下来的人。

现在，58岁的他穿着程小程为他买的日式睡衣站到了她面前。朦胧灯光里的程小程成了朱粉里的壁画，楚明在朦胧灯光的煨煲下，英俊的底子盖住了白天日光下清晰的老相，好像都有种要回到那个晚上的齐齐努力。

程小程伸出裸着的一只手臂，把楚明往床上牵去，楚明把被子的角掀得又大了些，一米七多的身架子猫了进去，顺便熄掉了发着柔和光线的台灯。以前是程小程娇羞不让看，现在是他坚决要关掉灯去亲热。

程小程的小手不安分地在他身上逗着他，松松合在身上的睡衣被她解了带子，又牵着他的手让他帮她褪掉吊带低胸的黑蕾丝睡衣，她从栀子花样的女孩被他亲手变成了风情万状的少妇，他有什么理由不让她风情下去？！

可是，年龄是不饶人的事。无论楚明再怎么努力地臆想，甚至一日三餐吃起滋补性极强的食物来，他和程小程的这种尴尬都是不争的事实。他没能一下子成功，总是不能一下子完成的心有余力不足。"慢慢来，别有心理压力。"程小程一边吻着他一边安慰着他。像是越提醒不要紧张越会紧张的暗示，楚明是越努力越身子发软得厉害。

已经是半个多小时过去了，他还是不能完成。他开始痛恨自己，痛恨中愧疼地使劲亲吻着年轻的妻子，他原本想用亲吻表达他的歉意，但使了力量的亲吻替他扳回了点面子，他的身子慢慢有力气起来，他逮住这难得的机会想把妻子带到幸福的彼岸去，然而，他没能实现自己的真诚愿望，不消几下，他的身子又一点点软下来，开始变得泥坛子那样的泥足不前。

程小程把他从身子骨上翻下来，意兴阑珊道："不要了，睡吧，累了。"从词面上找不到星点的责怪，字字却都是密集着的子弹唆唆着呼叫而来。命里注定了他把程小程再也带不到会使她发出快乐幸福满足叫声的彼岸，他知道了这一点，程小程也知道了这一点，但他们又都是有责任心的男人和女人，所以他们的日子并没有发生多大的裂痕。相互亏欠又相互努力地继续共同生活着。

47

莫小虎十年没有回国，也坚持着十年不和程小程再有丝毫的联系。十年，他也从男孩变成了男人，被一个热情开放的西方女子变成了男人。他以为变成了男人的自己可以像中国的男人那样能享受到天伦之乐，但珍妮却没玩够似的坚决不要为他生孩子。十年来，他越来越感觉到，"并不是传闻里注重人人平等的国家"，因为他已经很明显意识到珍妮不生孩子根本不是不想生孩子，而是不想生下他这个中国男人的孩子。

珍妮终于怀了孕，怀了孕的珍妮相当平静地告诉他怀了她自己国家里男人的孩子，要他看着办。"你要我怎么看着办！"他把床上并排着的枕头咆哮着向珍妮砸去，珍妮摊着双手，抖着肩膀说着"Family Violence"，一点儿都不愧疚地要去拨打报警电话。莫小虎拦下她，摇了摇头道："let's break up."珍妮又是抖着蓝色的大眼睛，摊摊手，但没再说刺激他的话，而是愉快地去另一个房间睡觉了。"这就是西方自由的国度吗？这就是西方国度的自由吗？自由到可以随意去生不是丈夫的孩子？！还那么的毫无羞耻？！"

莫小虎决定回国了，回到阔别十年的祖国，回到60多岁，已经退休的父母身边去！

　　慧娟夫妇喜极而泣！喜极而泣的他们也忍不住把莫小虎要回国的消息及时带给了程小程。都是过去十年的事了，程小程业已嫁人生女，有什么不可以告诉她的呢？！慧娟这样说服了莫亚辉，把电话打到了程小程的手机上。

　　刚刚下课的程小程还没来得及掸落长卷发上浮着的一层粉笔末，就在慧娟的惊喜中愣在了4月的漫天花香中。可不？已经是十年的音讯全无了呀？十年，她经历了多少的人世风雨啊……

　　有东西像粉笔末一样的走到她眼睛中来了，她觉得她现在首要的任务就是下班后快快地回到家里，洗个热水澡，躺倒床上，让楚明也躺上来，但不是为了那件事的缘故，而是要彻彻底底告诉59岁的丈夫有这么样一个同学曾经在她的生命里存在过多年……

　　暑假后安安就扒着6岁的门槛了，程小程决定了要送她上一年级，幼儿园里的一切已经使她吃不饱了，她和楚明生下的楚安安像有种科学的解释一夫妻双方年龄、地域，差别越大诞下的后代越聪明。她已经为安安物色好了市值师资力量最全的学校，为了打消一拨人的顾虑，她也明确表态不给安安办学籍，直到她能正规入学的年龄到来。安安是她的命，为了安安，她早已不计较世间根本不会存在的"绝世倾城"父女恋了。那不过是每一个少女都会有的恋父情结，像弗洛伊德说的恋母情结一样，是孩子成长过程中都会多多少少存在的一种感情症结。只不过，惯她的人太多了，一味顺着她心意的人也太多了，她也就由着自己的性子和同样多多少少有点"恋女情结"的父亲缠搅到了父亲生命的最终，缠搅到了误打误撞着到来的大她25岁的楚明的命运里，以女儿样的心态变成了和他要行夫妻之事的真刀实枪的妻子。不过短短的几年，她的思想就不可逆转地发生了惊天动地的变化，她也时常半嗔半讽刺自己道："程小程啊程小程啊，你这个程小程啊……"

　　"妈妈"，下了学的楚安安是在楚明脖子上骑光光着进到屋子中来的，还没下地就喊着找妈妈。傍晚下班回来正在卧室换睡衣的程小程笑着走出来，从楚明脖子上接下安安，有点嗔怪道："你也真是的，不能这样惯安安的。"楚明呵呵笑着，法令纹深得快能让小溪在里边淙淙流淌了。

　　这个晚上，洗完澡穿着蕾丝睡衣的程小程真的是安安静静躺在楚明身边，用平缓的语气给他讲了她和莫小虎从高中到大学七年的同窗情谊，并且真诚坦白了莫小虎去美国的最初原因。

　　"怪不得……"楚明像听故事地听着年轻的妻子和她的同学莫小虎一起走

过的青春节拍，对慧娟和莫亚辉夫妇对程小程的不够热心也表示了理解和同情。程小程也第一次给他讲起了她还有个不认她的姑姑在世的事，把所有能告诉楚明的事情都在这个莫小虎即将回到小城的夜晚说了个干干净净。

十年了，她心里第一次笤帚扫扫样的不再有厚厚的尘垢积压。

"楚明，你放心，我们会永远在一起的，因为我们有了'安安'。"程小程何尝没顾虑到楚明的感受和顾虑，她说完后立刻从被子里拉住楚明的手像是一种承诺道。"要是不加后半句有多好！"楚明把平躺着的身子扭成和程小程脸对脸的姿势，心里兀自感慨道。但同时他也越来越清楚，实现了恋父梦的程小程已经梦幻破灭，但她真的会像她保证的那样永远和他在一起，因为她是个极为疼孩子的妈妈。这样想着，楚明也不觉得有多么难受了，他也开始万分感激起"安安"的到来。程小程看楚明不十分担心的样子，准备睡去，但就在这时，楚明扳平她侧着的身子，很意外地让自己重整山河了一次。是嫉妒年轻的莫小虎的缘故，嫉妒使他有了一刹那的雄风大振，但随即就控制不住地一泻而下。程小程比他手脚麻利收拾着这突如其来的"搅局"，把床铺整理干净后说了句"快睡吧"就背过身子沉沉睡去，而最初两年的夜晚，程小程一直是在亲热后偎在他怀里整夜整夜睡去的。

48

6月的一天，程小程楚明夫妇陪着慧娟夫妇去接机。是下午六点到省城的飞机，程小程不让影响安安功课，虽然是学前班，但程小程不想让孩子从小养成请假的坏习惯。34岁的她来接十年不见的老同学莫小虎时，颇有点仪式感地又穿了白裙子。这年夏天本身也就流行白裙子搭休闲鞋的穿法，但程小程把休闲性的鞋子换成了紫色又缀着无数亮钻的时装鞋，紫色白色的搭配使她又像栀子花样清雅起来。可今天她的栀子花香是熏给她的同学莫小虎的，她和楚明山水园里的风含情水含笑一段时光已经快被她忘得干干净净了。她是个事业心极强的人，又是个视女儿为生命的人，她又给楚明安排了翠花这个可以陪着唠嗑的同龄人，她认为她可以不用负罪她没有兑现到最后的，"会爱楚明爱到不能呼吸"那样的盟誓了。

在各怀心事的等待里，大鸟一样的飞机从大洋彼岸出现在了省城机场上方的蓝天中，一点一点从高空往地面降落。飞机里坐着的莫小虎已经是中年男子的模样，但他不显老，他的身上仿佛总有种将门虎子的飒飒英气。他白皙的国字脸稍微硬朗了些，青春时期皮肤的婴儿肥状态变换成紧实的肌肉，但他的着装一如既往沿袭着休闲的习惯，他也像程小程那样，把今天的十年归国当作仪式，所以他穿了和程小程同学时候那样的着装—白色休闲 T 恤，浅色牛仔裤，运动鞋，但质量都比上学高出几个档次，都是美国的名牌。

"小程会来接机吗？"归国使一切记忆卷土重来，其实是因为从未忘记。莫小虎坐在逐渐降落的飞机舱里，望着窗外大团大团仿佛可以抓来吃的白云朵，想象着十年后程小程的样子，微双的眼睛里蓄了泪。"原来，还是会回来，还是会回来。"可是，十年后归国回来的莫小虎却再不是和程小程一样的专业了，他原本要和程小程的一生都要保持一致吻合的计划在他踏上异国他乡的那一刻，在他恨死程小程的那一刻，在他父母无穷的殷殷期望里，他终于子承父业，选择了留学时期那枯燥而具有挑战性的医学专业，成为了一名医生。美国在世界上的医学最发达，失之东隅收之桑榆，无论有多少的不愿回首，莫小虎成为了医生都是他一生不可多得的骄傲，虽然这骄傲感也是多年以后才越来越意识到的，但真的是他人生不可替代的一重骄傲。

"小程还在教学吗？"当一重一重的白云终于远离视线，飞机"咯噎"一声坐在地面，莫小虎知道飞机已经安全着陆，他已经满脑子都是程小程的身影了，他坐在机舱里等着别的乘客先起座离去，他逗留在最后一名乘客的位置，因为他已经开始心乱如麻。总以为十年的隔离可以见山是山见水是水的明澈，但事到临头才发现完全不是这回事。

十年，他故意不问程小程的一切，他以为他从走的那一天一定会终老在异乡他国，所以他才看起来是那样的狠心，连父母都伤心养儿等于没养。"小程嫁了什么样的人家呢？生了女儿还是男孩？程明叔叔文慧阿姨也是和我的父母一样见老了吧？"莫小虎再怎么迟迟着"近乡情更怯"，也还是要走下飞机了。他一步一步走到机舱门口，仰望了蓝天，又俯视了大地，然后把目光定定锁在了视线平着的范围。

"小虎，小虎，我们在这里，在这里！"慧娟率先看见了儿子，大声呼喊着儿子的名字，使劲摇撼着手中的接机牌。莫小虎看见了父母，同时也看见了父母身旁也在招着手的程小程，和她身边立着的一个老男人，齐齐的一排人，但没有他熟悉的文慧阿姨和程明叔叔。

他深吸了一口气，努力稳定情绪，微笑着朝这一排人快步走去。"儿子，妈妈可把你盼回来了……"慧娟又是一声呜咽，跑向前去提前迎接正往他们这里阔步走来的莫小虎。

"妈妈，不哭不哭了。"莫小虎看着60有余的妈妈衰老很多，年轻时就有点下坠的眼皮坠得更加厉害，成了三角的形状，也掏出纸巾开始拭泪，同时帮母亲略略拭了脸上的泪，搀扶着母亲努力笑着继续往前走去。

莫亚辉也想上前提前迎住儿子，但他看了看程小程和楚明后，有点无措，他干着急地来回搓着两只大手，只得继续停留在原地。

莫小虎搀着及早迎住他的母亲走到了父亲和程小程的面前。

程小程早已泪流满面。

"小虎，回来了……"任是天地也阻止不住的泪水哽咽，手里的接机牌滑落在地，程小程把双手伸出去，想握住莫小虎的一双手。"小程，你来了……"同样是天地也阻不住的泪水哽咽，莫小虎撒开母亲的身子，伸出双手，向程小程的双手迎去。十年前，莫小虎也总是这样的习惯待程小程的；十年后他还是用自己一双有力的大手把程小程的双手拢在了一处，自己的大手变成了鼓包的花儿，而程小程的小手是那被他护着的娇嫩的花心。

"嗯，我来接你了……"程小程珠泪抛落继续哽咽道，她忘了身边的丈夫楚明在看着这一切，也忘了慧娟和莫亚辉也在看着这一切，莫小虎和她一样，也是天地间只剩他们二人存在的泪眼凝望着程小程一个人。

手一直被莫小虎拢着，程小程没有抽离，莫小虎也一手不撒地紧拢着，他们在朦胧的泪眼中痴痴而望，继续哽咽着流泪。十年，他们两个人眼中的彼此，从容貌上是没有一点的改观，除了更好看更顺眼；十年，他们彼此眼中的两个人，都在刹那间视过去的芥蒂如烟散去；他们痴痴而望，他们哽咽流泪，他们从今后不再天各一方，永远不再赌气地让两个人天各一方。

楚明一动不动直直站着，僵着笑的脸上有块老年斑越来越明显，他也还有着美男子的轮廓，但他再没有了活力四射的气息。老年人有许多可爱的，但老年一点都不可爱。"是他们这一代人的天下了……"楚明怅惘地在心里叹着，白皙的面孔和34岁同样白皙的莫小虎比起来，仿佛只剩下了干着的一张皮。

机场里每天都在上演离别或重逢，所以并没有多少人注意到程小程和莫小虎的十年重逢有多么与众不同，但慧娟和莫亚辉心里却是万般清楚这两个孩子十年后能把手握在一处是上苍积攒了多少的厚爱慈悲才到来的。"原本多么般配的一双人……"慧娟夫妇同时朝一处想着。"这才像正常的夫妻啊……"一直僵着笑的楚明心里五味杂陈，五味杂陈的时候，渐渐想到和他年龄相当而没有享福到老的离世的妻，他望着程小程绑得高高的大卷的马尾辫，连他自己都觉得当年他们的相爱过于传奇，而传奇故事的美往往昙花一现，艳压天下却不能长久。楚明在这样的场合失了势，而失势的人也很容易地就多了感想多了心。

慢慢地，莫亚辉和慧娟从儿归这一刹那糊涂着的幸福里清醒过来，他们意识到了楚明的存在，或者说是意识到了楚明一直僵站着一言不发，这才想到程小程已经是嫁为人妇的程小程了，夫妻赶忙上前分开了他们握在一处的手，并且把莫小虎带到楚明的面前道："小虎，这是和小程一家的你楚明大哥，叫楚明大哥好。"

"什么？"莫小虎惊骇道。"小虎，你爸爸妈妈说的对，我和小程一家，你这个老同学很意外吧？"彼时，楚明沉着冷静老道的优势骤然上翻，他解释性地一笑，呵呵着伸出大手，他妻子的手刚才被眼前的这个男子握在手动弹不得，现在楚明大手一伸，极为老道地把莫小虎的双手从外围盖住，使这个34岁的年轻人也一时间动弹不得，只得接受他有力的一握。

莫小虎运转着跑到摩天轮上的大脑，脱口而出道："爸爸妈妈，怎么不见程明叔叔文慧阿姨呢？""小虎……"程小程又开始哽咽。"哦，这个回去说，这个回去说！"不待其他人发话，楚明立刻这样裁决道。程小程又吸了一下鼻子，咽下了想说的话。

莫小虎看父母神色也不对起来，他停止了追问，把手从楚明手里用力一缩，抽出来道："那我们走吧。"

是楚明提议的开一辆车子去接机，开着他们家的新换的银灰色的宝马，他主动担了司机的角色，扣上安全带的那一刻，他恢复了执政时的力量和威望。接到了妻子年轻时候的同学，他仍然担着司机的角色，在上车的时候，他朝着程小程道："小程，让你叔叔阿姨和小虎坐一处叙旧，你坐副驾驶的位置好吧？"程小程理解性地一笑，道："嗯，我知道的。"她已经恢复了清醒，恢复清醒的她坐到了丈夫身边的位置，但她知道，莫小虎微双有神的一双眼睛正穿透她的五脏六腑朝她看来。

"小程，来，系上安全带。"楚明说着就迅速把安全带攀在程小程的身上，并替她合上了锁扣。阔而白苍的水泥大道向小城延伸着，楚明两眼紧盯前方，像是很专注地开着车子什么都没想，但他把车子也开得过于快了些，不免有点赌气的成分在内。

程小程缩住了嘴巴不再多说话，路两旁有大片的田地睁着眼睛，大片的田地里有收割机刚刚收割完的半尺高的麦茬子竖在那里，放眼望去，一大片白苍苍的，扎着人的眼睛，也扎着人的心灵。莫小虎也开始陷入了长时间的沉默，唯有慧娟时不时指点给他看一些这十年来中国城市与农村的变化。

莫亚辉坐在靠边的位置，他腾腾身子，让妻子和儿子显得更亲密些，竭力给他们创造说话的空间，因为除此之外，他也不知道说什么才是对的。他是能把性命舍给儿子莫小虎的父亲，但从一个男人的角度，他又十分地理解并同情着和他年龄差不多大的楚明今天的处境。"女人如衣服，兄弟如手足。"虽然莫亚辉和楚明从前不是兄弟，但他们这一刻从心里成为了心照不宣的兄弟。

49

去接机的时候，楚明说要为莫小虎安排接风宴。他失去了在位置上的权力，但他经济上的条件并不差，何况程小程的钱也是一辈子都花不完的宽裕。征求了莫小虎父母的意见后，他采纳了他们的意见，先让莫小虎哪里也不去，好好地在回来的第一天晚上边休息边和父母叙旧。程小程也是这样的想法，她知道她的现状会让莫小虎大大地吃上一惊，还知道莫小虎的父母会把自己父母接二连三地去世说给他听，甚至前几年小城对她风言风语的谣传也会略略地再提上一半句。

是红尘这口锅里油煎过的人了，对一切即将发生的事情都有点未卜先知的能力。事实上这个莫小虎归来的夜晚也没超出程小程想象中的安排。

莫小虎听着父母交替着的讲述，他的脸上现出腾腾杀机，莫亚辉夫妇仿佛看出儿子在为程小程的痛苦命运悲痛万分又怒气冲冲着，叹口气道："你也不必生这么大气，你看小程现在过得多好，他们的女儿也五六岁了，那刘峰也是早已判了刑在监狱里正改过自新着，你就不要那么为她考虑太多了。""改过自新？！哼！狗是改不掉吃屎的习惯的！"回到中国的小城，莫小虎就熟门熟路拾起了小城的惯用语，他愤怒道。

"我看楚明也不是什么好东西！一大把年纪的老不正经，肯定是把小程哄骗到手的！"虽然当年程小程也是因为一个父亲级的男人拒绝掉他的，但他不嫉恨她的亲生父亲，也不觉得她父亲下流不堪，可搁到如今程小程嫁着的这个父亲级的男人身上，莫小虎就觉得楚明是个罪不可赦的老色狼！于是提到楚明，他就开始骂骂咧咧道。

"小虎！"莫亚辉呵斥住他，"老子可警告你！现在小程可是楚明的老婆！你乖乖地赶紧找个中国老婆成亲，我和你妈等着抱孙子呢，你总不能让我和你妈死了也闭不上眼睛吧！""是啊是啊，小虎，你看你已经34了，过去的十年咱就当是场噩梦，这以后好了，你成了妈妈喜欢的医生，听妈妈的话，赶紧成家好吧？再不要去打小程的主意了，再说她有了孩子，她就是同意我和你爸爸也不同意你们再走到一处的。"慧娟干脆把话挑明道。

莫小虎哈了一口气，闭上眼睛道："爸，妈，我知道了，我想早睡了，你们也早点休息吧，为了接我回来，也折腾这么几天了。"莫小虎说的不假，打从知道他决意彻底回国那天起，他们两口子就没睡过完整的觉，他们知道儿子在美国的婚姻一定发生了什么，但他们问的时候莫小虎"不要你们管"就挡他们了个干干净净。"哎呀，不管怎样回来就好，回来就好。"他们夫妇都有种老天终于开眼开恩的惊喜，所以他们一直兴奋激动到莫小虎真的再次睡到自家床上的这个晚上。就连白天飞机场里站到他们面前的时候还是担忧万分，怕儿子再乘着大白鹅样的飞机又一气之下呜呜着去到另一处陌生遥远的地方，他们可是再也禁不住吓的60多岁的老人呀！

简单吃点母亲一直在电饭锅里煲着的绿豆粥，莫小虎略微清洗后走进卧室，把父母擦拭得干干净净的挂式空调调到了较低的温度，带上门，使小小的空间像冰箱一样冰冰他。6月的小城，并不太热，但莫小虎今夜需要把自己冰到冰箱一样的空间里，使自己成为一尾冰箱里的鱼。不然他会蹦跳到另外的空间，把自己折磨死。采用特殊材质制成的海蓝的帘子挂在窗子里边的白墙上，床头乙字形的台灯发出强烈的亮光，他是个又恢复到单身的男人，他的卧室自然被父母又设置成单身男人那样的硬线条。"担心我吗？担心我会在磅礴的柔和灯光里彻夜念叨程小程？还是担心我对自己失败婚姻的回忆？如果我的婚姻是失败的，程小程的婚姻也不见得如她愿的是一场倾城之恋吧？"莫小虎回忆着他双手拢着程小程两只手的镜头，陷入更多的沉思里去，他竟然没有过多为程小程早逝的父母难过，那终究不是和他直接有相关干系的人，莫小虎的心始终还是围绕着程小程在来来去去地转着。

今夜是十五，大白的圆月亮像玉盘似的高悬在碧蓝的天幕。"十五的月亮十六圆，所以今晚不是我和小程团圆叙旧的日子。"莫小虎躺在床上，一点一点忆起他和程小程的同窗岁月来。

程小程这方也是一时空的萧然在蔓延。

楚明程小程到家后，发现女儿安安已经睡下了，才晚上八点多的光景，安安竟然这么早睡着了。程小程轻手轻脚走到安安的小卧室，又轻手轻脚扭亮粉荷色的小台灯，看着睡着的安安。

"小程"，翠花走进来轻声喊她道。程小程朝翠花摆摆手，又满目慈爱地看起女儿来。一点一点看着的时候，发现安安的鼻翼处有道若隐若无的划痕，一看就像是小朋友斗架的"战果"。"怎么？"程小程面着翠花皱起了眉头轻声问道。翠花就又朝她示意了一下，她轻轻带上房门，坐进沙发里，等翠花给她说事情的原委。

是个和她一样大的小女孩抓伤她的，小女孩歪着头说安安的爸爸是爷爷，还主动上手抓挠她的小脸蛋，老师已经批评了肇事的小家伙，但安安到底受了伤。"没问老师安安的反应吗？"想不到半天不在家，就闹出了这样的意外来，程小程有点忍不住生气道。"老师说安安不哭也不闹，也没有还手，就是静静站着不说话。"翠花把老师解释的话学给程小程听。"不行，得让安安知道还手保护自己！"程小程疼女心切，不禁有点恨恨道。

"哦？你们在聊什么？说安安吗？安安怎么了？"穿着日式睡衣从卫生间走出来的楚明一边拿毛巾擦着洗过的头发，一边看着程小程和翠花发问道。程小程就有点生气地把事情避开真实的原委重述了一遍，在重述的过程中，她仿佛看到安安小小年纪就生出来的那往高处飞升着的不屑人间纷争的模样，程小程心里疼痛无措。"怎么生出这样的女儿来！"随着安安一天天长大，程小程总把安安和《百年孤独》里抓着雪白床单飞天的雷梅黛丝联想在一处。

"小孩子家发生这样的事情很正常，安安吃点亏以后就好了。"楚明从一个父亲的角度阐明这样事情的观点道。"楚明，你可不许这样教育安安，不还手怎么好呢？永远受欺负的！"程小程好像今晚火气特别大，特别不像她本来的样子，楚明知道这不是全因为女儿安安的缘故。

楚明从决定结婚起就拿好了架子要让程小程到底的，所以她的话即便在他听来这样的违背常理，他也不去吵她，只管继续用毛巾擦着头上的湿头发呵呵笑着。翠花眼尖，已经嗅出了这房间里暗流着的不愉快不和谐，赶忙赔着笑脸道："都怪我都怪我，说不定早点去接安安就没这档子事了。"虽然她知道安安不是放学受的伤，但她愿意把这个责任担在自己身上，安安几岁，她就在他们家待了多少年，已经是亲人样的不能分了，她可不想让他们夫妇有什么不愉快的间隙。

程小程也意识到刚才对楚明说话语气有点重了些，就缓和语气道："那你先进房休息吧，吹风机我放在衣物间了。"楚明去衣物间吹湿头发，程小程去卫生间洗澡，一寸一寸洗着光洁年轻的肌体，颀长的镜子里雾里看花似的现出她依然亭亭玉立着的身子，她鬼神神差想到了看起来异常紧实的莫小虎，好像她和莫小虎从没经历过不愉快的那一段。她是早已没了恋父情结，她现在喜欢和她一样的年轻有活力的人，所以楚明再怎么劝慰她，她还是年年担着烦琐的班主任工作，为的就是和年轻有活力的孩子们多多地待在一处。

吹干头发躺到床上去的楚明又在等她，最近总是三番五次地缠着她不睡觉，老年人瞌睡少，程小程又发现了这一点。

可是程小程今天也特别的发烦不愿意配合，楚明也不生气发作，但就是不依不饶非要缠她一下再睡去。"乖，"楚明熄了灯，喃喃细语着去吻妻子年轻的身体。楚明其实是个一点儿也不令人讨厌的男人，他一寸一寸温柔吃着程小程的肌肤，程小程有点招架不住地身子痒酥酥起来，她好像在最初的不愿意后迅速进入了愿意享受的状态，她主动把楚明牵到自己身上来，楚明温柔待着她的时候，她秘而不宣地把楚明的身子想成了年轻的莫小虎。事后，她羞愧着责备自己罪该万死，可后来在一次次罪该万死的自责里，她习惯了这样的臆想。楚明以为她恢复到了头两年的温柔如水，越发地享受起老年的艳福来。

50

　　归国回来的莫小虎进了父母当年工作过的医院—小城古老又有权威的医院，术业有专攻，他在美国转学的医学知识在自己祖国的大地上遇上了更好的实践舞台，不消几日，因为几个高难度手术近乎完美的成功，莫小虎迅速声名大震，因病要做手术的人宁可多耽搁几日，也非要点着他的名字要他做才罢休。莫小虎高高盖住了父亲当年的风头，他的父亲当年被誉为"外科一把刀"，年纪轻轻的他却被早早誉为了外科的"神刀手"。

　　这天上午上班没多久，他坐在能来回旋转滑动的转椅上，正垂着头给病人开检查项目，去年分进来的在中医内科上班的研究生月芳就又提着一罐子东西轻手轻脚走进来，莫小虎听见响动，抬头一看又是这个二十七八岁的年轻姑娘来给他送早餐，笑着指了指一旁的椅子示意她先坐下。月芳抱着罐子坐了下来，眼睛却一眨不眨瞅着正开单子的莫小虎，弯月样的细眯眼睛狭着无穷无尽的笑意。她叫月芳真是名副其实，眼睛像两弯初月的月亮，却面若银盆，大牡丹花似的芬芳艳丽。

　　是她第一时间主动接触莫小虎的，她的理由是要拜师学艺，好好向从发达国度留学归来的海派医生学习更多的先进经验，也好使自己的业务能力更为精进。那时候莫小虎摊着两只手笑道："No，no，no，我是外科，你是中医内科，不同路的！"他在西方十年，也习惯性地说起话来就忍不住有摊手的动作，yes，no，why等几个常用单词夹杂在汉语中来回混搭使用着，不是有意为之，完全是习惯的问题，要想使他彻头彻尾地中国化，还得一段时间的过度回归。可那时候月芳却笑着坚持道："殊途同归嘛，都是救死扶伤的嘛！"月芳性格开朗活泼，所以她一眼相中莫小虎后，就相当主动不避人眼目地追求起莫小虎来，因为她也第一时间打听出了莫小虎目前是可贵的单身男神。

　　莫小虎虽然对月芳是毫不起意，但月芳的性格很使人喜欢，是那种可以拍着肩头当作好哥们的最佳人选，所以莫小虎也没虎着脸杜绝她时不时带早餐给自己吃。

　　回到故土，味觉就被勾引得鲜浓起来，小城早上的咸甜豆腐脑，杂着蕾香的南瓜丝菜馍，大圆的手工油饼都让他回来的这些日子选择不在家吃早餐。月芳及早操了心，所以她探听出了他的喜好，告诉他要天天带这样的早餐给他吃，还说他要是事先吃过，她还是要带给他吃，要他看着办。

月芳弯月样的眼睛狭满笑的时候，很难不掉进她的真诚友善里去的。莫小虎笑着婉辞不掉的时候，也就依了她，因为当她是可以拍着肩膀一起去嗨歌的好哥们。

现在，莫小虎开完了单子，露着职业的笑递给了病人道："好！你现在可以去做检查了！检查完毕，把检查结果带过来给我！"那病人是一脸佩服敬仰地看他到了这一刻，接过单子，立刻感激笑道："谢谢莫医生！谢谢莫医生！"他走了出去，莫小虎的助手也借故去卫生间暂时走了出去，月芳知道马上就会有更多的病人一拨拨到来，所以赶忙趁着这个间隙站起来把罐子递给莫小虎道："赶紧吃吧，今天是咸豆腐脑加手工油馍，我去老李家买的，排了很久的队呢！我也要去忙了，不然会受主任批评的！"月芳吐了一下舌头，两弯月亮眼更是笑意十足的可爱可亲，莫小虎内心相当轻松，不像面着程小程的时候，情感总是像湿了水的海绵样重重地滴着水。但莫小虎也很清楚，他最终要的，还是那样沉甸甸的哪怕吃力些的沉重。

"几天没见小程了……"莫小虎送走月芳后，迅速吃着月芳送的早餐，心里却是无尽无休地念叨起程小程的名字来。

"莫医生。"助手走了进来道。莫小虎知道已经有不少病人在外面等着他看病了，所以他又迅速放下早餐，以严谨的职业精神投入了一天真正工作的流程中去。他刚才开单子的第一个病人和他来的同样都比上班时间早了几分钟，所以那时候算不得真正的上班，但现在是八点后的正式工作时间了，他不允许自己再做和工作不相干的事，所以月芳今天送的早餐他吃的不到三分之一。

听说自己工作过的医院有月芳这样一个姑娘，慧娟夫妇是祈祷带规劝地想要促成儿子和月芳的这件好事，免去他们所有的后顾之忧。慧娟借故回了趟医院，不动声色探看了月芳，回来的路上就开始迫不及待给自己的丈夫打电话道："老莫啊，今晚小虎回来你这个当父亲的可得拿出你的权威来，那月芳一看就是个载福的姑娘，虽然家在外地，但咱们家什么都不缺，你要好好地劝你儿子答应啊。"知子莫如父，接听着妻子电话的莫亚辉机械性地点着头连声道："好好好"，但他心里知道，他是很难说到儿子心里去的。

傍晚，莫小虎换下白大褂，准备开车回家去。月芳悄悄掩了进来，有点羞赧地样子请求他道："莫医生，今晚……""哦？今晚什么？"莫小虎排着一口整齐的白牙齿，笑着明知故问道。"莫医生，我想请你喝茶，顺便请教你些工作上的问题。"月芳恢复了往常活泼的样子，弯着月牙样的眼睛直视莫小虎道。这样好性格的姑娘，莫小虎是不忍拒绝陪她吃顿饭喝个茶的，但今晚不行，下班前他已经告知程小程，他要去看安安。自从第一次见过安安，他就和这个小姑娘结下了不解之缘，安安喜欢他喜欢得厉害，他也当安安是不可割舍的一部分，仿佛这样能减少一些疼痛似的，因为他听闻程小程这十年的变故磨难后，一直不能从自责的疼痛里走出来，他认为程小程所有的不幸都是从他赌气离开祖国那天开始的，并且，他这样自然的和安安接近，也不觉得冒犯了安安的亲生父亲什么，安安快乐成长，他觉得是相当重要的事情。

所以，他看着月芳的眼睛歉疚微笑道："月芳，改天我请你，早说要请你喝茶了，隔三岔五能吃到你带的早餐，已经欠你好多情意了。"莫小虎的声音谦和而坚决。"你今晚有事呀？"月芳也排着整齐的白牙笑问道。"哦，我同学的女儿，我要带她去玩一下的，很乖的一个小姑娘。"莫小虎道。

"他同学的女儿？他要带她玩？他同学单身？还是他们……"听了莫小虎的回答，月芳笑还是笑着，心里却万般不是滋味来，她忘了莫小虎并没有说是男同学女同学，但以女人的直觉和敏感，月芳断定肯定是个女同学，还是个相当有魅力的女同学，她不再吭声，僵着一脸的笑走了出去。

莫小虎摇摇头，也走出了办公室，下了楼。不多时，就发动了车子，转向小城最大的超市驶去。

上次他去程小程家陪安安玩会哭闹的洋娃娃时，安安说她想玩会满地板跑动的小车，莫小虎知道安安说的是那种电动玩具车，所以他去超市买电动玩具车带给安安玩。

"先生，想要哪种玩具？"服务生热情跟着徘徊在玩具展台的莫小虎，殷勤问道。"哦，让我看看再定。"莫小虎一个玩具一个玩具细看下去，有天使一样飞着翅膀的洋娃娃，有惟妙惟肖的各种绒球动物，还有男孩子喜欢玩的刀枪棍棒玩具系列。莫小虎走到男孩的玩具柜那里去，服务生跟了过来道："先生家是个儿子吧？看来先生也是很疼儿子的父亲，我们这里的玩具不管是质量还是性能，都是小城数得着的，先生看想要哪款？"听着服务生的殷切之语，莫小虎心里升起一阵温暖的感动。"小程，安安虽然不是我的孩子，但我会一直像父亲一样疼爱她的，一直会的……"立了秋又过了秋后一伏的天，温度一点点降着，从燥热到了温暖，像他今天的性子，是人到中年后的温和中的坚定。

　　最后，他买了性能最好的电动玩具车和安安最爱吃的奶酪，又买了程小程一家人都可以吃的食物，给父母拨了电话后向程小程家驶去。是莫亚辉接的电话，"喂，我说慧娟，你看这？"莫亚辉摊着手里的手机，一脸无奈地叫慧娟过来看。慧娟踏着小碎步子朝丈夫身边走来，上下打量了丈夫道："让我看什么？"一副莫名其妙的样子。"小虎又去小程家了，我怕这样下去，那老楚没有意见才怪呢！"莫亚辉道。"他有意见能咋着？我们家小虎又没做错什么！"慧娟立刻护着儿子道。不过，这只是一刹那做母亲都会有的反应，瞬间她就叮嘱丈夫道，"等小虎回来，我交代你月芳的事你可得好好和小虎谈！我可不想小虎再出什么岔子！"

　　"是该软硬兼施让小虎成家了……"他们夫妻想到了一处，等着莫小虎从程小程家回来好好和他谈谈。

51

　　"安安，你看谁来了？"程小程开了门后就转身朝沙发上正偎在楚明身边看图画书的楚安安笑道。"小虎叔叔小虎叔叔……"一看是她喜欢的人，楚安安就一下子从沙发上退下地，离了楚明，撒着手奶声奶气着朝门口的莫小虎奔去。莫小虎早已搁下东西，伸开双臂等着这个小人的到来，所以安安离他还有几步远的时候，他就一把把安安揽进自己的大怀抱里，并把她高高举了起来搁了一阵子，安安咯咯的笑声像摇动的银铃铛在一屋子回荡，这是安安在任何人那里都不会发出的笑声，响亮得和平时总是矜持着的笑判若两人。"哦，小虎来了。"楚明不得不站起来，微笑着表示欢迎。

　　他们家这晚的晚饭是程小程特意交代过的，吃烙馍卷各色小菜，因为莫小虎归国后，对家乡的传统饭菜补偿性似的吃不够。厨房里一张一张烙着馍的翠花听见了莫小虎进门的声音，她推开厨房的推拉门，目光朝客厅张了张，她看见楚明勉强而笑的样子，心里一阵温柔的牵痛，她是一直站在楚明的立场说话的，现在，她的立场更坚决了。他们是同龄人，她心里的天平不由自主偏向了同龄人这里，所以她招待莫小虎的时候是敷衍了事的，像风里树上的叶子，漫不经心飘着待看不看的样子。

"翠花阿姨，晚饭好了吗？"别过举着安安的莫小虎，程小程迅速向厨房这里走来，经过楚明面前时，好像没看到勉强站着的楚明似的，只管张着身子探问着厨房里的情况。

其实是楚明小小地冤枉了她，但楚明总觉得她不见得心里没有一丝微波荡漾，在感情的世界，他变得小心眼起来，不像他在工作时候的为人。"好了好了。"翠花没那事似的欢快应答着，却把自认为烙得最成功的几张馍从筐子里拿了出来，偷偷给楚明留在了厨房。

莫小虎一直抱着安安到了餐桌旁，安安吃饭的时候也非要偎着他，他也不避嫌地哄着安安比赛着吃饭。因为当莫小虎是客人，程小程的热情自然就多了些，杏子眼光亮光亮的，衬着鹅蛋形的一张脸，又衬着随意扎着的半握着的马尾辫，是少妇的年龄还保存着少女心的蛊惑人心。

翠花偷眼观察着几个人的动静，看楚明鬓角的白发不知怎么又没染，越发两鬓苍苍的显老，她的打抱不平之心就更浓了些，突然的就爽朗笑道："这下安安有莫叔叔玩了，我们家先生和太太也可以好好休闲一阵子了，我看过几天出去度假的时候干脆把安安撇家里留给她小虎叔叔带得了，先生和太太可以好好待一处玩玩。"翠花一口一句先生太太叫着，又故意地把程小程和楚明较为和谐的地方夸大其词渲染了几处，楚明呵呵笑着表示认可，程小程听出了翠花话里的话，又气又笑道："翠花姨，吃饭吧，小心别呛着。"

并且，她心里已经做了决定，取消前两天的度假安排，她马上就要开学上班了，不想紧赶紧地把自己弄得太疲累，本来她也不怎么爱旅游，又加上这两天安安突然流了两次鼻血，于是她吃着饭的时候就决定道："我看今年就不带安安去度假了，这几天是不是吃了冰淇淋的缘故，还动不动流鼻血，你看这样安排行不行？"程小程转过脸征求楚明的意见道。楚明知道程小程的脾气，她这样说着的时候其实已经自己做了裁决，所以他根本没有置喙辩驳的必要，更不想让莫小虎看出他和程小程之间的不够情深，就笑着道："听太太的就是了。"往常很少太太先生这样称呼着，今天翠花和楚明却频繁使用着这个称呼，仿佛提醒莫小虎，程小程是楚明先生的太太似的。

但翠花还是为计划的搁浅有些替楚明难过，她默默卷了一卷烙馍递给了楚明，楚明感激地看了她一眼，低着头吃起来。翠花又偷眼打量着莫小虎的样子，平心而论，她也不讨厌这个剑眉星目的男子，甚至也觉得他和程小程才是相配的一家人，但小程已经是楚明的太太了呀，在她的观念里，程小程是不作兴有任何出格的地方，哪怕思想上的出格也是不地道的。

"安安，要把粥喝掉的，喝掉粥叔叔才继续带你玩哟！"莫小虎像是养过孩子似的，哄着安安把一碗雪梨小米粥喝了个底朝天。与此同时，他也吃饱了肚子，就把安安从凳子上掬下来，突然想起什么似的一连串问道："小程刚才说什么？安安流鼻血？什么原因？有没有喂她吃上火的食物？"楚明嫌他职业病过度，小题大做，于是淡然道："安安没有事的，可能学前班的饭菜里搁了辣椒，上火的缘故。"

"小程，你明天带安安来医院，我给她做个详细的检查，小孩子流鼻血不可大意。"莫小虎抓着安安的手有点起急叮嘱道。"嗯，我知道了，明天我和楚明带安安过去找你，你真吃好饭了吗？"程小程道。"吃好了吃好了，我现在带安安去玩，你们慢慢吃啊。"莫小虎道，听说话的样子好像他是这家里的主人，是楚安安的父亲似的。

程小程怕楚明多心，先看了看楚明的神色，又扭头对莫小虎道："那可真是闹腾你了呀小虎，改天让楚明请你喝茶！"程小程故意把语气放得公事公办些，她认为这样既安抚了楚明的心，又变相着在楚明那里护住了莫小虎，她自己呢，心里却异常清楚，楚明的胡思乱想并非没有丁点道理。

"安安，来，我们去你的小卧室玩好不好？"莫小虎掬着安安来回轻轻摇撼她道。"让安安想一想……"楚安安歪着脑袋，圆睁着黑漆漆的眼珠像模像样寻思着。寻思几秒钟后，就拍着小手裁决道："就这样决定了，小虎叔叔带安安到安安的小卧室玩叭叭车咯……"莫小虎轻轻点了一下她的小鼻子，把她掬到了她的小卧室，仔细取出他买来的电动玩具车，一点一点拆出来给安安看。

安安的卧室不时传出来欢乐的呼声，有莫小虎的，有楚安安的，就像是一对父女在快乐地玩耍。"我小时候也是这样和父亲玩耍的吗？"不知怎么，程小程突然想到了自己的父亲和自己的小时候，可能是秋天来临的缘故，这些日子，她动不动有悲秋之感。

莫小虎走后，程小程楚明夫妇第一次起了争执，是为安安流鼻血要不要做检查的事。"我看他完全就是职业敏感过度！"楚明毫不客气道。"楚明，不管怎么样，安安流鼻血是真实发生的事情，检查一下总会使人放心的不是吗？"

程小程尽量耐着性子不把莫小虎掺和进来，虽然她知道楚明的火是冲着莫小虎来的。"要去你带安安去！我不去！"楚明态度强硬道。

他们夫妇的床头搁着一本贾平凹的《废都》，程小程突然对其中的一个章节起了深深的厌倦感，她决定不再陪着楚明讨论这本书的优劣，她想次日她一个人带安安去做检查。看程小程有点疲倦着再不想多说话的样子，楚明心里软了起来，他暗暗责怪自己道："不是说了要永远让着小程吗？自己大她这么多年是白大的吗？"他的眼角有点湿润，走到程小程跟前，把她的头揽向自己的胸口，把自己的下巴低着抵到程小程的脑袋上半天不说话。"楚明，你放心，我们会好好的。"程小程知道他担心什么，喃喃着给他吃定心丸道。

楚明扳起她的头，俯身去吻她这么多年也没怎么改变的栀子花样的脸蛋，程小程闭着眼睛迎上去，任楚明开始一点一点从上到下亲吻她。两根带子吊着的睡衣滑落在地，楚明把她抱到床上，顺手熄了灯，像一只来回逡巡着的动物样寻找着她。楚明的手去摸他熟悉的地方，程小程一直微闭着双目，她努力配合她热切向往过的父亲样的楚明，任他松软的肌肤贴在自己紧实的肌肤上竭尽全力胶合着。

"哎哟……你轻一点……"楚明咬了她，程小程轻轻哎哟了一声，叮嘱楚明道。楚明不说话，继续一口一口吃下去，不管怎样，他现在是程小程真正的主人，他没有理由不去放恣，这一刹那，他是想怎么样就怎么样的自由。

52

"小虎，我和你妈妈有话要对你说。"莫亚辉叫住了洗完澡准备睡去的儿子，示意莫小虎坐下来说话。莫小虎摊摊手，就笑着坐在了父母身旁，等着60多岁的父母发话。"小虎，直接告诉你吧，你妈妈今天去医院偷看了那个对你有好感的月芳姑娘，相当满意呢！你妈妈说医院同事对那姑娘评价也不错，希望你能认真考虑下你的婚姻问题。"莫亚辉直接切入正题道。

"小虎，不是妈妈说你，你这样经常去小程家对你对小程的影响都很不好，你别看那楚明不吱声，像他这样从领导位置退下来的人，城府深着呢！"慧娟紧接道。

"妈！"莫小虎有点生气辩驳道，"我是去陪安安玩的，安安好像和她爸爸有隔阂。""你看你看，这问题不是出来了吗？安安是楚明和小程的孩子，要你去操那么多心干吗！"慧娟也提高了声音道。

"小虎啊，不管怎样，你妈妈说的是有道理的，毕竟你和小程不同于十年前的身份了，是要避些嫌疑的。"莫亚辉尽量保持温和的声音道。

"好了爸爸妈妈，我会考虑你们意见的，现在可以休息了吧？"莫小虎想早早从这件事情里抽离出来，故意伸了一下懒腰，显出有点疲惫的声音回道。

"反正你自己好好考虑考虑！以前你和珍妮的事妈妈鞭长莫及，现在你回来了，妈妈肯定会管你的婚姻大事的！妈妈还急着抱孙子呢！"60多岁的慧娟也开始了老年人的絮絮叨叨，一句话重复着说来说去。

"好了好了，让小虎去休息吧，咱儿子哪有不听咱们话的道理？小虎从小都一直很乖的。"莫亚辉怕妻子说得多了反而适得其反，就从中打了圆场道。

莫小虎站起来，别过父母，朝自己的卧室走去。也没开灯，摸黑躺上了床，反正他单身，想怎样睡就可以怎样睡。可是，黑夜里的他，心里一清二楚知道自己不会很快睡着，他眼前仿佛过着电影一个又一个的镜头，使他走进了很多往事的回忆，他闭着眼睛任过往的镜头泛滥成灾。

在他过往的生命里，父母生养了他，学校老师培养了他，珍妮得到了他身体上最美好最珍贵的几年，但这些和程小程在他生命里的八年比起来，竟然如同轻烟样轻飘。"我白眼狼吗？"莫小虎想到自己竟然把程小程看得比父母重，这样追问着自己。"不，他们是没有可比性的，我不是白眼狼……"莫小虎瞬间就知道自己拿着父母和程小程比是很愚蠢的事，因为他对父母的感情和对程小程的感情根本不是一码事，没有任何的可比性。"那么，我真的是不再对程小程有一丝感情上的向往了吗？我真的是因为陪安安玩才去他们家的吗？"莫小虎追问自己在这上面的情感时，几乎弹指就破了，他看见他那几乎赤裸在外的心的原野上全是写着程小程名字的卡片，一张张地重叠交错着，满满地盖着他心灵的沃野。以为风能吹走吗？吹走了一张，就有新的一张飞了进来。以为雨能泡烂吗？浸淫了一张，也迅速会有新的一张从下面冒生出来，是那变幻无穷的魔术，是怎么样都不能消去的一张张程小程的名字，程小程的面孔，程小程的心灵，程小程的一切的一切……

"小程，你幸福吗？"像是把程小程牵到了他跟前，在黑夜里他这样追问着她，她也迟迟地不回答。"小程，你找到你的父女绝世倾城恋了吗？"他又进一步追问她，她还是迟迟不回答，可是却有"啪嗒"的一滴泪重重落在他正牵着她的手背上。

"小程，你没有找到你想要的幸福……"程小程薄雾轻愁的杏子眼在他眼前滚过，他低低呻吟道。

但莫小虎又很清楚程小程的性格，她不会为了自己梦想的破灭转头扑向他的怀抱，也不会为了发现自己感情的真相而离开她现在的丈夫，就是没有安安她也不会这样去伤害楚明的，她当年对他这个莫小虎的伤害其实算不上伤害，因为她从来没有承诺过他莫小虎什么……

莫小虎决定次日试着和月芳进行近距离的接触，为了父母的幸福，也为了小程不生活在蓦然惊醒却再也无奈的痛楚里，莫小虎决意牺牲自己对程小程的感情，成全周遭人的心愿。"就这样看着小程也好，看着安安也好，像个亲人样去望着，去呵护着，去陪伴着，在她们需要的时候，自己第一个站出来……"

莫小虎这样反复想着的时候，慢慢睡去了，不过梦里的新娘子还是程小程，是没有生过孩子的程小程，他终于如释重负地笑了，他成了最幸福的新郎。

黑的夜，黑的房间，黑的嘶嘶梭梭流动着的无声的时间河，都一股脑走进了莫小虎这晚的梦里去了。

次日，楚明和程小程带着安安去医院做检查，莫小虎放下手头的一切工作，以谁都不能劝说的态度亲自参与到安安的检查流程里去。楚明还是认为小孩流几次鼻血就这样小题大做实在是使人啼笑皆非，他第一个孩子高原别说流鼻血了，什么彩没挂过？也没有这样步步惊心来医院做检查，不还是铁疙瘩一样地活到现在？楚明是不愿意莫小虎为他们家的事这样热心的，但他又实在从莫小虎的举止上找不到什么差错。"这个小子也不是省油的灯！"这是楚明心里对莫小虎的评价，什么都在走下坡路的人，很容易对盖过他的人就多了心。

莫小虎却是从职业的角度去看待安安流鼻血这件事的，太多的病例使他养成极为敏锐的职业习惯，比如他见安安第一眼就觉得这孩子白得不正常，因为脸上没有一丝小孩该有的红润，所以他听说安安流鼻血后心立刻紧缩起来。"上帝保佑！"西方国度里的很多人信仰基督教，他也跟着学会了在危急的事情上向上帝求救。程小程看莫小虎一脸严肃，心里开始紧缩起来，她眼里已经有了秋雨淋漓的担忧弥漫，她紧跟在莫小虎的身后不住发问着这样那样的担心，医院的消毒水味格外刺鼻，她微微呛咳了两声，一直被楚明抱在怀里的安安挣脱在地，扑到她身上帮她轻轻捶打着，小手握成的拳头是洁白的花苞，在程小程的眼中来回摇头，可是程小程多么希望安安的小手是粉嫩的颜色啊。

"安安真乖，安安是妈妈的乖宝宝！"莫小虎及时夸赞了安安的懂事。"来，安安，还让爸爸抱着你好不好？"楚明道。楚明纵然嫌莫小虎小题大做，但那是有私心的嫉妒，对他的宝贝女儿，他这个当父亲的自然是命都能舍给她的毫无保留爱着她。安安嘟着小嘴巴，黑漆漆的大眼睛翻看了一下妈妈程小程，又垂着头赖在程小程的跟前不愿意再走到爸爸楚明身边。忽然的，她张开一嘴的小米牙，向着莫小虎扑去，奶声奶气道："要小虎叔叔抱……"莫小虎赶紧伸开手臂，把栽向他的安安抱起来，不自主亲了她的小脸蛋，有点愧疚地安慰她道："安安乖，让爸爸抱好不好？叔叔要帮安安做事情，这会儿不能抱安安哦，等会安安做个坚强不哭的孩子，叔叔好好抱安安！"莫小虎边说边紧握拳头向安安保证道。

安安嘟着小嘴巴又回到了楚明的怀里，楚明的脸已经挂搭成了拖把上的布条子，他对莫小虎的戒心越发深了。

采安安血的时候，程小程别过脸，把眼睛闭得紧紧的。而安安却不哭不闹坐在楚明怀里，像针头不是扎她身上似的，只是脸色在隐隐的痉挛里更加白，白得像夜晚有种异样的白月亮，莫小虎心里的担忧更加强烈了。

安安采完血后，莫小虎对着程小程夫妇道："接下来的事情你们都不要再操心了，我会及时去查看结果，把详情打电话告诉你们的。"医院里的莫小虎，是职业观念极为严谨的医生，说话做事都像极了消毒水的味道，味道冲是冲了些，但冲得那么必要必须。"小虎，安安不会有事吧？"程小程已经把持不住地要落泪了，她从莫小虎的眼神里看出小孩流鼻血不是一般大人认为的那么简单，这个时候她万分相信莫小虎的每一句话每一丝表情。

"小程，安安不会有事的，有我在这里，你放心好了。"莫小虎归国后，简直看不得程小程一毫的痛苦，多一毫的痛苦都让他更加的有被如来压在五行山下的五百年的不能超生感。他努力微笑着安慰程小程道。"那莫医生，安安的事拜托你了，让你多费心了，回头我请你吃饭！"楚明称小虎为莫医生，用公事公办的语气道谢道。

"好，那你们路上当心点，我就不送你们了，下边病号还一直排队等着做检查！"莫小虎当是什么都没听出，笑着和他们夫妇挥手作别，提前下电梯向自己的科室走去。

　　楚明还是一路抱着安安，程小程不停用棉签替安安擦拭按压采血的针眼，血是早已不往外流了，可程小程觉得自己血流不止，所以她一直帮安安按压着下了电梯。到车上时，安安换到了程小程的怀里，楚明发动了车子，载着他们母女向家驶去。

53

　　一天后，莫小虎的眉毛拧在一处已经有半天的光景了，他上午半天的工作都是由助手来暂时负责的，而他却是在医院给他特意分的一间房子里眉头紧锁着。桌子上的一包烟剩下了空空的烟盒，烟灰缸里塞满了烟蒂子，房间开着冷气的空气里笼罩着烟雾呛人的味道。月芳几次来电，都被他不耐烦着挂掉了，若不是医院不让关机，他是早已把自己和世界切断一切联系了，最起码上午的半天他一个人也不要见一句话也不要听。

　　"小程，你的命怎么会是这样怎么会是这样啊？"莫小虎身上发冷心里却有满腔的热流往眼里灌去，他这个堂堂男儿到最后竟然无助地哭起来。"我该怎么告诉小程安安的病我该怎么告诉啊！老天，你要了我的命吧！"莫小虎一阵一阵呜咽着，把记忆中从未有过的流泪全部集中在了今天的这一刻。

　　即将6岁即将按程小程的心愿送去上一年级的楚安安，患上了白血病。

　　从西方医学很先进的国度留学归来的莫小虎心里明镜似的清楚，目前医学界并没有真正攻克"白血病"这个难关，最佳的"骨髓移植加免疫疗法"的治疗方案成功的概率也低得可怜，他这个被誉为治病救人的专家感觉到了人生莫大的讽刺与悲哀。

　　"小程，我拿什么来不让你再一次的撕心裂肺……不让你受这场凌迟之痛！"莫小虎连自己都没意识到，他心心念念牵挂着疼痛着怜惜着的人并不是患了白血病的楚安安，却是他第一眼看到就要娶为妻子至今还在为这个心愿挣扎不休的程小程！"我是个混蛋！我是个混蛋！我是个混蛋！"莫小虎拿拳头使劲捶起自己的脸来，"我怎么能赌气性地去娶珍妮为妻？！我怎么这么晚才想起我的祖国想起我的家乡才回到我的祖国？！老天，你这是在给我惩罚吗？！老天，你让程小程的痛都转到我身上来吧！我是男人，我能撑得住！"莫小虎把程小程今天所有的不幸与磨难都归结到了自己赌气离开的原因上，他认为如果这十年他没有离开程小程太远，程小程所有的磨难都会减少至一半，最不济还在单着，是绝对不会和楚明走到一起有了安安这样一个孩子的。

莫小虎是对错各占一半地理解着程小程造成今天命运的原因，他不知道程小程拗起来是个相当拗的人，像她的恋父情结，她父亲程明不在了也没有用，她是非得自己撞了南墙碰破头尝试了才罢休的那种性格。这是莫小虎最后娶到程小程为妻时才真正懂得的。

莫小虎拧灭了第二包烟的最后一根烟头，拨打了程小程的大丈夫、楚安安的老父亲——楚明的电话。"你是个男人，你就不能给我当狗熊！你就得把家给我撑起来！"莫小虎心里发狠道，但他没有把这狠话说出来，他说了别的话。

莫小虎约楚明夫妇晚上去一僻静处见面，且不要安安参加。"喂，小虎，你什么意思？有事情先在电话里说清楚不行吗？喂喂……"莫小虎提前挂了电话，手按着桌子，两只胳膊撑着健壮的身子，脸却埋得很低很低，"啪嗒"的一声响，他又有大滴的泪落在盖着玻璃的桌面上来了。

"楚明，是小虎的电话吗？"程小程听见动静，走到楚明身边轻轻问道。

"这个莫小虎，我看简直神经病，也不把话说清楚，就约我们晚上去见面，还不要带安安！这不，电话已经挂了！"楚明因为对莫小虎存了戒心，所以一脸不耐烦道。程小程心里已是"咯噎"一下子，还是有点瘦的身子突然起了一阵颤动，她颤着声音提醒楚明道："是不是安安的检查结果出来了……"

"啊？"楚明骤然惊醒道，"你看，我把这事都给忘了，我刚才态度有点急的，我现在赶紧再打电话过去！"

"不，楚明，不要打，不要打……"程小程的身子颤得更厉害了，像风中的叶子发出了窸窣声。"小程，你怎么了？"楚明看程小程栀子花样的面容一刹那破败不堪，惊骇问道。

程小程不搭话，就势歪在了他们旁边的一张供客人歇息的便床上，闭上了眼睛。然而，那泪水却像能冲破堤坝的激流似的，一排一排沿着密集的睫毛往外渗着，往外渗着。她34岁的生命经历太多的劫难，她对劫难有种精准的预感。

　　楚明取过收纳箱里的风油精，滴了两滴在手窝，用指肚研了研，轻轻点在了程小程的太阳穴两侧帮她按摩着，楚明心里也有了不祥的预感，好像他这几年拥有的一切都要慢慢生出翅膀，一点一点从他的生命里飞离出去。

　　儿子高原昨天报过来的喜，说他们楚家后继有人了，媳妇给他添了大胖孙子，八斤八两，要他带着小妈和安安在暑假开学前飞过来一趟。不过不要他们有丝毫照顾孩子上的担心顾虑，他的丈人丈母娘给女儿不仅请了月嫂，还请了一个打杂的保姆，还有晋升为外公外婆的他们都要亲自上前照顾这个宝贝疙瘩。

　　"小程和安安难道只是我生命里的过客吗？难道我的世界还是只有儿子高原那里才是归宿吗？难道让女儿年纪样的小程跟了我就是一场不符合常情的错吗？"楚明帮流着泪的年轻妻子边按着太阳穴，边心乱如麻想着今生的过往。

　　"妈妈，妈妈，你和爸爸怎么在这里啊？奶奶让我过来喊你们吃午餐呢！"楚安安找了一圈子才找到这个不常来的卧室，她张着小手臂奶声奶气边跑边叫道。"安安。"楚明赶紧抽出手去抱她，可他又怕手上的风油精沾到安安皮肤上，所以先用两肘的内侧夹住了扑过来的安安，用下巴颏轻轻摩挲了几下安安白净的额头。"我要找妈妈。"安安被楚明摩挲过额头后，眨着亮晶晶的大眼睛歪着脑袋趴向程小程脸部的方向道。"安安，来，乖乖，让妈妈抱抱。"程小程从安安扑进来的那一刻，就睁开了眼睛。努力微笑看着她，看着她生下来就像是不食人间烟火仙气的小姑娘。她从床上坐了起来，温柔地掬起了安安，亲着她柔嫩的小脸蛋，心里万千虔诚向上帝求饶道："放过安安，把所有的惩罚都赐给我，都赐给我。"程小程又流了一脸的泪。"妈妈，你怎么哭了？"楚安安睁着一双不解的大黑眼睛，白皙的脸上写满迷茫。安安的活泼也总是一时一刹的，这一刻她也又恢复到了她不说话时候的样子，小小年纪就仿佛有静静的哀伤似的。

　　楚明愣愣看着她们母女二人的一举一动，简直骇然怎么让这样两个年轻的生命和他这个 60 岁的老人扯在了一处！

54

晚上六点三十分，楚明程小程大妇按莫小虎定下的地点，驱车驶了过去。一场秋雨一场凉，天气已经有了明显的秋意，奶黄的夕阳发着光，一重一重的暖情弥漫着世界。"夕阳无限好，只是近黄昏。"楚明没有程小程那样慌张中的惊惧，他的心就像这即将落尽的夕阳，静静的静静的，被生命的大幕一点点罩住后又一点点收紧了。"安安，别吓爸爸，好吗？"开着车的楚明心里何尝不也在万千祈祷着，但面对栀子花样的妻子和仙气十足的宝贝女儿，他没有任何底气让感情像归来的莫小虎那样热烈鲜活了。"我老了，老是不争的事实，我比不过年轻一代人了，再努力也没有用了，世界是他们年轻人的天下了……"楚明的痛楚一点不比程小程少，因为他才是真正没有了未来的人。

是一间普通的茶室，楚明夫妇到的时候，莫小虎还在一根接一根地抽烟，他今天抽烟的总量快抵上过去一个月的总和了。他没有心情把见面的地点放到奢华的咖啡厅，虽然那家最奢华的咖啡厅近在咫尺，还留有他和程小程不少的美好回忆，他想都没想地就胡乱点了这处茶室，也不预备在这里吃晚饭，他今天一整天都食不下咽，他想过会儿程小程和楚明也不会再有心情吃下哪怕一粒的米饭。

"小虎，是不是安安……"程小程看见莫小虎的样子，就抢步上前，一手抓住了他的胳膊摇撼着哭起来。"小程，你冷静点，听小虎说好不好？"楚明心里的滋味不比程小程好受一点，但他是个老年人，无论怎样悲痛，他都禁住了自己的情绪，把程小程牵到椅子上坐下来劝慰她道。

莫小虎直起了头，他把深深的疼痛纳进了五脏六腑里，呈现出一个医生的平静看着楚明的眼睛微微道："安安患的是白血病，情况不乐观。"楚明把每个字都详细收尽了耳朵里，所以他的耳朵里像爬进去了一只毒虫子，又顺着耳道往里钻山甲样钻着，钻到了脸上的表皮下面来回乱窜，使他的脸上呈现出要多难忍有多难忍的痛苦来。程小程一头磕在了放着茶具的茶桌上，却又异常清醒地抬起头，拿前额朝硬光的茶桌上准备"咚咚咚"一头一头磕下去，磕死在这里。

"小程！"莫小虎顾不上安抚楚明了，他伸手拽住还要磕下去的程小程，"小程，你看着我的眼睛！看着我的眼睛！"莫小虎使劲按着程小程的两只胳膊命令她道。

程小程缓缓抬起了头，她光洁的额上已经起了一个青紫的印子，她愣愣看着眼前成为"神刀手"的优秀医生莫小虎，眼里的泪又泉眼似的往清秀的脸上流去。"小程，你一定要冷静，安安需要我们的共同努力，你明白吗？"莫小虎顿了顿程小程的胳膊提醒她道。程小程还是愣愣地只顾流泪不答话。莫小虎又使了一点力气按压她的胳膊再次提醒她道："小程，你听懂我的意思了吗？听懂就回答我一声！"莫小虎内双的眼睛深邃地盯着程小程，要她出声做保证。程小程被按着的胳膊有了酸沉的麻意，这酸沉的麻意把她痴傻的麻木不仁冲开了，她落着簌簌的眼泪，垂着的头往下顿了顿，算是勉强用点头做了保证。

然后，莫小虎再次走到呆站着的楚明身边，握住楚明的一只手，用另一只手盖在上面，仿佛给楚明力量道："请相信我，我一定会竭尽全力让安安接受最好的治疗方案！一定会！"

高原听说安安患了这样的病，一屁股跌坐在办公室的椅子上哀号起来，他实在喜欢他这个仙气十足的妹妹，虽然她小时候自己不能在她身边陪她玩耍，但他想好了以后她再大点就接她来南方上学，让她及早融入更大的都市中来，接受更先进的教育。自己的妻子也是这样的喜欢她，虽然目前都只是几面之缘，但他们对安安和程小程这个小妈的情感像从骨子里生出来似的，有不能割舍的深深眷恋。所以，不管程小程怎样的阻止，高原还是在他爱人和岳父岳母的授意下，执意给安安汇来了二十万的治疗费用，这让不缺钱用的程小程心里又多了一番别样的滋味，她对楚明和他去世的妻子能把孩子教育得这么懂事由衷地肃然起敬。

哄睡了安安，楚明主动开口和程小程商量道："小程，要不带安安去北京看看吧？毕竟我们这里的医疗条件有限。"程小程摇了摇头，在安安的病情分析诊断上，她谁都不想依赖，她相信莫小虎这几年专业上的积淀，尽管他是外科上的神刀手，她也相信莫小虎在血液病这一块上有着相当专业的医学知识。说到底，是十年后，她深信不疑并完全依赖上了这个十年前坚拒过的人。

楚明没有再坚持什么，他已经没有多余的力量再去计较莫小虎在程小程心中的复苏了，如今后的生活，一切都以挽回安安的健康为中心。跟了他们六年的翠花也在一直拿手绢拭眼泪。安安的病，楚明和程小程没有回避她，知道她也在牵肠挂肚着安安的检查结果，她抽泣着劝慰他们夫妇道："安安会好起来的，这么乖的孩子，我从今天起就天天给她做祷告。"翠花信耶稣，摊上这样的磨难，她更相信上帝的力量。

洁白的墙壁上，挂着安安 5 岁生日时的一张照片，雕着精细白花纹的仿汉白玉的框子里，一袭白纱裙的安安玉蝴蝶样静止不动着，像是天使的模样。天使是有翅膀的，是要回到天上去的，程小程仿佛看见女儿慢慢张开敛着的翅膀，轻轻地，轻轻地，往天堂飞去，飞去。"安安……"程小程捂住了眼睛，但她捂不住眼睛里的泪。那泪，成了绵绵的秋雨，一场一场落着，看不到天晴的日期。

55

"骨髓移植和后期的免疫治疗相加的方案？"莫小虎的私人医务室里，几个被莫小虎高价邀请来的外地医学专家表情严肃地和莫小虎讨论商量着安安的最佳治疗方案，莫小虎频频发问也频频点着头，并最终确定了安安的治疗方案——先进行骨髓移植，再加强后期的免疫治疗，他相信有这么多坚强的力量在，安安一定能化险为夷。"要是安安好了，我立刻答应月芳的追求！"送专家回酒店休息后，莫小虎在开车回去的路上，也是秋雨样的两行清泪直流。他想，只要安安能死里逃生，他就永远断了他和程小程之间时时存在着的男女情感，娶月芳为妻，让两家人变成亲人那样毫不担心地相聚相伴，让小程再也不用有一丝的愧疚，快乐活着。

但这些日子，莫小虎态度鲜明地告诉月芳不要再送早饭给他，一切等以后再说。月芳从侧面探听出了有这样的一桩事，这个 27 岁开朗活泼的大姑娘变得沉默寡言起来，她真的不再给莫小虎送早餐吃，但她的目光总是在尽可能看到莫小虎的地方，使莫小虎感觉到她的心还在他身上，但莫小虎好像忙得连朝她笑一笑的工夫也没有了。

是楚明坚持要把自己的骨髓给安安进行移植的，莫小虎以一个职业医生的略带无情的口吻道："你们夫妻双方都要做好思想准备！骨髓移植不是你想移植就可以移植的！"果然，楚明和安安配型不成功，程小程和安安配型成功，所以安安第二次短暂的生命还得由母亲来完成。

安安住进了医院，准备进行骨髓移植前的一系列治疗。她依然不哭不闹安静得像栖着的玉蝴蝶似的，歪着好看的圆脑袋瞪着一双黑漆漆几乎看不见眼白的大眼睛看着来探望她的莫小虎叔叔，奶声奶气道："小虎叔叔，安安是不是生病了呀？为什么把安安带到医院来呀？妈妈不是说我今年要上一年级了吗？"程小程和翠花又背过脸去拭泪，"小虎叔叔告诉安安呢，人都会生病的，因为人要变得更棒更健康，所以生病的时候要来医院打针吃药哦……"莫小虎把脸凑到安安面前，亲切回答道。"嗯，安安懂了，那安安就乖乖打针吃药听小虎叔叔的话！我妈妈说小虎叔叔是个最棒的医生！棒棒小虎叔叔你真棒！"安安在莫小虎面前，总是有泼洒不尽的快乐，她又奶声奶气道."那我们还……"莫小虎伸出小拇指，在安安面前提醒她道。安安迅速会意地把自己的小拇手指也伸出来，钩了莫小虎的小拇指上，轻轻摇晃道："拉钩上吊一百年不许变！变了是小狗狗！"说着说着就嘻嘻嘻自己先笑了起来，像是她已经食言变成了一只可爱的小狗狗被她的小虎叔叔取笑着。

"你们大人出来一下！"和安安挥手再见走到门口时，莫小虎命令安安的亲人道。"我现在以一个医生的职责告诉你们！你们的眼泪对安安非但没有丝毫的帮助，反而会引起安安情绪的不稳定，加重安安的病情！相信你们知道在安安面前该怎么做！"莫小虎一脸严肃说完这些话，又盯着楚明深深看了几眼，舒了一口气转身朝他的科室走去。可是，他的眼里却有飞灰样的细雨飘了进来，雾蒙蒙的使人跟着眼酸心痛。

在安安付出了一头秀发所剩无几的残酷化疗后，莫小虎把北京一个这方面相当有名气的专家请到了自己所在的医院，为安安进行骨髓移植。

又是一个花开的春天了，有鸟儿落在医院病房的窗沿上，滚着圆圆的眼珠子来回瞅着窗里窗外的动静，它不知道这个世界发生着什么，它只是快乐地抖着褐色的翅膀，发出叽喳的尖叫。没了头发的安安更像是仙界的精灵了，一路化疗下来，安安脸部的浮肿怎么看都像是与众不同的婴儿肥，程小程却眼窝深陷得像是米黄的缎面上烧了两个炎炎的大洞，楚明的鬓角全白了，也没有再去补染发根。"白就白吧，人都会有这一天的。"这是翠花劝他的话，也是他自己勉强劝自己的话。翠花还在尽心尽力替他们撑着这个什么都好就是多灾多难的家。"难道小程真是长有克亲人的命？"翠花和楚明闲聊的时候，楚明有点生气着别人说过他妻子这样的话，也没多少顾虑就说给了翠花听，本来翠花也不是私下乱嚼舌根子的人。

今天手术，翠花也在医院，她看着白床上程小程瘦成骨架子的一副身子，也是心疼得只想割块自己的肉补贴她身上，她左看右看着瘦得不成样子的程小程，还是看不出丝毫的"克亲人"相。相反，程小程的身上总有股子无声往外渗着的精神气，"三分精神住瓦屋。"翠花想起农村常说的话，她断定程小程一定是个有福气的命。可为什么偏偏这样多灾多难呢？翠花又解释不掉心里的困惑。

"小程，不用担心，没事的，我是医生，你应该相信我对不对？"莫小虎走进病房，握着躺在白床上的程小程的手，温和鼓励她道。"嗯！"程小程吸着鼻子答应莫小虎道。程小程被推进手术室后不久，高原也从南方城市一路颠簸着赶到了医院。来不及净手，就双手握紧了父亲楚明的一双苍老的手，哽咽道："爸爸！你不能倒下知道吗？我小妈和安安这时候全指靠你的力量了！"楚明从濡湿的眼睛里去看眼前的儿子，那豹头环眼的模样，那以德报怨的个性，那不惹事但也不怕事的神情，那人到中年后的成熟，那才是他楚明世界里的一切啊！怎么让自己多出了两个花一样和自己看起来如此不相符的生命呢？是自己把她们的命带得坏成了这样吗？连最后唯一想为她们做的贡献都实施不成！都得让小自己25岁的妻子再去鬼门关里走一遭！自己还有什么脸出现在这个家庭中，还有什么脸啊⋯⋯

"老楚，要挺住啊⋯⋯"看楚明脸上起着痉挛性的痛苦，翠花流着泪也走上前去劝慰道，"你看，高原回来了，你又多了力量，你千万可不能倒下啊⋯⋯"翠花要止不住放大悲声了，她赶忙去洗手间把水管拧开，把水开得大大的，但哗哗流着的水声到底也没掩住她一声接一声的呜咽。

莫小虎在病房外的凉台上面朝外站着，他知道病房来了人，但他没有心情探听来的是什么人，春天来了，但它不一定是小程和安安的春天，他想到移植后的一系列更为复杂和稍不留心就会致人死命的问题。这一刻，他真想静静地抽支烟，让一口一口的尼古丁吃进自己的身体里。

对过的医务楼上，月芳在窗子后默默站着看这边莫小虎的一举一动，她已经知道了一切，她心里一直起着蒙蒙的秋意，她弯月样的眼睛很少再像以前那样笑意盈盈了，因为莫小虎失去了笑，她仿佛也没了笑的力量。过罢年，她已经28周岁了，父母催婚催得厉害，她说再停半年她一定会给他们个答复，她等着莫小虎处理完程小程和安安的事，来找她谈婚论嫁的那天⋯⋯

几分钟后，病房里的几个人，除翠花去照顾安安外，全迁移到了手术室的门外，他们没有一个人待在病房，而是选择在手术室外静立着。莫小虎走进了隔壁的医务室，"莫医生"，好像都知道程小程在他心里的位置似的，也都小心翼翼陪着他为程小程牵肠挂肚着。

莫小虎摆摆手，示意他们各忙各的事情，不要在意他的存在。可是，他们是那么尊重敬仰带着西方先进技术回来又没大架子的这个外科"神刀手"，所以他们忙虽忙着，还是尽可能多地陪着莫小虎不说话坐着、等待着。

56

接近十点的时候，程小程被推了出来，还好，还活着。这是楚明看见程小程被推出后的第一个想法，他对上苍的祈求已经简单到了只要妻子活着出来就好。高原闪着魁梧的身子，快速又安静地走上前去，热切地低低叫道："小妈，要挺住！"是莫小虎提议不让给程小程实施全麻手术的，所以局麻的程小程被推出来后，尚能认出眼前的几个人。她的嘴角努力牵出一丝微笑，断断续续道："我很好，都不要担心，照顾好安安才重要……"她仿佛和实施手术的医生一样有些疲累，所以她坚持说完一句话后就闭上了眼睛，像是要睡去的样子，但她闭着的眼角那里滚出了一滴圆圆的泪珠子，顺着腮颊变成小溪样蜿蜒流去。

莫小虎深深呼吸着空气里已经感觉快吸完的氧气，一口接一口深深呼吸着，但还是感觉缺氧得厉害，他开始头痛欲裂，他失去了医生的冷静与理智，他恨不得替程小程去死来换取程小程没有劫难的人生。

楚明脸上的肌肉一条一条下垂着，几个小时又老去十年，高原半掺半扶着他，随护着程小程的一行医务人员往病房走去。"小虎，你留在这里不要走，不要走。"程小程被推进病房后，楚明惊骇着抓住莫小虎的手恳请道。"你放心，我今天什么都不会做，不管是小程，还是接下来安安的手术，我都会一直和你们待在一起，直到确保她们母女平安！"莫小虎道。"谢谢小虎叔叔！高原终生铭记在心！"高原走上前去，又握住了莫小虎的手热切道。仿佛这样的时刻，大家不分了年龄，不分了身份，都像是亲人样抱在一处相互给予对方温暖和力量。

程小程被推出来六个多小时后，安安被推进了手术室，接受骨髓移植。安安一直在笑，一直在笑，她的圆颅已经彻底暴露在了光天化日之下了，因为她没了一撮可以高高束起来的小羊角辫，她像个仙界的童子，像年画上的骑着一尾大红鱼的银娃娃，无论怎样，她现在都是胖胖的样子了。她没有患病前，像极了传说里的绛珠仙草的俏模样；她患病化疗后，变成了年画上的银娃娃的模样；她总之是要向仙界里飞去的一个精灵，她来到世上这一遭，或许就是为了看看她的小程妈妈、楚明爸爸、小虎叔叔、高原哥哥、翠花奶奶几眼的。她快要看到头了，仙界给她规定的回到天上的时间不多了，不多了，她仿佛知晓这一切似的，她竟然毫无痛苦地笑着、笑着，小身子担在手术推车上，被医护人员一寸一寸着推进了手术室。

再后来，安安也活着出来了，她们母女今天都活着从手术室里出来了，楚明终于撑不下去了，他下到一个无人知晓的卫生间，在那里，他让他老年的泪落了个够。

可是，再再后来，安安还是要和他们这一拨深深爱着她的人说再见了。她的妈妈程小程给了她第一次的生命，又给了她第二次的生命，可仙界给她的统共就这虚虚的七年时光啊，她要走了，要回到她的仙界里去了，她微笑着，微笑着，在爸爸妈妈的呼唤声里渐弱了嗓音，栖息着的玉蝴蝶抖着翅子往高空飞去，银辉凌乱的一刹那，一只玉蝴蝶羽化成仙。

翠花要回老家去了，她也像是一瞬间又老了许多，在楚明程小程夫妇送她回老家的路上，她一直咳喘着。深秋的山峦，像是刚刚经历了一场战火的洗礼，干枯破败萧条寂然。"咳咳、咳咳、咳咳……"快到翠花的老家时，她咳喘得更加厉害，咳喘得要把肠子呕出来似的，咳喘了一脸又一脸的泪。她用一方蓝花布棉手绢揩拭着脸，揩拭着眼，揩拭着嘴角，哪里都被液体糊满了，哪里都是揩拭不尽的一塌糊涂。"我也常用这个给安安擦脸的……"翠花终于一声悲一声地大声呜咽起来，这呜咽迅速从车子里冲出去散开，散得漫山遍野都是"我也常用这个给安安擦脸"的回音不绝。

程小程冰雕石刻样瞅着窗外深秋里的山峦，窗玻璃上，嵌着她冰雕石刻样的表情。她用35年做了一道证明题，证明她的生命质地是多么的坚硬如铁，她这个黑发人不仅送走了不到白发苍苍年纪的父母，还很快送走了奶声奶气中的孩子。在他们一个个渐渐着飞走的时候，她拿命挽留过；挽留不住的时候，她也撞出过一头绚烂的桃花，要随他们一起生死与共。可她的生命质地是这么的硬啊，她想死都死不了的人生！

楚明知道，他和程小程的感情走到了尽头。程小程永远不会再像当初那样以他为整个的天地靠山，他从车子的遮光镜里瞄见了程小程冰雕石刻样的表情，她的整个人都成了冷库里冰着的样子，她好像也没了热热的呼吸与心脏的搏动。这样的一个人，楚明不敢想，微微一想，就有种舌尖去舔舐零下几十摄氏度天气里的石头，瞬间就被粘牢瞬间就被撕掉肉的凌迟之痛！而60岁的他，已经没了任何救赎程小程再重新活过来的丝毫能力。"把她还给她世界里的人吧。"送翠花回去的路上，楚明做了这样的打算。

57

"小程，我想去高原那里看看，住上一段时间，你看你是接着去上班还是请假和我一同去高原那里？"过完春节后的一天晚上，楚明交握着十个手指头垂首问程小程道。自从安安不在后，楚明是一天比一天的尴尬着。程小程没有给他一句的理由就搬到了安安的卧室去住，他不敢去惊动她，甚至不敢试着安慰她。没有了安安的家庭，60岁的他和35岁的她是不同画框里的人硬给拼在了一处。"楚明，你放心，我程小程说话是算数的，我会永远深深爱着你，永远深深爱着你，爱到我不能爱的那一天。"能去问她还记得她27岁时说给他的热切的誓言吗？那时候自己才刚刚50出头，52岁的年纪，守着那么重要的位置，再低调也是要风有风要雨有雨的昂扬人生啊！她初夜的那个晚上，她偎在他的怀里，啜泣着叫着他的名字，他也喜极而泣地叫着她乖，叫着她宝贝，叫着她心肝，就是在那样的时刻，她说她终于实现了她的梦，终于实现她梦寐中的"绝世倾城恋父梦"，她要他相信她，要他相信单为了他救她的那一次，她就可以永远地爱他到山无棱、天地合、才敢与君绝了。她喃喃着给他说了她很多的故事很多的秘密，然后，在他无尽的爱抚里，她忘记了刚才那慌乱中的不安，竟然主动向他怀里深深钻来，使他一次又一次地恢复了生命的又一个春天。

52岁身居要职的男人，27岁芳华万千像朵栀子花样的女人，是要怎么传奇就可以怎么传奇的开始啊，可是，热烈的激情不过短短的几年，谁能说得清那时候的热烈就是彼此真正适合又永生需求着的爱呢？谁能说得清呢？

"我去上班，你先去高原那里住吧，住一段让高原送你回来。"程小程面无表情机械答道。"真是没有一句的挽留啊……"楚明心里长长地叹了一声。"还有别的事吗？没有别的事就去早点休息吧，我也想早点休息了。"程小程继续面无表情道。楚明没有答话，但很顺从地站了起来，迈着略微蹒跚的步子，一步步向只有他一个人睡的卧室走去。

乍暖还寒的天，他继续穿着深蓝的羽绒服，但还是有丝丝的冷意浸到骨子里来，膝盖处的风湿病也犯得厉害，他开始害冷，往往有鼻涕不自主从鼻子里流出来，流到嘴角的地方，感觉到咸液了才略略意识到。自从程小程和他分房住后，他也没了穿睡衣的习惯，每天晚上，勉强洗了脚刷了牙，就慢腾腾朝被窝里缩去，床头搁着他脱下的棉袄棉裤，被窝里的他也还穿着保暖内衣内裤，好像都忘记了空调的存在，也都没有想着要去及时地使用，因为睡去的时候谁都懒得去用一秒钟的工夫调制空调的定时时间。

楚明穿着深蓝的羽绒服朝卧室里慢腾腾走去，今晚他连脚都不想泡了，反正如今是怎样的邋遢都再没人管他叮咛他嗔怪他。

楚明快要走到卧室门口的时候，身后仿佛起了山崩地裂的响动，他没有转身，他已经泣不成声无法转身。这一刻的绝唱，他已经觉得即刻死去也永远值得了！只见那盯着楚明背影的程小程脖子上筋脉突起，下巴低挫，鼻翼被压住似的往下缩，然后，她声泪俱下爆发出了一声足够偿还完她35年所有对与错的深情呼唤："楚明……"她扑向楚明的背影，从背后深深抱住给了她无限向往与期望，又给了她惊醒与破灭的这个父亲样的男人……

这是安安离去后程小程第一次恢复到正常人的模样，她又过到楚明前面，哭着一声声呼唤他的名字，主动掬起同样一脸泪的楚明的脸，深深地去吻楚明脸上的泪。抱着楚明哭足哭够的时候，她还是不撒手地把头贴在他胸口，像是回到七年前的状态，她又给了楚明温热的希望。

楚明自然没有去成南方，高原心里的石头暂时落了地，他希望父亲和小妈能再生一个孩子。

然而，这只是高原一个人的美好夙愿罢了。

安安走后，偶尔一半次的夫妻温存，程小程都像防贼似的防着自己的身体，她一直没有带节育环，她无法忍受体内搁着一个铁圈子样的冰凉物，所以她现在即便处在例假之前之后最安全的时期，都非要楚明采取避孕措施不可。楚明嘴上不说，脸上也没有一丝的怨气显露，但他心里是一滴一滴地往下流着鲜红的血液，他被一场突如其来不能控住的爱情深深划伤了，这最后的结局是他早该预料到的，他只是不到黄河心不死的不愿意提前承认，特别程小程如今又和他睡在了一处，他更是希望他和程小程的感情归宿是例内中的例外。然而，由不得他。

一天晚上程小程下晚自习，楚明提前去接她，赶早了半个小时。那天晚上的月亮亮汪汪的像水银，地上撒花似的撒着烂碎的水银的光。楚明从车子里走下来，走到学校门口门卫的地方，和看门的同样年纪的人攀谈了起来。有老师提前结束了备课，就着明亮的灯光与月光从校园里走出来，有老师认出了他，礼貌地和他打招呼道："楚主席，接程老师的吧。"也有些上了年纪和他熟稔些的老师不再喊他楚主席，而是大剌剌直呼道："老楚，来接小程啊！"一老一少的差距，在他那大剌剌咋乍呼声里，被撕扯得更大更阔，简直是难以逾越的深沟陡壑。楚明讪讪地搓着手，答着话，有种"恶语一句六月寒"的吃不住。

按说上点年纪的人耳朵都有点背，可这晚不知是月光太银亮的缘故还是故意地使人找不舒服，有三五个老师从门卫经过没一步光景，就嘲讽地议论起他们这种感情的社会现象："哼，不亏，老牛吃嫩草，一个图权一个图年轻，看程小程能和他过到底不！"有人就紧接道："有本事让程小程再和他生一个呀，那才是真爱呢，又不是不能生！"楚明是一字一字都收进了耳朵里，他难堪尴尬地胡乱应答着刚才正聊的话题，想临时挖个地洞躲进去。

不见得他们的议论都百分百的有道理，但那没道理的谬论也好像变得聒辣松脆真理凿凿起来。

程小程斜挎着紫玫红的包从教室里走了出来，圆白的月亮下，碎银样的月光中，她下身也穿着一件紫玫红的 A 字裙，上半身的白色衣服像是团在银白的月光里找不到了，只有紫玫红的 A 字裙像紫罗兰样的张在她修长的下半身上。白栀子花流了红泪，变成了红白掺半的一朵有岁月的栀子花。她看见了门卫里坐着的楚明，有点惊讶道："你怎么不在车里等着？下这里做什么？"正是无意到不用思考的一句话，泄露了程小程内心深处的秘密——些感情的外露简直家常便饭样的自然随意。

楚明给门卫值班的老者道别，呵呵笑着走了出来，伸手想替程小程接过肩上的背包，程小程身子一侧，让他的手闪了个空，又觉着不应该，解释道："不累，你开车吧，我自己背。"不咸不淡的语气，楚明宁愿她是刚才有点生气的腔口。

银烂的月光流进了60岁楚明的腔子里，浇得他整个身子都银汪汪地想烂醉一把。他去接程小程之前，就好好浴了个热水澡，现在又去卫生间浴热水澡。昨天补染的发根，黑黑得不见了根部的白，他用浴巾擦净了身子，又用吹风机吹得皮肤干肤肤的，重新穿起了程小程以前给他买的日式睡衣，笼着手笑呵呵着向已经躺在床上的程小程卷着的被窝里钻去。

程小程闭了闭眼睛道："关灯。""好。"楚明道，并赶忙熄灭灯，摸索着从上面拥住程小程。"那个呢，你怎么不用？"程小程边推着他边提醒他道。"用完了，今天又忘买了，我明天去买，你不是没在危险期吗？"楚明握起推搡他的程小程的小手，又把身子贴了上去。

缓缓地，缓缓地，有辆迟重的老牛车从自己身体的斜坡上驶着，驶着。不紧不慢，不慌不忙，仿佛已经是天长地久的名实皆存了，所以不在意了速度与力量，只要能够慢慢驶着就是心满意足的余生余世了。

银汪汪的月光流成了一股细细的清溪，又是缓缓地，缓缓地，驶入程小程斜坡样的身子里去。"安全期总也有不安全的时候吧？"楚明心里自言自语道。

58

一个半月后，程小程开始歇难得的暑假，但她看起来十分的疲倦，她疲倦着声音拨了莫小虎的电话，道："小虎，我要去医院里见你一趟。"莫小虎正准备给门外候成一长排的病人挨个诊治，道："晚上下班约个地点见吧。"然后就挂断了电话。"也好，反正也不在意早一天晚一天的。"程小程心想道。

晚上，程小程给楚明告了假，没说去哪里，去见谁，就走出了家门。楚明立在凉台看她远去的背影，她还穿着那一晚上的搭配起来的衣裳，紫玫红的A

字裙，白色七分袖的时装款衬衣，松松掖在细细的腰围里，背着她爱不释手的紫玫红的大休闲皮包，皮包里轮番装着不同作者的书。

"小程，宁愿你出了轨，我可以有理由咆哮着好好控制你一番。可你为什么要这样折磨我？"楚明看着有岁月的栀子花样的比自己小 25 岁的妻子，有拳头打在棉花团上的使不上力气和无奈。他找不出程小程的错，因为程小程对他并没有表现出明显的嫌恶。她多年养成的素养禁着她行事的底线与原则，她宁愿在自己亲手炮制的幻灭里陪着他老去，也不愿意让自己做个无情无义的人。当然，如果他主动提出来，那就是另当别论了。

医院这方，莫小虎换着衣服的时候，月芳慢吞吞走了进来，垂着头道：

"你昨天不是说的，今天要请我吃饭吗？""看我这记性！"莫小虎猛用拳头磕了一下自己的头，惭愧道。"不过现在也不耽误是不是？"又是小小的声音，但欢快了许多，月芳弯着两弯月牙样的细眼睛满目期待道。她已经和莫小虎一同出去吃过了四五次饭，好像莫小虎也自然成了和自己恋爱着的男朋友，所以她这一刹那的幸福不言而喻地全部泼洒了出来。看她这样，莫小虎越发歉疚了，道："今晚不行，我约了我同学程小程，改天吧，反正一起去吃饭很方便的。"说着话，把白大褂往枣红木的衣架子上挂去，他换了 T 恤衫牛仔裤的背影生着健硕的男子汉气息。

回身看月芳还在等他，莫小虎不得不告诉她道："月芳，我想我们还是先做普通朋友好，谢谢你给我送的早餐啊，我得请你连吃大餐才可以的！"莫小虎连说带笑道。

感情真是奇怪透顶的事，纵然莫小虎一直没有给月芳更进一步的希望，但月芳还是继续坚持着自己的选择，所以她目送着莫小虎离去的时候也并没有多少怨言。

莫小虎到咖啡厅时，程小程已经坐在了绣着小碎花的软布沙发上。自从安安走后，他们很少见面也很少通电话，因为没了安安，避嫌是他们保护彼此的最好办法。可是今晚程小程却主动约了他，这又是为了什么呢？

寂寂的流年，寂寂的岁月，寂寂的房间，连响着的轻音乐都是寂寂的了。劈头盖脸的命运也都被扣进了这寂寂的光年里去了。前尘如烟，后事渺茫，只有现在的这口气，还在当下呼着、吸着、热着、动着。

"小程，告诉我怎么了？"莫小虎坐到了程小程的身边，轻轻握住她的手问道。"小虎，我怀孕了，但我不会要这个孩子的。"程小程垂着眼睛，用累极了的声音答道。"你怀孕了？你怎么能在这样的情况下让自己怀孕呢？"莫小虎撒开手，身子一僵，往后错了错，有点生气地批评程小程道。该怎样解释给莫小虎听呢？她和楚明间的事，是一句两句话能说清的吗？即便能够说得清，自己还有什么脸面去说给莫小虎听呢？他已经为她的幸福，为安安的康复做了最大的努力，无论从经济还是精神上，她都早已沦为他的奴隶，是多少物质都补偿不了的又一番的情深义重啊……还能再给他任何关心她的机会吗？那不是落到她最痛恨的贪得无厌的人格上去了吗？不，什么都不能说，什么心思都不能让他逮住，让他好好地顺顺利利地娶月芳为妻，满了月芳的意，满了他父母的意；至于她自己，在楚明不在之前，她无论如何也要打落牙齿和血吞，也要为自己的选择执拗撞南墙承担所有的后果与责任，她不能丢了楚明不管，更不能这样不明不白着继续霸占莫小虎的感情……

春风乱了蔷薇，岁月醋了旧梦。可是，这是个寂寂的夏天的夜晚……

次日，莫小虎为程小程联系了医院最有经验的妇产科医生，给她做了无痛流产手术。是程小程拼死拼活不要他打电话告诉楚明的，说一切都有自己负责。但程小程做完手术在休息室躺着休息的时候，莫小虎还是给楚明拨了电话，道："楚大哥，我希望无论小程做了什么，你都不要责怪她，她现在在医院，刚做了流产手术，人虚弱得厉害，等下你看是你来接她还是我派人送她回去？"

是一盘棋最后的一步，他这个棋子还在棋盘上占着位置，程小程就自己蹦跳着滚落在地。是该结束的时候了，楚明这样想着的时候，顺便从冰箱上边的一个小黑盒子里取出了车钥匙。安安还在墙上的镜框里玉蝴蝶样栖着，不过她已经成了匣子里的标本，再也不会走下来，走到他的怀抱里，滚着不见眼白的大黑眼睛，看着他苍老的脸，有点迷茫地看他一会儿，然后奶声奶气着到底开始了"爸爸，爸爸，爸爸"的喊叫声。

是不能再拖延下去的时候了。楚明想着等过这一阵子，让程小程的身体恢复一下元气，就去儿子高原那里住，正好可以借着儿子律师的身份，把他和程小程的离婚手续办得使双方都尽量少些愧疚和伤害。

"真的非要去高原那里住吗？大概有多长时间？"楚明走的当天，是程小程学校开学前最后一天的日子。"小程，好好干你喜欢的工作，看你送出一个又一个的高才生，我心里真是开心啊！"楚明像曾经搌着安安的脸那样搌着程小程的脸殷殷叮嘱看着她。

这个临别的晚上，楚明没有再碰程小程一指头，他睡到了安安的房间里，他知道如果还睡到程小程身边，一切都会被打回原形，他和程小程又会回到无力自拔地无奈里去。他是男人，他先砍断自己的手臂，不去牵绊程小程，楚明认为，这是他为程小程做得最像父亲最伟大的一件事。爱，也许不是占有，是知错就改，是心领是拥有后的璧还。楚明像是回到了当初自己叱咤风云的青壮年岁月，满腔子流的都是使人热血沸腾的向阳之力。"呵呵，我怎么觉得我也成了莫小虎的模样呢？"楚明终于承认自己是欣赏佩服莫小虎的。

次日，他独自坐车赶去了省城的飞机场，上飞机之前，他拨通了莫小虎的电话，大声嘱托他道："小虎！好样的！以后把小程照顾好，她是个值得你等待的人！我走了！"他果断挂断了电话，并立刻关掉了手机。

"喂喂喂……"

也又是个秋后的天，高高的蓝白的天空下，清爽的空气里，一个60岁的男人健步登上了飞机，而一个35岁的壮年男子拿着手机发愣发呆着。然而，他的眼睛里终于流出了喜悦的光，为了这股喜悦的光，他在红尘里也整整摸索了35个年头！

莫小虎先去找的月芳，月芳对莫小虎最后鲜明的表态没有任何的惊讶。她仿佛等着这一天似的，又弯起两弯新月样的眼睛，笑着和莫小虎击掌道："说好了！看咱俩谁先拿喜糖给对方吃，谁就被请客！""好！一言为定！"莫小虎又和月芳击了响亮的一掌道。

"莫医生，你们干吗呢？"啪啪的击掌声了引来了莫小虎助手的好奇，他实在不解这两个人为什么一会儿这样一会儿那样的，他把架在鼻梁上的眼镜往上推了推，犹疑着问道。

莫小虎和月芳没做解释，因为他们抛洒出了一连串的笑声给这个小助手听。"哈哈哈哈哈哈……"又一对终于解脱出来的人，可以在以后的岁月，开心挚诚地把对方纳入生命的亲人圈子里，疼其所疼、助其所助着。

莫小虎晚上拾掇完一切躺在床上的时候，给程小程发信息说出了楚明交代他的一切，程小程也没有一丝的惊讶，她知道自己从来没有看走眼过别人，她所有的错不是看走眼了别人，是看走眼了自己自以为是的恋父感情，她想着弗洛伊德的《性学与爱情心理学》这本书，自嘲地笑了，笑着笑着就呜咽了起来。

她坐了起来，拨通了已经被高原接到住处的楚明的电话，像她第一次开口和他说话那样颤着声音道："楚明，不要急着办手续好吗？给我时间，给我时间……"楚明再一次依了她，解铃还须系铃人，楚明已经做了牺牲，他不在意接着牺牲下去，但他这次坚定了信念——就是程小程以死相逼，他都不要程小程在为他这个耳顺之年的老人做出牺牲了。

程小程又兴轰轰投入她热爱的工作中去了，她多年不见肉的脸颊竟然迅速长出了婴儿肥，反正她一个人又不拖家带口的，她竟然逼自己在工作上披星戴月地干起来。她一次都不答应莫小虎提议的见面，别说她如今在法律上还是楚明的妻子，就是楚明和她离了婚，她成了自由身份的人，她都不想再走进感情的世界里去了，她只想好好地干一番事业，让事业的光芒代替爱情的光芒，让生命在再也不会有的悲喜交集里一点点走到尽头。她晚上下晚自习一个人回到家的时候，第一时间就给楚明打电话，向楚明汇报她这样那样的成绩，电话那端的楚明连哄带劝着她道："好好好！俺家的小程最好最棒最乖最厉害好不好？不过俺家的程小程要听大人的话啊，不许太拼命地……"

"爸爸，你真的决定和小妈分开吗？"高原站在他的身后轻轻问道。楚明转过身，脸上起了一重深深的落寞，和刚才的表情是一个天上一个地下的截然相反，他也像个做过错事的孩子似的，向着已经在律师界声名鹊起的，比自己高出许多的儿子喃喃道："你小妈和你一样，你们都是我的孩子，孩子可以连着做错事，大人怎么能那么不长记性呢？""可是爸爸……"高原还想接着说下去，楚明摇着头阻止了他。

高原的爱人也从卧室里走了出来，默默看着这一切，又默默地陪着高原把楚明送进了卧室。她是和高原门当户对的同龄人，他们的感情是正常世界里的感情，没有太多的刺激，也没有太多的风险。"真好……"楚明平静着躺到了床上，这一躺，他再也没有起来，他死于心肌梗死，没有受任何的罪，却给高原留下了晴天霹雳的打击。

听见楚明的死讯，程小程哭得死去活来。几天后，她披着一头散乱的长发，对着怀抱楚明骨灰盒，红着眼圈立在了她床前的高原再次哭喊道："让我去死让我去死让我去死……""小妈……"怀抱着楚明骨灰盒的高原也憋不住了心里的情绪，哭着连同骨灰盒和程小程抱在了一起，两个30多岁的人，两个30多岁的孩子，两个楚明深深爱过的孩子……

59

高原说服程小程，通知了莫小虎，他们三人把楚明和高原的母亲合葬在了一处。那又是个高高的青山冈，那又是一处相书上所言的"前有朱雀旺人丁，后有玄武镇明堂；左有青龙送财宝，右有白虎进田庄"的风水宝地。"小妈，我爸爸虽然没有留下临终之言，但我爸爸和我推心置腹讲过，说你和小虎叔叔的感情才是最正常最应该最深厚的感情，我爸爸要你听从内心的声音，接受小虎叔叔的感情，好好地生活下去。

小妈，我爸爸说，你没有做错任何事情，所以他不要你有任何的负罪感。他说，人都会按自己的心愿做事，明白后纠正步伐还会重新得到真正的幸福。

小妈，你就接受小虎叔叔的感情吧……"

"小程，"莫小虎等高原说完肺腑之言后，走到程小程的跟前，轻轻唤道。

"是不是一个人的生命真有克命之说？克着那至亲的人，一个个地让他们早逝早夭，自己却一天比一天硬朗地活下去，把他们少活的年数摊派给自己，使自己活成了'千年的王八万年的龟'！"程小程把下嘴唇咬出血地发狠着，她用翠花详细给她解释过的命论一层翻一层油煎着自己！

"不，我不能再害小虎了，我不能把我最终最真的爱牵进我不祥的命运里去……我要离开，我要离开……"

程小程开始申报去国外支教的指标，她想尽一切办法使自己补到了第二批的指标里。又是省城的机场，又是一个好的艳阳天，程小程眯起一双秀美的杏子眼，站在登机前的安检处回望着，回望着……

"程小程……你等等……程小程……你等等……"是机场变成了长满幽兰的深谷吗？怎么会有莫小虎绵绵不绝的回音在一波一波荡漾呢？